JN171362

機動城砦
サラトガ
2
~かくて我らは逆徒となった~

✻CHARACTER✻

キャラクター紹介

◂キリエ＝アルサード

領主ミオの身辺を警護する近衛隊の隊長。実の妹のミリアと共にナナシの面倒をみる事となる。ミリアに甘い、ダダ甘ポンコツお姉ちゃん。

◂ナナシ

エスカリス＝ミーミルにおいて、地虫《バグ》と蔑まれる砂漠の民の少年。機動城砦に攫われた義妹のキサラギを救うべく、サラトガに潜入する。

◂メシュメンディ

サラトガ第一軍の将にして、実は熟女フェチと噂の『ロリコン将軍』。自分からは一言も喋らず、彼の言葉はベアトリス三姉妹が代弁する。

◂マスマリシス＝セルディス

永久凍土の国出身の『銀嶺の剣姫』と呼ばれる少女。運命に定められた主を探している。サラトガには食客として迎えられている。

◂ベアトリス三姉妹

メシュメンディの妻であり副官。嘘がつけないマーネ・嘘しか言えないサーネ、そのどちらでもないイーネの三姉妹。実は人間ではない。

◂ミオ＝レフォー＝ジャハン

機動城砦サラトガの領主であり、領民や部下にとても愛されている。ボケツッコミには強いこだわりをもっている。

◂アージュ

キリエの副官で二刀流の使い手。男勝りで極度の貧乳。ナナシのことを目の敵にし、敵の工作員として処断しようとするが敗れた。

◂ミリア＝アルサード

サラトガ城内で働く幹部フロア付きの家政婦《メイド》。ミオの命を受け、ナナシの面倒を見てくれている。姉はキリエ＝アルサード。

◂シュメルヴィ

膨大な魔力を持つ、おっとりとした喋り方が特徴的な、機動城砦サラトガの筆頭魔術師。妖艶な美女で巨乳。魔道具の作成と術式の改良を得意としている。

◂キルヒハイム

眼鏡の一等書記官。冗談を一切解さない堅物ではあるが、サラトガ伯ミオの信頼は厚い。ボケとツッコミの飛び交うサラトガにおいては、比較的まともな人物である。

◂ボズムス

先代の頃からサラトガ伯に仕えてきた家宰。ゴーレムに喰われて、なり変わられていた。内通者として罠を張り巡らせるも、キリエとの戦闘の末に逃亡。現在は行方不明。

◂グスターボ

サラトガ第二軍の将。剣姫に求婚するも袖にされ、その上ボズムスに利用されて、終いにはキリエのお仕置きで、筋肉の名称を唱えるだけのマシーンと化したある種不幸な人物。

STORY
あらすじ

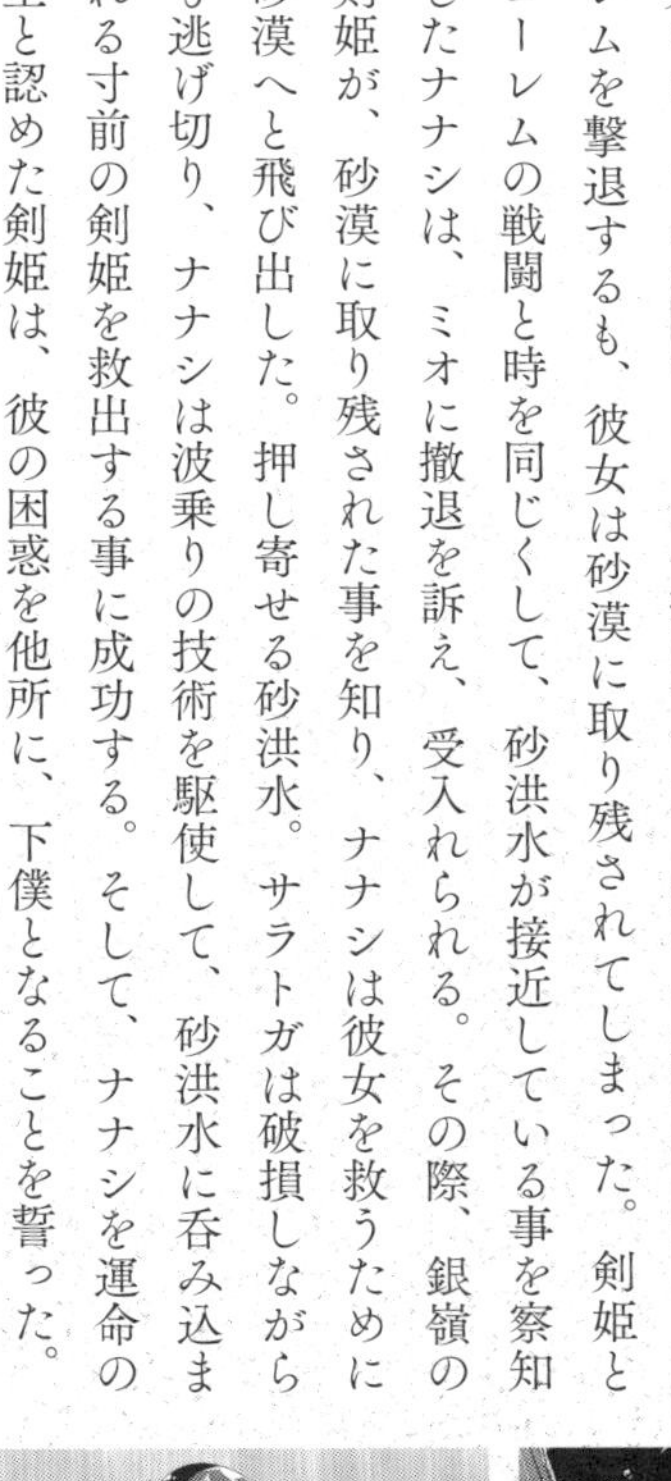

人々が動く城砦都市で生活する砂漠の国エスカリス・ミーミル。地虫と呼ばれて蔑まれる砂漠の民の少年ナナシは、さらわれた義妹を救うべく、機動城砦サラトガへと潜入した。ところが、彼はそこで義妹をさらったのは、サラトガが追跡している別の機動城砦——ゲルギオスである事を知る。サラトガ伯ミオにゲルギオスまでの同行を許されたナナシではあったが、内通者が仕掛けた罠に掛り、絶対絶命のピンチに陥いった。その時、彼を救ったのは、運命の主を探す旅の途中、サラトガに滞在していた銀嶺の剣姫マリスであった。やがて、ゲルギオスに追いつこうという頃、サラトガの行く手を巨大なゴーレムが阻む。それを排除する為に銀嶺の剣姫が出撃。ゴーレムを撃退するも、彼女は砂漠に取り残されてしまった。剣姫とゴーレムの戦闘と時を同じくして、砂洪水が接近している事を察知したナナシは、ミオに撤退を訴え、受入れられる。その際、銀嶺の剣姫が、砂漠に取り残された事を知り、ナナシは彼女を救うために砂漠へと飛び出した。押し寄せる砂洪水。サラトガは破損しながらも逃げ切り、ナナシは波乗りの技術を駆使して、砂洪水に呑み込まれる寸前の剣姫を救出する事に成功する。そして、ナナシを運命の主と認めた剣姫は、彼の困惑を他所に、下僕となることを誓った。

CONTENTS

✲

第一章

地虫（バグ）の凱旋

✲

た。


「遅ぃ！　遅ぃのじゃ！」

「ミオ様ぁ、少しは落ち着いてくださいってばぁ」

呆れ顔で溜息を吐く肉感的な魔術師――シュメルヴィを見下ろして、サラトガ伯ミオは唇を尖らせた。

領主ともあろう者が、余り余裕の無い態度を見せるのは、決して好ましい事ではない。

それぐらいはミオにだって分かっている。だが、

「だって仕方無かろう。胸の奥がぴょんぴょんするんじゃもん！」

「ぴょんぴょんって……」

砂漠の民の少年と銀嶺の剣姫の帰還――それは機動城砦ゲルギオスを取り逃がし、砂洪水(フラッド)による損傷で、身動きが取れなくなった機動城砦サラトガに於(お)いて、現状、唯一の喜ばしい出来事であった。

そんな訳でサラトガ伯ミオは、黒筋肉達(ガチムチ)の担(かつ)ぐ輿(こし)の上で、端無(はしたな)くも投げ出した足をバタつかせ、二人の到着を今や遅しと待ち侘(わ)びている。

先触(さきぶ)れの兵士が、剣姫達の帰還を知らせてから、早(はや)一刻。

太陽は既に中天を過ぎ、日差しは刻々と厳しさを増し続けている。咽返(むせかえ)る様な熱気に、ミオの額にも、じわりと汗が滲(にじ)んでいた。

だが、この熱気は何も日差しの強さだけが原因では無い。

ミオはあらためて周囲を見回し、目の前の異常な光景に、「むぅ」と唸(うな)る様な声を零(こぼ)した。

大通りの左右に兵士達が並んでいるのは、式典(セレモニー)ならばいつもの事。他の機動城砦から領主の訪問を

受ける際も、余程緊急でも無い限り、こうして出迎える。

しかし、今回は通常の式典とは、聊か様子が異なっていた。

それは大通りの両脇、居並ぶ兵士達の背後に、溢れんばかりに領民達が詰め掛けている事だ。そのせいで、風にそよぐ葦の様なザワザワという声が辺りを包み込み、興奮を伴った、一種、異常な雰囲気を醸し出していた。

「うむぅ……ちょっと、やり過ぎたかもしれんのう」

「そうですねぇ、只でさえ剣姫様は、殿方に人気のある方ですしぃ……」

この大騒ぎには、流石のミオも面喰らっていた。

機動城砦ゲルギオスを巡る今回の一件で、サラトガ側にも多数の死傷者が出た。

砂洪水で家族や家財を失った者も決して少なくは無い。

そんな状況であるが故に、ミオは何かしら明るい話題、それも領民達の気持ちの慰めとなる様な物を提供したい、そう考えた。

そして、多少あざといやり口ではあるが、銀嶺の剣姫の功績を虚実綯い交ぜに喧伝し、英雄として祭り上げたのだ。

その結果が、この騒ぎであった。

無論、彼女にも多大な功績があるとはいえ、実際に砂洪水からサラトガを救ったのは、あの砂漠の民の少年である。

だが残念ながら、地虫と蔑まれている者を英雄と呼べば、慰めどころか、寧ろ領民達の感情を逆撫でする事になりかねない。

「ナナシの奴にも、何か報いてやらねばなるまいのう……」

ミオは少し考えた末に、独り頷く。

「ふむ、思い切って、ほっぺにチューぐらいまでなら許そうではないか」

「……ミオ様ぁ、ありがた迷惑という言葉はご存じですかぁ？」

「なっ⁉　妾ほどの美少女のちゅーを！　お主、美少女のちゅーを迷惑とか！」

「自分で美少女とか言いますかぁ……。しかも二回もぉ」

呆れ顔のシュメルヴィに、ミオがムキになって詰め寄りかけた途端、沿道の人波を一層大きなざわめきが伝播してくる。

「来たか！」

目を向けると、人熱れに陽炎揺らめく大通り、そこに驢馬に跨った一団が姿を現すのが見えた。

一団が通過する毎に、左右の人垣から熱狂的な歓声が上がり、親に肩車された子供達が、燥ぎながら、摘んできた花弁を撒き散らす。中には、どこかのお調子者が盛大に水を撒き散らして、笑い声や怒鳴り声が、大きく響き渡っている所もある。

一団の先頭には、どういう訳か恐ろしく不機嫌な表情のキリエ。最後尾にはキリエと共に捜索に出た兵士達。そしてその間に挟まれる様に、二頭の驢馬が歩みを進めているのが見えた。

うち一頭には、銀色の髪に陽光の煌めきを纏わりつかせた銀嶺の剣姫が騎乗して、華やかな笑顔を浮かべながら、左右の歓声に手を振って応えている。

もう一方へと目を向ければ、そこには白いフードを目深に被った少年の姿があった。

恐らく沿道の人々は、剣姫の従者か何かだと思っているのだろう。ミオ達を除けば、誰の視線も少年の方を向いてはいない。注目されているのは、あくまで銀嶺の剣姫だけなのだ。

しかし、例えそうだとしても大人しいこの少年には、ド派手な凱旋は相当辛い物がある様で、人目を避けて身を縮こませていく内に、いつのまにやら驢馬の背中にジャストフィット。重ねあわせたスプーン宛らの、見事な一体感が思わず涙を誘った。

「……不憫じゃな」

「……不憫ですねぇ」

全く以って、不憫としか言い様が無かった。

やがて一団は、輿の前へと辿り着くと驢馬を降り、キリエ以下の兵士達は、一斉にその場に跪く。

一方、ミオの配下では無い剣姫は跪かずに軽い会釈に留め、少年は跪くべきかどうか迷ったのだろう。さんざんオロオロした末に結局、中腰という非常に中途半端な体勢で硬直して、そのあまりのい、い、彼らしさに、ミオは思わず噴き出しそうになった。

「おっ、降ろすのじゃ」

必死に笑いを堪えながらそう命じると、黒筋肉達が跪き、ミオは輿の上からぴょんと飛び降りた。

そして剣姫の方へと歩み寄ると、「よく戻って来てくれたのじゃ」、そう囁きながら手を差し伸べる。

剣姫がその手を取ると、沿道を埋め尽くした領民達が、より一層大きな歓声を上げた。

舞い散る花吹雪の中、二人は手を取り合って、領民達に手を振っていたが、しばらくするとミオは

「皆に何か言ってやれ」と、剣姫の背を押して促した。

剣姫は一瞬戸惑った後、恥らう様に頬を染める。そして、

「皆様に、お知らせしておきたい事があります」

そう言って、言葉を区切った。

剣姫の恥らう仕草に、男達がだらしなく鼻の下を伸ばし、女達は頬を膨らませて、連れ合いの足を踏む。

そこら中から聞こえる「痛てッ！」という男達の声に苦笑しながら、剣姫はゆっくりと周囲を見回すと一つ頷き、隠れる様に蹲っている少年へと歩み寄る。そして、領民達が固唾を飲んで見守る中、剣姫は戸惑うその少年の手を取って強引に立ち上がらせた。

「誰だ、あれ？」

「剣姫様の従者じゃないのか？」

そんな囁きが洩れ聞こえる中、剣姫はその少年の腕に自らの腕を絡ませると、驚いた少年が口を開こうとするのを遮って、大きく声を張り上げる。

「皆さーん！　私、マスマリシス＝セルディスは、このお方！　ナナシ様を主として、身も心も捧げ、下僕となる事を誓いました！」

その途端、ミオは笑顔を浮かべたまま硬直し、キリエの唇がわなわなと震えた。シュメルヴィはな

ぜか胸を強調するポーズのまま顔を引き攣らせ、沿道一杯の領民達の頭上には「?」の文字が浮かぶ。

灼熱の砂漠さえ凍てつく様な壮絶な静寂。

どこかで野良犬が、悲しげに「うぉーん」と鳴いた。

そして次の瞬間、

「なんじゃあああそりゃァアアアアアアア!」

ミオの絶叫を引き鉄に、沿道を埋め尽くす民衆の間から、怒号にも似た驚愕の声が、爆発的に広がっていく。

「ちょ、ちょっと!　剣姫様!　どどどど、どういうおつもりですか!」

「どういうつもりも何も。こう言う事は、はっきりと言っておかないと」

取り乱すナナシへと、剣姫はあっけらかんと言い放つ。

沿道はまるで、鶏舎に狼を放り込んだかの様な騒ぎ。

それはそうだろう。サラトガ全男性の憧れ、銀嶺の剣姫様が恋する乙女の表情で、男の腕に自らの腕を絡めて、しな垂れかかっているのだ。

剰え、身も!　心も!　捧げたと言われれば、男達としては、相手の男を八つ裂きにしても飽き足らない。

それだけではない。一部にはナナシの正体に気付いている者もいるらしく、ざわめきの中から『地虫』という囁きが洩れ聞こえてくる。

わざわざ英雄だと高く持ち上げた者が、自ら（みずか）底辺より更にその下へと堕（お）ちて行ったのだ。

ミオの思惑（おもわく）は、完全に裏目に出た。

やがて沿道の一部が膨らんだかと思うと、男達が泣き喚（わめ）きながら、雪崩（なだれ）を打つ様に、ナナシの方へと殺到してくる。それも本来ならば民衆を押し止（とど）めるべき兵士達が、言葉にならない獣の様な叫び声を上げて、率先して襲い掛かってきたのだ。

踏みにじられた男達の純情、その大暴走に、顔を青ざめさせたミオが、泡を食って声を上げた。

「ま、まずい！　中止！　式典（セレモニー）は中止じゃ！　黒薔薇隊（ガチムチ）！　時間を稼げ！　シュメルヴィ！　後を頼むのじゃ！」

黒筋肉達（ガチムチ）に殺到する男達を押し止（とど）めさせて、ミオはナナシと剣姫の尻を蹴り上げながら、城の中へと追い立てる。

一方、丸投げされたシュメルヴィは、「えーっ！」と不満そうな声を上げた。

✻

随分（ずいぶん）時間が経ったというのに、未（いま）だに城の外は騒がしい。

あの後、「あれは剣姫の故郷、永久凍土の国では良くある冗談なのだ」そう触れ回らせてはいるが、どれぐらいの人間がそれを信じてくれるのか、正直、あまり期待出来そうにない。

今、ミオの執務室では、十人は座れるであろう大きな会議卓（テーブル）を挟んで、ミオと一等書記官のキルヒハイム、その向かいには、この騒動の元凶ともいえる銀嶺の剣姫とナナシが腰を降ろし、更にその背後には、憮然とした表情のキリエが控えている。

「……では、あらためて聞くが、お主ら、それは一体どういう状況なんじゃ？」

ミオはナナシ達の様子を、じとっとした眼で眺めた後、何とも微妙な表情を浮かべながら問い掛けた。

「正直、何をどう説明すれば良いのやら……」

ミオが説明を求める『状況』とはすなわち、先程の『下僕宣言』について、ひいては現在進行形で、剣姫がナナシの左腕に、べったりとしがみついている件について、更に言えば、キリエが今にも飛び掛かりそうな、物騒な目付きで剣姫を睨み付けている件についてである。

「これは所謂、三角関係ですかね」

キルヒハイムが、眉一つ動かさずにミオへと囁いた。

「うむ、ミリアも入れると四角じゃな」

「断じて違います」

ナナシが間髪入れずに否定する。

その表情には照れや謙遜という類の緩さは、全く見当たらない。その目は寧ろ『助けてください』、明らかにそう訴えかけていた。

だが……、
ミオは軽く咳払いをし、全く何も一切、気付かなかった事にする。

当然だ。だって、そっちの方が面白いのに決まっているのだから。

あえて剣姫の事は一旦脇へと置いて、ミオは話を仕切り直す。

「ともかくナナシ。お主には礼を言わねばなるまい。よく無事に帰って来てくれた」

「は、はい……」

「帰って来てくれた」その表現に、ナナシは少し戸惑う様な様子を見せ、キリエは思わず目を細めた。

「お主が居らねば、サラトガは今頃沈んでおった。セルディス卿を連れ帰ってくれた事に至っては、感謝の言葉をいくら尽くしても足りぬ」

「ちょ、ちょっと待ってください。それは大袈裟ですって……」

ナナシは大慌てで首を振る。別に謙遜しているという訳では無い。貶められて育ってきた者は、評価されたり褒められたりする事に、著しい罪悪感を覚える事があるのだ。

ナナシにとって、その評価は余りにも重すぎた。

「大袈裟かのう？　キルヒハイム」

「いえ、その表現で過不足は無いかと」

「ほれ見ろ！　妾はともかく、この堅っ苦しい男が、世辞なんぞ言う訳もあるまい。お主には、それ相応に褒賞を出さねばならんと思うておる」

「褒賞なんて……」

ナナシは慌てて固辞しようとするが、ミオはそれを一切無視して話を進める。

「まず、お主を我が軍に取り立てたい。現状の一軍、二軍に加えて、第三軍を新たに設け、それをお主に任せたいと思うんじゃが、どうじゃ？」

「いや、どうと言われても……」

　この国における砂漠の民の地位といえば、犬猫にも劣る。そんなものを長として推戴しようとすれば、今日以上の暴動が起きかねない。

「もちろん考え無しに言っておる訳では無いぞ。その第三軍には、出来ればお主の同胞を纏めて迎え入れたいと思っておる」

「砂漠の民を……ですか？」

「うむ、お主を見ておる限り、砂漠の民は優秀そうじゃからのう。無論、領民にはこれを差別する事は、厳しく取り締まる」

　しかし、満面の笑みを浮かべるミオとは裏腹に、ナナシの瞳に冷たい色が宿った。

「……お言葉は有り難いのですが、ミオ様、それは無理です」

　それは明らかな拒絶。それまでの評価される事に戸惑っているという態度とは、似て非なるもの。

「何故じゃ？」

「砂漠の民を召し抱える事は誰にも出来ませんし、皆もそれを喜びません」

「蔑まれる様な境遇を抜け出せるのじゃぞ？」

　ナナシは静かに首を振る。

「僕はキサラギを探しにこんなところまで来てしまいましたが、砂漠の民は、理由もなく砂漠を彷徨っている訳では無いんです」

「……その物言いでは、理由とやらを教えてくれはせんのじゃろうな」

ミオは深く溜息を吐いた。

「すみません」

「かまわん。では、お主だけならどうじゃ？」

「ありがたい……とは思っています。でも、今はそれを考える余裕がありません。何より僕は、キサラギを救い出さないといけませんから」

ナナシはそう言って、ミオをじっと見据える。

実際、ナナシにとって現状は何も解決していない。機動城砦ゲルギオスに攫われたままの義妹を助け出さない事には、その先の事を考える事など、出来ようはずも無いのだ。

「お主の言う事も尤もじゃが、焦っても状況は変わるまい。ゲルギオスまで送り届けてやろうにも、サラトガはしばらく動けんのじゃからな」

「……ですので、もし褒賞を下さると言うのであれば、驢馬を一頭、貸していただく事は出来ませんか？」

その途端、キリエが背後から顔を突き出し、声を荒げた。

「我が弟よ！　まさかお前、サラトガを出ていく気では無いだろうな！」

ナナシが無言でそれに頷くと、慌てふためいたキリエは、今の今まで親の仇の様に睨み付けていた剣姫の方へ、縋る様な眼を向けた。

「セルディス卿！　貴公からも何とか言ってくれ！」

ところが剣姫はどこ吹く風。キリエの慌てっぷりを不思議そうに眺めて、首を傾げる。

「何をです？　私は、ご主人様について行くだけですので」

「なっ!?」

狼狽のあまり、キリエは口をパクパクとさせながら、思わず宙を掻く。それを呆れる様な表情で眺めていたミオは、何故か突然、ニヤリと口元を歪めた。

「良かろう。ならばあと数日待つのじゃ。さすれば妾は、お主にゲルギオスに追いつく手段を与えてやれる。驢馬よりも、もっと確実に追いつける手段をのう。お主の処遇については、義妹を助け出した後、あらためて話をしようではないか」

＊

一頻りの話が終わり、ナナシ達が執務室から退出すべく立ち上がった所で、ミオが思い出した様に口を開いた。

「あー、キリエとセルディス卿は、少し残ってくれんかのう」

剣姫は、ちらりとナナシの方へ目を向ける。

「ご主人様、よろしいですか？」

「あ、どうぞ」

ナナシとしては良いも悪いも無い。自分に聞かれても困るというのが、正直なところだ。

「キルヒハイム、お主も下がって良いぞ。ここからは『がーるずとーく』の時間じゃからのう」

ナナシとキルヒハイムは一礼するとそのまま退出し、部屋にはミオ、キリエ、剣姫の三人だけが取り残された。

「まあ、座るのじゃ」

会議卓(テーブル)の隅の席、ミオと向かい合うように剣姫、そしてその隣にキリエが腰を降ろす。二人が席に着き終わるのを待って、ミオは正面の剣姫に向かって、微笑みかけた。

「セルディス卿、遂に主(あるじ)を見つけたのじゃな」

「……はい」

少し恥ずかしげに頬を染め、剣姫は目を伏せる。

「まさかそれがナナシとはのう……。貴公がナナシの下僕を宣言した時には、流石に度肝(どぎも)を抜かれたのじゃ」

「そこまで意外な事でしょうか?」

「妾(わらわ)は気にせんが、ナナシ達砂漠の民は、言うなればこの国の最底辺。獣や虫と同列に扱われる者達じゃからのう」

しかし、剣姫は鼻先でそれを笑う。

「永久凍土の国を出て五年、やっと出会えたご主人様が、たまたま今はそういう身分であったというだけの事ですから」

「なるほど……。では貴公は、どこまでもナナシについていくつもりなのじゃな」

「当然です。この身は血の一滴までも、ご主人様の為にのみ存在するのですから」

剣姫は唇を固く引き結び、ミオの目を見据えた。

「はぁ……。妾としても、今、貴公を失う訳にはいかん。益々ナナシをこのサラトガに引き止めねばならんのう」

溜息交じりの呟きではあったが、不思議と面倒臭そうには聞こえない。

ミオはテーブルに肘をつくと、ニヤニヤしながら身体を乗り出した。

「ところでセルディィス卿。貴公、主にあれだけベタベタとくっつくのは、下僕としてはどうなのじゃ？」

「でで、ですよね！　ミオ様！　やっぱりおかしいですよね！」

「お、おぅ……」

キリエが横からもの凄い勢いで喰い付いてきて、ミオは思わず身を反らす。

「おかしい……のでしょうか？　ご主人様に喜んでいただきたい。そう思っただけなのですが……」

「お姉ちゃんを差し置いて、イチャイチャするとか無いですから！　有り得ませんから！」

「うん、キリエ……少し黙ってようか」

ミオは引き攣った笑顔を浮かべた。

「しかし、女にくっつかれれば男が喜ぶなどとは、これはまた随分、俗な発想じゃな」

「そうなのですか？　ご主人様が見つかった暁には、絶対そうすべきだと伺ったのですが……」

「誰にじゃ？」

「シュメルヴィ殿です」

その瞬間、ミオの顔の上で、笑顔と青筋が奇跡のコラボを引き起こした。

「……うん、罰として、後であやつの乳を引きちぎっておくわ」

「ですが、ご主人様は離れろと仰るばかりで……」

剣姫が表情を沈ませて俯くと、ミオは急に真剣な表情になって、剣姫へと問いかけた。

「貴公はナナシの事を、どういう人間だと見ておる？」

「ご主人様は……強い方、そして優しい方です」

「なるほど、ならば何故、あやつは強く、優しいのじゃ？」

「何故って……。それがご主人様の本質だからではありませんか？」

ミオの質問の意図を掴みかねて、剣姫は怪訝そうに眉根を寄せる。しかし剣姫のその回答に、ミオは静かに首を振った。

「違うのう。強さ、優しさは、貴公の言葉でいう所の『本質』が生み出した結果でしかない」

「結果？」

「そう、結果じゃ。妾には、あやつの本質はあやつ自身が、誰よりも自分の事を貶めている事にある。そう見える」

「……ミオ殿は、一体何を仰りたいのです？」

自分自身を貶めている事が本質？　もしかすると、ミオは主の事を馬鹿にしているのではないか。

そんな疑念が胸の内から湧き上がり、剣姫の表情が瞬時に険しいものになる。

「まあ、そんな怖い顔をするな。妾は別にあやつを蔑んでおる訳ではない。……そうじゃな。例えば、誰かが好意から、あやつに何かをしてやったとしよう。飯を食わせる事や、貴公がやったように寄り添う事でも良い。そうすると、あやつは恐らくこう考えるのじゃ、『憐れまれている』もしくは『からかわれている』とな」

「私はご主人様を、からかってなどいません！」

「それはそうじゃろ。じゃが、ナナシはそう思うておる」

剣姫がミオを睨み付けると、二人の間に険悪な空気が流れた。

「自分は好意を向けられるような人間では無い。あやつはそう思うておる。そう考えざるを得ない人生を生きてきたのじゃろうな。普通、そういう自己評価は、劣等感という形で結実して、卑屈で卑怯な人間を造る」

「ご主人様は卑怯でも、卑屈でもありません！」

剣姫は椅子を蹴って立ち上がり、会議卓に拳を叩きつけた。

「そう、貴公の言う通り、あやつは卑屈でも卑怯でもない。それが異常なのじゃ。おかしいとは思わんか？　常に底辺から見上げねばならんというのに、あやつには嫉妬といった感情の揺らぎが全く見当たらん。あやつが異常なのは、あまりにも低い自己評価、それをまるで絶対的な事実であるかの様に、ただ受け入れている事にあるのじゃ。それ故、あやつにとっては、自分よりも他の人間の命の方が遥かに重い。だからこそ命掛けの強さも発揮するし、誰に対しても優しくなれる」

「ッ………」

剣姫は思わず息を呑み、会議卓に手をついたまま、言葉を失った。

主を見つけたという事に満足して、ただ浮かれていただけ。主の事を何も分かっていなかった。分かろうともしなかった。その事実に直面して、剣姫は小さく身体を震わせる。

「いずれにしても人の主となる事には、最も向かない男じゃな。あやつは」

「ならば、私はどうすれば……」

「諦めて、あやつ以外の人間を捜せば良かろう、もっとまともな人間はいくらでもおるぞ」

ミオが投げやりにそう言った途端、剣姫の目尻に、じわりと涙が浮かんだ。

「い……や」

「ん？　なんじゃと？」

「イヤ！　あの方じゃなきゃイヤ！　やっと……やっと見つけたんです！　代わりなんて居ないんです！」

幼い子供が駄々を捏ねる様な物言い。当代最強を謳われる剣姫の内側から、十七歳の少女の未成熟な想いが貌を覗かせる。

ミオは一瞬、驚く様な表情を見せ、そして……静かに目を細めた。

剣姫の口から零れたその想いが、『運命』を言い訳とするものではなかった事に満足したのだ。

「ならば話し合うしかあるまい。のう、セルディス卿。人間というやつは、本質的には分かり合えない生き物じゃ。誰もが同じ世界を生きておる様に思うておるが、同じ物を目にしながら、誰もが違う見方、違う考え方をする。それぞれが思い描いている世界の有様は、あまりにも違いすぎる。どう言い繕った所で、それぞれの人間が、それぞれの世界に独りぼっちじゃ」

ミオはそこで、ふうと小さく息を吐き、あらためて剣姫の目を見据える。

「じゃがの、人は歩み寄る事が出来る。己の有様を示し、相手の有様を理解する。例え異なる世界を生きていたとしても、その外殻を寄り添わせる事は出来るのじゃ。それが出来るからこそ人間は素晴らしい。妾はそう思うておる。お主の想いを全て、あやつにぶつけてみるが良い。お主が何故、あやつを主にしようとしているのか、お主がどうしたいのか、あやつにどうして欲しいのかをのう」

ミオの言葉の終わりを待たずに、剣姫の唇から小さな嗚咽が漏れ、会議卓の上に、ポタリと一滴の涙が零れ落ちた。

口元を手で覆い、身を捩るその姿に、あっさりと貰い泣きしたキリエが、手巾を手にして剣姫の涙を拭い、挙句の果てには「はい、チーンして」などと言いながら鼻をかませる。

それは、相も変わらず全くブレる事の無い『お姉ちゃん』の姿であった。

嗚咽だけが部屋に響く重苦しい時間が過ぎ、目元を赤く腫らし、未だに涙声ではあるものの、落ち着きを取り戻した剣姫は、あらためてミオを睨み付けた。

「私よりもミオ殿の方が、ご主人様の事を理解しておられる。それは良く分かりました」

「ふむ」

「確かにミオ殿の方が、ご主人様の下僕に、ずっと相応しいのかもしれません」

「ん、んんっ？」

何やら、話がおかしな方向へとねじ曲がっている。

「しかし！　私は負けません！　例えミオ殿であろうとも、ご主人様の下僕の座を譲るつもりはありませんから！」

剣姫がミオへと、びしりと指を突きつけたその瞬間、何とも痛々しい静寂が、部屋の中へと舞い降りた。

ミオは思わず引き攣った愛想笑いを浮かべて、キリエにひそひそと囁きかける。

「下僕に相応しいとか、妾は喧嘩を売られているのか、これ」

「文脈で考えれば、貶されている訳では無いと思います。ミオ様」

相変わらず、好敵手を睨み付ける様な剣姫の視線。ミオはそれから目を逸らして、取り繕うように言った。

「ま、まあ、ナナシが出発出来る様になるまで二、三日はある。ゆっくり話し合ってみるのじゃな。うむ、それが良い。そうしよう、そうしよう」

これは、相手が『天然ボケ』である事を失念していたミオが悪い。とはいえ、主の苦境を見かねたキリエは、わざとらしくも話題を変えた。

「あ、そう言えば、まだサラトガを動かす事は、出来ないんでしょうか？」

「ふ、ふむ、サラトガが動ければ、今すぐにでもゲルギオスの追跡を開始するのじゃが、城壁があそこまで崩れてしまっては、微速前進すら儘ならん。資材も不足しておるのでな。救援を頼んではおるが、到着までにあと七日はかかるじゃろうな」

「救援？」

「ああ、ストラスブル伯にな」

「……あの高飛車ドリルにですか？」

キリエが思わず苦い物でも、口に入れたかの様な顔をする。

「まあ、一番近い位置におったのでな。キリエ、そう嫌ってやるな。あやつは確かに高飛車じゃが、悪人では無いのじゃ」

「確かにそれは分かっているのですが……。あの高笑いを聞かねばならないかと思うと、胃に穴が開きそうです」

機動城砦ストラスブル——学術都市と呼ばれるこの機動城砦は、ミオが幼少期を過ごした場所でもある。その領主、ストラスブル伯ファナサードは、ミオの竹馬の友とも呼べる人物ではあったが、若干性格面に問題を抱えている。

キリエは七日後の事を思うと、どうしようもなく気が重くなった。

*

ナナシとキルヒハイムが執務室を出ると、そこには家政婦服の少女が一人、静かに佇んでいた。

足早に立ち去るキルヒハイムに、静かに目礼を送った後、少女は腰の後ろで手を組んだままゆっくりと近づいてきて、ナナシの目の前で立ち止まる。

「……ミリアさん」

彼女は苦笑する様に口元を歪めると、軽く拳を握り、それをナナシの胸に押し付けて、「馬鹿」と呟いた。

「ナナちゃんは、ボクにどんだけ心配かければ気が済むのさ」

「……すみません」

「キミが砂洪水に飲み込まれた瞬間、ボクがどんな気持ちになったか分かる?」

物音一つしない静かな廊下。胸に当たる彼女の拳は小さく震えていた。

「分からないって言ったら、分かるまでブン殴ってやるんだから」

ナナシには分かっている。分かってはいるのだが、それを口に出す事は出来そうに無かった。

「ナナちゃんが自分の事を大切にしないのは、ナナちゃんの自由かもしれないよ。でもね、ナナちゃんはもう、ボクやお姉ちゃんの大切な物の中に含まれているんだよ。ボクやお姉ちゃんの事を考えてくれるなら、ナナちゃん自身のことを大切にしてよ」

彼女の頬を一筋の涙が伝った。

「おかえり、ナナちゃん」

そう言って、彼女は静かに微笑んだ。

＊

渡り廊下の窓から茜色の空が見える。

開け放たれた窓からは、子供の帰宅を促す母親達の声が聞こえて、厨房から流れて来たのだろう、スープの香りが微かに漂っていた。

ミオの執務室のある四階から、階段を一つ下りると幹部専用の居住階層。一昨日まで世話になっていたキリエの部屋を通り過ぎ、二つ隣の部屋の前でミリアは足を止めた。

「今日からしばらく、ここがナナちゃんの部屋だよ」

そう言いながら、ミリアが扉を押し開き、二人は部屋の中へと足を踏み入れる。

ほとんど何も無い殺風景な部屋。

中央に設置されている豪奢な天蓋付きの寝台だけが、異常な存在感を放っていた。

「ここは、ボズムスさんが使ってた部屋なんだけど……」

ミリアは少し言い難そうに口籠る。

それもそのはず、ボズムスに化けたゴーレムは今も尚、逃亡中。そのゴーレムが使っていた部屋だと言われれば、曰くつきと表現しても過言では無い。

「あ、でも、でもね。ボズムスさんって、普段は自分の屋敷に住んでたから、ここは非常時とか、城に詰めなきゃいけない時にしか使ってなかったんだよ」

「大丈夫です。全然気にしませんから」

ナナシがニコリと微笑むと、ミリアはホッと息を吐く。

「普段使ってない部屋だから、家具とかはほとんど無いんだけど、あの人、寝台だけはやたら拘って職人さんに作らせてたから、たぶん寝心地はすごく良いんだと思うよ。ボクらの使用人部屋の二段寝台とは、大違いだよ」

「はあ」

ナナシの返事が気の無い物になってしまうのは、半ば仕方の無い事だ。そもそもサラトガに来るまで寝台で寝た事など無かったのだから、それに拘るという感覚が、まず理解できない。

「あ～あ、良いなあ、ナナちゃん。ボクも今日からここで寝ようかなぁ」

「ええっ!?」

ナナシの慌てる姿を楽しげに眺めて、ミリアは耳元で「冗談だよ」と悪戯っぽく囁き、くるくるっと回りながらベッドに腰を落す。

そして自分の隣をパンパンと叩いて、ナナシに『ここに座れ』と促した。

戸惑いながらも、素直に従って腰を落ろすと、ミリアはナナシの手に、自分の手を重ねる。そして、ナナシが照れる様子を見せたその時、ミリアの顔から表情が消えた。

「剣姫様とは何も無かったんだよね。隠し事すると一本ずつ指折るよ、、、」

ナナシは思わず凍り付く。自分を大切にしろと言ったばかりの口から、この言葉が出た事に、驚愕せずには居られなかった。

さて、どう答えたものかと、ナナシが逡巡している内に、唐突にミリアの眉間に皺が寄る。その視線はナナシの手の甲へと向けられていた。

「ナナちゃん、何？　この痣みたいなの」

「ああ、これですか？　これは剣姫様の悪戯……なんだと思います」

「悪戯（いたずら）？」

「……これ、そんなに目立ちますか？」

ナナシは苦笑して、この痣（あざ）が付いた経緯を語る。そして一頻（ひとしき）り話し終えると、最後には、「剣姫様ともなれば、冗談一つとっても、随分手の込んだ事をされるんですね」と、無邪気に笑った。

だが、ミリアにしてみれば、笑っている場合ではない。

「ナナちゃん！　一緒に来て！」

「え？　どうしたんですか？」

「いいから！　早く！」

まるで怒鳴りつける様にそう叫ぶと、ミリアは戸惑うナナシの手を曳（ひ）いて、部屋を飛び出した。

＊

「シュメルヴィさん！　どう？　なんとかなりそう？」

「う〜ん、お手上げねぇ。見たこと無いものぉ、こんなのぉ」

切羽詰まった表情で詰め寄るミリアに、シュメルヴィは肩を竦（すく）めてみせる。

それは手の甲に刻まれた文様を、散々調べた結果について。

ナナシはあくまでも剣姫の悪戯（いたずら）。そう思っている様だが、ミリアはそれを全く信じていない。だからこそミリアは、有無を言わさず、ナナシをシュメルヴィの実験室（ラボ）まで連れて来たのだ。

そして、

「あらあら、立派な呪いくっつけてどうしたのぉ？」

と、ナナシの手の甲を見たシュメルヴィが、何気なく放ったその一言。それが決定打となった。

――剣姫様は、本気でボク達からナナちゃんを奪おうとしている。

ミリアが銀嶺の剣姫マスマリシス＝セルディスを、恋敵として認識した瞬間であった。

あらためてナナシの手の甲をまじまじと眺めた後、シュメルヴィが唇を尖らせる。

「古代語やらぁ、精霊語やらぁ、いろんな言語でぇ、複雑な術式がぐぅるぐるに巻きついてる感じ。まあ呪いっていうのは訂正するけどぉ、かなり特殊な魔法よねぇ、これ」

ミリアは思わず身を乗り出して、シュメルヴィに問い質す。

「で！　どんな魔法なんですか？」

「一言で言うとぉ、運命の改変かしらぁ」

「運命の改変？」

「術者と対象者、この場合だとぉ、セルディス卿とナナシくんは、どれだけ離れてしまっても、必ず再会するのよぉ。運命がそう変わると言っても良いわぁ。相当強力だから、例え死に別れても、来世で必ず再会する、そういう魔法よぉ」

「……それって」

「ある意味、恋人同士の憧れよねぇ」

シュメルヴィのトドメの一言に、ミリアは膝から崩れ落ちる。

「あは……あはは……」

その口から、乾いた笑いが零れ落ちた。

しかし、

「でも、見方によっては只のストーカーよね。女の執念を感じるわぁ」

シュメルヴィのその一言で、あっさりと復活した。

「ですよね！　おのれ剣姫！　ちょっと文句言ってくるッ！」

「ちょ、ちょっとミリアさん！」

ミリアはいきなり立ち上がると、慌てるナナシを尻目に、実験室を飛び出して行った。

「あらあらぁ、若いって良いわねぇ」

「シュメルヴィさん……楽しんでますよね？」

「あら、分かっちゃったぁ？」

あっけらかんと答えるシュメルヴィに、ナナシは深い溜息を吐いた。

「そうそうナナシくん。話は変わるんだけどぉ、君に見て貰いたい物があるのよぉ。丁度良かったわぁ」

「見て貰いたい物？」

訝しげに眉根を寄せるナナシを他所に、シュメルヴィはつかつかと、実験室の隅に設置された作業台の方へと歩いていく。

作業台の周りには紙束や乳鉢、その他、怪しげな実験器具などが乱雑に積み上げられている。おそらくつい先日までは、これがその作業台の上にあったのだろう。しかし今、その作業台の上は、どう見ても魔術師の実験室に似つかわしくない、無骨な鉛の塊が占拠していた。

素材そのままの鈍色、形は流線型と言えなくも無いが、左右が微妙に均一ではなく、微かに歪み、表面も波打っている。

「もしかして、これがミオ様の仰られていた『ゲルギオスに追いつく手段』というヤツですか？」

シュメルヴィは、にんまりと笑って頷く。

「そうよぉ、後はバランスを調整して、綺麗に研磨するだけだから、機能的にはもう問題ないはずなのよぉ。出来れば今からコレを試験して欲しいのぉ」

そう言いながら、何故かシュメルヴィは胸を両腕で挟むようにして、わざとらしく強調する。多分これはもう習慣なのだろう。思わず顔を背けるナナシの脳裏を、キリエの不愉快そうな顔が過ぎった。

＊

精霊石の照明が煌々と灯る、練兵場跡地での試作品試験。

噂には聞いていたが、魔術師という生き物は実験や研究の事となると、見境が無くなるというのは本当らしい。

ナナシが「そろそろ終わりにしませんか？」と切り上げようとする度に、シュメルヴィは例の胸を寄せるポーズで、「もうちょっとだけぇ」と迫ってくるのだ。そんな物に抗える訳が無い。結局、シュメルヴィがテストの結果に満足して、ナナシが部屋へと帰り着いた時には、あと半刻もすれば日付が変わる、そんな時間になっていた。

既に夜も遅い。音を立てない様にそっと扉を押し、ナナシは足音を殺して部屋へと入る。

すると暗闇の中に、月明かりに照らされて浮かび上がる人影があった。

それは、なだらかな曲線で描かれる女性の姿。シルエットだけで判別のつく整った陰影。

「どうしたんです？　もう夜も遅いですよ、剣姫様」

「……どうしても聞いて頂きたい事があります」

淡い月明かりに照らし出された剣姫のその表情は、どこか沈んでいる様に見えた。

――やっと、来ましたか。

ナナシは思わず苦笑する。

からかわれる事には慣れているが、流石にこれだけ長い時間を掛けて仕込まれると、ついつい本気にしてしまいそうになる。

手の甲の文様にしても、シュメルヴィは随分と厄介な物の様に言ってはいたが、魔法を掛けた当の本人なら、簡単に解呪(ディスペル)する事も出来るのだろう。

後は「冗談でした」と言われた後に大げさに驚いて、少し残念そうな顔をすれば、たぶん満足して貰えるのだと思う。

決して趣味の良い話では無いが、こんなことで満足して貰えるのであれば、それほど悪い事でも無い。自分は人の役に立っている、そう思える。

部屋の中は暗い。おそらく剣姫の目にもナナシの姿は、はっきりとは見えていないのだろう。どこなく視線の定まらないままに、彼女はナナシのいる方を向いて、静かに口を開いた。

「私がご主人様の下僕になると誓った事、あれは――」

ナナシは静かに目を伏せる。

「冗、冗談ではありません」

冗談です。――そう締め括られると思い込んでいたナナシは、意表をつかれて目を見開き、口元を間抜けに歪めたまま固まった。

朝が来たのだと勘違いして、夜中に目覚めた時の様に、思考と現実のズレを上手くすり合わせる事が出来ない。

「冗談……ですよね？」

しかし、剣姫は悲しそうな目でナナシを見つめ、静かに首を振った。

「……これは運命の出会い。ですから口に出さなくとも、ご主人様も分かってくださっている、浅はかにも、私はそう思い込んでおりました。本日、ミオ殿に指摘されるまで、ご主人様がからかわれている。そうお考えになられていた事など、全く気づいていなかったのです」

「いや、剣姫様……なにを仰ってるのか……」

「ご主人様、私は誓って、冗談や嘘偽りは何も申しておりません」

剣姫は唇を噛みしめて俯く、そして消え入りそうな声で呟いた。

「私は……ご主人様の下僕になりたい……んです」

その瞬間、得体の知れない感情がナナシの胸を締め付けた。

今にも声を上げて逃げ出したくなる様な居心地の悪さ。それが、この部屋に蟠る闇の様に、ねっとりと身体に纏わりついてくる。

全部冗談だった。——剣姫様、あなたはそう言って僕を嘲笑しなくてはいけない。あなたの冗談を本気にした、惨めで身のほど知らずな愚かな地虫だと、笑うべきなんです。そうすれば誰も傷つかずに済むんです。

剣姫へと告げるべき言葉が、頭の中でぐるぐると渦を巻く。ナナシは、自分でも気づかないうちに小さく震えていた。まるで身体のあちこちに心臓が散らばってしまったかのように、血管という血管がピクピクと脈を打ち、逃げ場を失った熱が身体中を駆け巡っている。冷静になれ、頭の片隅にそう叫ぶ自分がいた。

しかし、

「……私は貴方の下僕になりたい」

再び剣姫が呟いたその瞬間、胸の奥でナナシを縛めていた鎖がはじけ飛んだ。

「剣姫様！　あなたは何も分かっていないんです。僕は！　僕らは！　疎まれ、蔑まれ、忌まれる人間なんです！　何をどう間違っても、あなたにご主人様なんて呼び方をされる様な身分の人間では無いんです！　砂漠に住まう蛮族と呼ぶ人もいます。人の形をした獣と言う人もいます。なのに、あなたはどうして、そんな人間の下僕になりたがるんです。一時の感情であるならば、それはきっと後で自分を責める結果になります。そして、どんな事情があるとしても、もし自分を貶める手段として僕らを使うのであれば、それは！　それだけは止めてください！　僕は、僕の所為で誰にも不幸になって欲しく無いんです！」

剣姫は目を大きく見開いたまま硬直している。しかし、ナナシは声を荒げる事を止められない。がたがたで、ぐちゃぐちゃで、ぐずぐずの感情が、奔流となって口から溢れ出した。

荒い呼吸音。生々しい感情が、暗い部屋の中でべちゃりと壁にぶつかって、石畳の床へと糸を引いて滑り落ちる。

やがて、ナナシを冒した熱がどこかへ逃げてしまうと、激しい後悔の波が押し寄せた。

――やってしまった。

ナナシが思わず項垂れたその時、剣姫が静かに口を開いた。

「長い話になりますが、聞いていただけますか？」

それは服についた皺を丁寧に伸ばす様な、そんな口調だった。

そうして始まった剣姫の話は、本当に長かった。

揶揄している訳では無い。この銀髪の少女が生きた、十七年という月日についての物語。それが、長く無い訳が無いのだ。

剣姫が誕生した時に、見知らぬ星読みが屋敷を訪れた事から話が始まり、氷河の洞窟で霊剣『銀嶺』と出会った事で、石化魔法しか使えない落ちこぼれの魔術師であった少女が、異常なまでの強さを手に入れた事。
隣国ネーデルとの戦争において、被害を最小限に収めるべく立ち回った事が、結果的に手柄を横取りする形となって、次期国王である王太子に疎(うと)まれた事。それに端を発する宮廷闘争に巻き込まれた父の為、そして家門の存続の為に、自ら国を去ることを決めた、当時十二歳の少女の事。

王太子の放った追手を振り切り、逃げ続ける旅路の中、唯一の希望は父から教えられた星読みの予言。逃げるだけの旅が、次第に運命の主を探す旅へと変わっていった事。

そして遂に――ナナシを見つけた事。

次第に訥々(とつとつ)と話のテンポは落ちていき、最後には言葉の代わりに涙が一滴(ひとしずく)、零(こぼ)れ落ちた。

たかが予言。

そう言い切ってしまう事は容易(たやす)い。

しかし、その予言には、少女がここまで生き続ける為に必要だった希望や願望が、予言の原型が分からなくなるほどに、無茶苦茶に絡(から)み付いている。

ナナシは思った。

出来る事ならば、この少女の願いを叶えてやりたい、と。

だが、それはあまりにもお人善しというものだ。それは彼女が生きる理由を、自分が担(にな)うという事と同義であり、同時に今までの自分自身の在り方を、否定する行為でもある。

しかし、この砂漠の民の少年は、どうしようもなく愚かで短絡的(たんらくてき)であった。

自分の目では捉えられない自分自身の事よりも、今、目の前で泣いているこの少女を、これ以上悲しませたくない。

そう思った。いや、思ってしまったのだ。

「……僕は、あなたの主になれるのでしょうか？」

ナナシのその言葉に、剣姫はこくりと頷いた。

＊

どれぐらいの時間が過ぎただろう。

剣姫の様子が落ち着いたのを見計らって、ナナシはそっと声をかける。

「落ち着きましたか？」

顔を上げた剣姫の目元は赤く、少し腫れている様に思えた。

「はい……すみません。もう大丈夫です。ご主人様」

「あの……一つお願いがあるんですけど……。せめてそのご主人様っていうのは、やめてもらえませんか？」

「お断りします」

即答であった。

この流れで即座に拒否されると思っていなかったナナシは、腹に一撃を喰らった瞬間の様な、何とも間抜けな表情で硬直した。

「ご主人様はご主人様です」

「いや、しかしですね……。剣姫様にご主人様って呼ばせるとか、体裁が悪すぎるというか、本気で僕の身が危ないというか……。僕の身を案じていただけるなら、呼び捨てが無理なら、『さん』でも『君』でもかまいませんから、もっとこう、普通の呼び方でお願いします」

「むう……わかりました。百歩、いや万歩譲って、ご主人様という呼び方は我慢します」

剣姫は苦渋に満ちた表情で、握った拳を震わせる。

「では、主様で」

「ほとんど変わって無いだと⁉」

万歩も譲ったと言うのに「ご」と「人」の二文字が外れただけ。ならば一歩あたりはどれだけ小さいのかと、驚愕するナナシを完全に放置して、剣姫は「主様？　あ・る・ぢさま？　あーるじサマァー」とイントネーションを確認し始めた。

……この調子では、今日の時点でこれ以上譲ってもらう事は不可能だろう。

そう思うと、どっと疲れが押し寄せて来た。

「剣姫様、もう夜も遅いですし、今日の所はお部屋に戻ってお休みください」

ナナシが非常に遠回しに「帰れ」と促すと、剣姫はきょとんとした表情で首を傾げる。

「はい？　何を仰っているんですか、主様。私は主様の下僕になった時点で、ミオ殿の食客では無くなっていますから、当然部屋もお返ししましたよ。下僕を養うのは主の務め。私はこの部屋でお世話になります」

「ちょ!?　ちょっと待ってください。いくら何でもそれはマズいでしょ」

「何がマズいのですか？　いいですか。私は主様が望む事であれば、何をされてもかまいません」

「ブフゥ!?」

ナナシは思わず噴き出し、剣姫は飛び散る唾を避けて、きゃっ!?　と飛び退く。

何て事を言うのだ、この人は！　自分の言っている事の意味が分かっているのだろうか？　うん、たぶん分かってない。ナナシは心の中でそう結論付ける。いや、そう考えなければ、このあまりにも破壊力のありすぎる発言に対処できないのだ。含まれているものが、年頃の男子の致死量を軽く超えている。

これ以上このやりとりを続ける事は、得策では無い。そう判断したナナシは、妥協案を提示する事にした。

「分かりました。部屋の事は明日、ミオ様にお願いしてみます。僕はこっちの隅で寝ますから、剣姫様はどうぞ寝台をお使いください」

しかしその発言に、剣姫はみるみる不機嫌さを露わにしていく。

「主様！　どこの世界に主を地べたに追い遣って、のうのうと寝台で眠るような下僕がいますか！　私が床で寝ますから、主様は寝台でゆっくりとお休みください！」

「剣姫様こそ下僕を名乗るのなら、ちょっとぐらい僕の言う事を、聞いてくださっても良いじゃありませんか！」

「で、す、か、ら！　以前も申しましたが、主が間違えている時に、間違えている事を指摘するのも、下僕の役目なんですッ！」

　二人は角を突きつけるようにして睨み合う。

　何でこうなった。そう思わなくも無いが、このままだと夜が明けてしまう。

「じゃあ、剣姫様が床で寝る、それで良いです。僕は外で寝ますから」

「なっ！　主様を追い出して、下僕の私に部屋に居座れと！」

「だって、これじゃ埒が明きません！」

　ナナシが一際大きな声を出すと、剣姫は一瞬、怯えた様な表情になった後、奥歯を噛みしめて俯き、拳を強く握る。

　泣かせてしまったか？　と、ナナシが慌てかけたその瞬間、顔を上げた剣姫の目には、正気とは思えない様な、妖しい光が宿っていた。

「かくなる上は……。主様に石になっていただいて、朝までゆっくりお休みいただくしかありませんね」

「は？」

　あまりにも不穏な発言。剣姫の発言が、いきなり斜め上へと突き抜けた。

「ご安心ください。石化魔法だけは得意なんです。朝にはきっちり解呪してさしあげます」

「け、剣姫様……？　あはは……な、何をおっしゃってるんでしょう？」

　後ずさるナナシ。全身からぶわっと冷たい汗が噴き出した。

「石化してしまえば、首の位置が固定されますから、肩こりが解消される。そう仰ってましたよ、父様が……」

「け、剣姫様、まさかお父上を石化したんですか？」

「ええ、よろこんでいましたとも。一度体験すると癖になるみたいですよぉ」

剣姫の目つきは完全に常軌を逸している。うん、はっきり言おう。これはヤバい、、、。

父親を石化する娘、それを気持ち良いなどと喜ぶ父。とんだ変態親子ではないか。

ひっくり返された昆虫の脚の様に、わきわきと妖しく指を動かす剣姫。その様子に、恐らくあの手に触れると拙いのだろうと当りをつけて、ナナシは距離をとって身構える。

練兵場での剣姫の闘い方を見て以来、もし剣姫と戦闘になったらどうすれば勝てるかと、幾度となく考えはしたが、まさかこんな形で実現しようとは、流石に想像もしていなかった。

「さぁ、主様、おねむの時間ですよぉ……」

じりじりとにじり寄る剣姫、後ずさるナナシ。

ナナシの足が寝台に当たって、シーツがしゅるりと柔らかな音とともに滑り落ちたその瞬間、剣姫はナナシに向かって掴みかかってきた。

間一髪でどうにかそれを躱すと、ナナシは剣姫の両手首を掴みとり、そのまま縺れ込むように、寝台の上へと押し倒した。

深く沈み込む寝具。柔らかなその感触を、組み敷いた剣姫の身体越しに感じた途端、剣姫の身体から急に力が抜けていく。

抵抗していたはずの腕もふにゃふにゃになって、当にされるがまま。ナナシが訝しげに目を向ける

と、剣姫は恥らう様に身を捩った。

「……主様」

ナナシを上目使いに見つめて、剣姫は言った。

「わ、私は、その……初めてですから、優しくしてくださると嬉しいのですが……」

――何でこうなったアァァ！

熱に浮かされた様な表情を浮かべる剣姫の姿に、ナナシは自分達が如何にシャレにならない状況にあるのかを理解した。

マズい！　嗚呼、これはマズい！　非常にマズい！

慌てれば慌てるほどに腕は震え、動悸は早まり、思考は空転する。

今すぐ剣姫から離れなければと思う反面、いま離れてしまえば石化魔法の餌食になるという警戒心が、頭の中で平行線を形作る。

もう！　一体どうすれば良いんだ！　とナナシが縋る様な想いで、視線を部屋中に泳がせると、寝台の脇に無造作に置かれた背嚢の上で、目が止まった。

――もう、これしかない。

ナナシは胸の内でそう呟いて、剣姫の両手を彼女の頭の上で一つに纏めて押さえつけると、空いた手を背嚢へと伸ばして、指先の感触だけで目的の物を探り当てる。

ナナシがそこから取り出したのは、一本のロープ。

剣姫はそれを目にした瞬間、愕然(がくぜん)とした表情を浮かべ、それから赤くなったり、青くなったり、目まぐるしく表情を変える。

ナナシは剣姫が何やら妄想に夢中になっている間に、彼女の頭の上で両手を寝台(ベッド)の枠に固定するように縛りつけていく。そして、一頻(ひとしき)り縛り終える頃には、剣姫は顔色こそ赤いものの、概(おおむ)ね冷静さを取り戻しているように見えた。

「痛くないですか？」

ナナシはロープの結び目を確認しながら問いかける。無論、痛いと言ったところで緩めるつもりはこれっぽっちも無い。だって石化されるかどうかの瀬戸際なのだ。しかし、突然の問いかけに驚いたのか、剣姫は盛大に目を泳がせながら、意味不明な言葉を口走った。

「どんとこいです」

「どんと……？」

「い、いえ、主様(あるじさま)、なんでも！　なんでもありません！」

赤く染まった頬をより一層赤らめながら、剣姫はぶんぶんと首を振る。

「ぷっ」

「なっ！　何がおかしいんですか！」

「あ、いや、すみません。剣姫様も慌てる事があるんだなぁと思って……」

「もうっ！　知りません！」

剣姫は拗(す)ねたように頬を膨らませて、顔を背けた。

その瞬間の事である。

ナナシは寝台から飛び退くと、すかさず剣姫に毛布を被せ、自分も予備の毛布を手にして、部屋の隅でごろりと横になる。

慌てたのは剣姫。何が起こっているのか良く分からないままに、うまく身動きできない身体を捻って、部屋の隅で横たわるナナシへと呼びかけた。

「あ、あれ？　お、おーい、あのぉ……。主様？　もしもーし」

きょとんとした表情で、自分の手を縛めているロープと、部屋の隅で横たわる主の背中の間を、何度も視線を往復させた末に、剣姫は寝台の上で猛然と暴れ出した。

「は、謀りましたね！　主様ァ！　だ、だまし討ちとは卑怯な！　わ、わ、わ、私の！　お、乙女の純情をなんだとお思いですかあああああ！」

しかし、ナナシは頭から毛布を被ったまま、ピクリとも反応しない。

それ以降、かなり長い間、剣姫はベッドの上に縛り付けられたまま、ぎゃあぎゃあと喚き散らしていたが、暴れ疲れたのか、いつしか喚き声は静かな寝息に変わっていった。

——勝った！

ナナシは毛布の下で満足げに拳を握ると、むくりと起き上がり、剣姫の枕元に立つ。

あれだけ凛々しい剣姫も、眠っている時の表情はあどけない。微笑ましい様な、ホッとしたような気持ちになって、ナナシの表情に柔らかな微笑が浮かぶ。

「じゃあ、主として最初のお願いをしますね、剣姫様」

囁(ささや)く様な小さな声。

「留守番、よろしくお願いします」

そして、ナナシは音を立てないように、そっと扉を開いて部屋を出て行った。

第二章
行く者、来る者、残る者

明け方というにはまだ早い。

もう暫（しばら）くすれば、東の空が白み始めるであろう、そんな時間帯。

日の出前の薄闇の中を、流線型の鉛板（なまりいた）がふらふらと、城壁の上へと続く長い階段を登っていく。

長さ二ザール足らず、削り出したままの鈍色（にびいろ）のそれは、金属の身体を持つ魔物の一種——という訳では無い。薄暮（はくぼ）の淡い光の中では、単にそれを背負って歩く者の姿が、影となって良く見えない、ただそれだけの話だ。

とはいえ、誰がどう見ても不審者である。

寧（むし）ろ、こんな時間にそんなものが城壁へ登っていくのを目にして、怪しいと思わない者がいたならば、そいつは行進する兵士の列に道化師（クラウン）が一人混じっていても、気付かないに違いない。

それは白いフードマントを纏（まと）った、砂漠の民の少年。

彼は額の汗を拭（ぬぐ）いもせず、ひたすらに階段を登っていく。そして彼が背中に背負っている鉛板（なまりいた）。これが、これこそが、ミオのいう『ゲルギオスに追いつくための手段』であった。

——砂を裂く者（サンドスプリッター）。

そう名付けられたこの鉛板（なまりいた）は、ナナシの波乗りにヒントを得て、ミオが筆頭魔術師シュメルヴィに開発を命じた、砂の上を滑走する魔道具である。

流線型に加工された鉛板（なまりいた）の前部に一つ、後部に三つの風の力を宿した精霊石を埋め込んだ代物（しろもの）で、風の魔法の力で砂を巻き上げて、擬似（ぎじ）的に波を作る。

機動城砦の速さは、しばしば『馬の様に速い』そう喩（たと）えられるが、言うなればこれはその三倍。喩（たと）

えるなら『鳥の様に速い』と言ったところだろうか。

　昨晩、ナナシは試作品試験(テスト)に付き合わされて、この魔道具が充分に使用に耐え得る事を確認した。

　確かに完成品では無い。塗装もされていなければ、左右のバランス調整も充分とは言い難い。しかし、機動城砦ゲルギオスに追いつく事だけを考えれば、これで充分。一分一秒でも早く義妹(キサラギ)を救出したいナナシには、これ以上、完成を待つ理由は無かった。

　城壁の上まで辿(たど)り着くと、ナナシは深く息を吸い込む。

　清澄な朝の空気が、肺の中に溜まっていた熱をゆっくりと冷ましていく。

　城壁の上から、地平線に沿って右から左へと視線を動かせば、見渡す限りの砂漠の景色。そこには風紋を描く砂の他には何もない。

　貴種(ノブル)達にとっては、地獄そのものと言っても過言ではない灼熱の砂漠。しかし、そこへと飛び出す事について、ナナシには何の恐れもない。なにしろそこで生まれて、十五年間を過ごしてきたのだ。

　ただ、後ろ髪を引かれるのは剣姫の事。

　昨晩ナナシは、彼女の主となる事を了承した。

　その舌の根も乾かぬ内に、彼女を置き去りにしてここを飛び出すのは、あまりにも酷い仕打ちである事、それはもちろんナナシにも分かっている。

　だが、砂洪水(フラッド)によって傷つき、身動きの取れないこの機動城砦サラトガから、最大の戦力である彼女を連れ出す訳にはいかない。また、彼女のどう考えても目立ちすぎる容姿は、機動城砦に潜入するという目的とは、あまりにも相性が悪すぎた。

——それと、もう一つ。

ナナシは手の甲に浮かび上がる、氷の結晶の様な文様を見つめる。

この文様に込められた呪いが、ナナシと彼女を必ず巡り会わせるというのであれば、彼女がここにいる限り、ナナシは必ず戻って来れるはずなのだ。

言い訳がましいとは思いながらも、彼女に宛(あ)てて簡単な書き置きを残してきた。それを読んでもらえれば、彼女ならばきっと理解してくれるはず、ナナシはそう自分に言い聞かせた。

「……ごめんなさい」

一言そう呟(つぶや)いて、ナナシは砂を裂く者(サンドスプリッター)を小脇に抱(かか)え直すと、助走をつける為に二歩三歩と後ずさる。

そして、いざ駆け出そうとしたその瞬間、

「うっ⁉」

背後からナナシの喉元に、鈍く光る刃(やいば)が突き付けられ、背筋を冷たいものが駆け抜けた。

考え事に没頭するあまり、気配を察知(さっち)する事も出来無かったのかと、自らの未熟(みじゅく)を責めながら、必死に状況を把握しようとする。

目線だけを動かして、自分の喉元に突き付けられているものを見れば。それは緩(ゆる)やかに弧を描く刃(やいば)。

ナナシはこの湾曲刀(シャムシール)の持ち主を知っていた。

「謝んなきゃなんねぇ事は、しねぇ方が良いよな、寄生虫」

「……アージュさん、何でこんな所に？」

ナナシは刃(は)に触れない様に、ゆっくりと体を捻(ひね)って振り返る。

そこにあったのは、想像通り、男勝りの近衛隊副隊長の顔。

外に向けて緩やかにウェーブを描く黒い髪。やや童顔な顔のパーツの中で、紅玉の瞳が強い意志を爛々(らんらん)と湛(たた)えている。

お臍(へそ)が見える長さにカットされた短衣(チュニック)と、皮の短袴(ショートパンツ)という露出過剰(ろしゅつかじょう)な出で立ちも、彼女の健康的な魅力を惹(ひ)き立てて、少しも厭(いや)らしさを感じさせない。

彼女は、右手で湾曲刀(シャムシール)をナナシの首に突き付け、左手に持ったドーナツを齧(かじ)りながら、問いかけに応じる。

「何で？　何でじゃねえよ、馬鹿野郎。こっちはボズムス殿に化けたゴーレム野郎の捜索で忙しいってのに、不審な行動をとる馬鹿を見つけちまったんだから、追わねえと仕方ねぇだろうが」

「僕は不審者じゃありません」

「馬鹿野郎、不審者は皆、そう言うんだよ」

そう吐き捨てるとアージュは、ドーナツの最後の一切れを口の中へと放りこんで、ぺろりと指先を舐(な)めた。

「義妹(いもうと)を助け出しに行くんです。必ず帰ってきますから、今は邪魔しないでくれませんか？」

「それはミオ様の指示か？」

急に真顔で問いただされて、ナナシは思わず言い淀(よど)む。

「いえ、そういう訳では……」

「じゃ、ダメだ」

ダメだと言われて引き返すぐらいなら、最初から大人しくサラトガが動ける様になるまで待つに決まっている。このまま、ここで時間をとられている訳にはいかないのだ。

「アージュさんの分からず屋！」

ナナシは自分の首筋へと刃（やいば）を突きつけるアージュの右腕に、肘（ひじ）を叩きつけてそれを跳ね上げると、間髪入れずに城壁の上から身体を投げ出した。

城壁の高さは三十ザール。落下する先がいくら柔らかい砂の上だとはいっても、只で済む様な高さでは無い。

ところが、ここでアージュは信じられない行動を取った。

「バッカヤロォ！　逃すモンかよッ！」

咄嗟（とっさ）に左手を伸ばして、落下し始めるナナシの襟首（えりくび）を掴（つか）んだのだ。

しかし、女の細腕でナナシの体重を支え切れる訳が無く、そのまま絡まるようにして一緒に落ちていく。

アージュの無謀な行動に驚きつつも、ナナシは小脇に抱えた砂を裂く者（サンドスプリッター）を、空中で無理矢理足下（あしもと）へと移動させてその上に乗ると、前傾姿勢をとってアージュを背負うように受け止める。その瞬間、鉛板（なまりいた）の底では四つの精霊石が一斉に発光して、風の魔法を発動。地面までわずか数センチという所で鉛板（なまりいた）が弾んで、落下の衝撃を吸収した。

しかしそれでも尚、人一人の重さを相殺（そうさつ）しきれず、ナナシはアージュの身体に押しつぶされるように、砂を裂く者（サンドスプリッター）の上へと膝（ひざ）をつき、彼女が手にした抜き身のままの湾曲刀（シャムシール）が頬を掠（かす）める。獣の様に四つん這いのナナシの上に、背負われる様に圧し掛かるアージュ。二人を乗せて、前のめりに重量がかかった砂を裂く者はそのまま一気に加速。一瞬にしてサラトガの城壁が遥か後方へと遠ざかっていく。

「アージュさん！　なんて無茶な事するんですか！　死ぬ所だったんですよ！」

珍しくナナシが大声を上げた。だがアージュはそれを全く無視して、

「痛ってぇ……」

と、ぶつけた膝を擦っていた。

「ちょっと、聞いてます!?　アージュさん！」

「うっせぇ！　でけぇ声出すんじゃねぇよ」

ナナシの背に担がれる様な体勢のまま、面倒臭そうにそう答えると、アージュは背後を振り返って、遠ざかっていくサラトガの城壁に目を丸くする。

「おお！　なんだこれ。無茶苦茶速いな！」

アージュは何故か楽しそうに燥ぎ、彼女が身体を揺らす度に、四つん這いの姿勢のまま、ナナシが必死の形相でバランスを保つ。

「アージュさん！　止まりますから、ここで降りて引き返してください」

「嫌だと言ったら？」

「振り落とします！」

ナナシの表情は真剣。しかし、アージュはナナシの襟首を掴んでいた左手を、ナナシの首筋へと絡み付かせると、そのまま足まで使って、ガッチリとナナシの背にしがみ付く。

「ちょ、ちょっと！　アージュさん！　バランス崩れますって！」

「……お前本当に、帰ってくる気はあんのか？」

「当然です」

「しゃーねぇな……」

「分かっていただけましたか」

ナナシはホッと安堵の息を吐く。が……それも束の間、

「このまま、お前についてく事にするわ」

「はあぁ!?」

想像もしていなかった返答に、ナナシは思わずバランスを崩しかけて、砂を裂く者(サンドスプリッター)は激しく蛇行(だこう)した。

「ば、馬鹿野郎！　ちゃんと集中しやがれ！　殺す気か！」

「誰の所為(せい)だと思ってるんですか！」

「うっせぇ！　お前にはまだ、皮鎧(レザーアーマー)の弁償して貰ってねぇし、もうすでに今朝の軍議にゃ間に合わねえ。おまけにお前が出て行くのを見逃したとなりゃあ、間違いなく懲罰(ちょうばつ)モンだ。どうせ怒られるんなら、隊長が甘やかしてるお前と一緒に怒られた方が、私の生存確率が上がるってもんだ」

「大袈裟な……。キリエさんに怒られるだけなんでしょう？」

「分かってねェな。ウチの隊長が甘いのは、妹君(ミリア)とお前ぐらいのもんだぞ」

「いや、それにしたって……」

「近衛隊の懲罰は、油まみれの黒筋肉どもでぱんぱんの部屋に、監禁一週間だって言ったら？」

「アージュさん！　僕と一緒に行きましょう！」

ほぼ死刑と言っても過言ではない懲罰に、ナナシは思わず同行を承諾してしまった。

そもそもサラトガの近衛隊はどうなっているんだ。黒筋肉達を有効活用しすぎではないか……。

「分かりゃあ良いんだよ、分かりゃ。きっちり監視してやるから、私から逃げようなんて思うなよな」

ナナシの首を腕で軽く締め付けながら、そう言い捨てるアージュの表情は、どことなく楽しそうに見えた。

＊

「ふむ。何か申し開きする事はあるかの？」

「ええっとぉ、申し開きと言われてもぉ、困ってしまうんですけどぉ」

ナナシが機動城砦サラトガを出奔して、数刻が経った頃。

ミオの執務室、そこには仁王立ちのミオの前で、正座させられている筆頭魔術師シュメルヴィの姿があった。

「完成前でもあんなものを見せたら、ナナシが飛び出して行くのは当たり前じゃろうが！」

「そう言われましてもぉ、テスト無しの実運用はぁ、流石にマズいと思うんですぅ。そもそもアレ、ナナシ君以外に乗れる人いないですしぃ……」

ミオとしては万全の準備の上で、ナナシをゲルギオスに送り出すつもりでいた。

具体的にはこれまでの経緯を鑑(かんが)みて、裏で糸を引いている可能性が高い死霊術師(ネクロマンサー)に対抗する為、ストラスブルから浄化魔法に秀でた者を借り受けて同行させる事。加えて、いくつかの魔道具を提供するつもりでいた。

そしてその代わりに、ナナシが帰還するまでの間、銀嶺の剣姫にはサラトガに残って貰う様、説得するつもりでいたのだ。

結果だけをみれば、確かにナナシが出て行った後も、銀嶺の剣姫はサラトガにいる。

しかし……。

「あの惨状を見るのじゃ」

「うわぁ……」

ミオに促されて目を向けた先に、シュメルヴィが見た物。

それは執務室の隅で、どんよりとした瘴気(しょうき)を垂れ流しながら、膝(ひざ)を抱えて小さくなっている、銀嶺の剣姫とミリアの姿であった。

あの様子では、使い物になるのかどうかも怪しい。いや、それ以前に、いつナナシを追うと言い出すか、分かったものでは無い。

ミオが目指したのと似てはいるが、実際のところは、最悪の状況と言って良かった。

ミオがあらためて深く溜息を吐きかけたその時、兵士が一人、勢いよく執務室に飛び込んできた。

「ご報告いたします！　捜索中の地虫(バグ)の足取りが掴(つか)めました！　本日未明、見慣れぬ乗物に女を乗せて、ものすごい速さで走り去った、との情報が入って参りました！」

「「「「「オンナ!?」」」」」

この場にいる者達の驚愕の声がシンクロする。

「まさか、あ、主様が駆け落ち……」

「ちょっとォ!?　縁起でもないこと言わないでくれない！」

顔を真っ青にして呟(つぶや)く剣姫。それにつっかかるミリア。兵士は二人のその様子を気にしながらも、姿勢を崩す事無く報告を続ける。

「尚、各隊にて点呼を取りました所、アージュ＝ミアージュ近衛副隊長のお姿が見当たりません」

その途端、

「んふ、んふふふふふふふふふふふ」

それまで無言で控えていたキリエが突然、不気味に笑いはじめ、ミオはビクッ！　と身体を跳ねさせる。

「私の副官の身でありながら、我が弟を誑(たぶら)かすとは良い度胸だ、アージュ！」

キリエは報告に来た兵士に指を突きつけて、声を張り上げた。

「よし、貴様！　今すぐ近衛隊舎に行って伝えろ、黒薔薇隊(ガチムチ)に発令！　コードは発見即必殺(サーチアンドデストロイ)、標的(ターゲット)はもちろんアージュだ！」

「そうだ、お姉ちゃん！　やっちゃえ、やっちゃえ！」

「そうですね。主を堕落させる毒婦は、排除せねばなりません」

目を血走らせるキリエを、ミリアが勢いよく焚き付け、更には剣姫も不穏な発言を零す。

現在のサラトガに二人を追う手段が無いことが唯一の救いではあるが、ナナシと一緒に怒られれば、懲罰も軽く済むのではないかというアージュの目論見は、本人の与り知らないところで、信じられないほどの勢いで裏目に出て、最悪の様相を呈していた。

＊

サラトガを出発してから随分経った頃、ナナシとアージュは砂を裂く者を静かに減速させて、砂の上へと降り立った。

太陽は既に、地平線上に微かに紅い筋を残すのみ。薄暗い空に星が瞬き始めている。

「今日はこの辺りで野宿ですね」

「……野宿ってお前、何にも無ぇじゃねえか」

何も無くて当然、何をどうしたところで砂漠のど真ん中だ。

それでも、ナナシとしては慎重に場所を選んだのだ。

周りに流砂が起こっている気配が無く、毒を持つ虫の寄り集まる仙人掌が生えている気配も無ければ、砂蚯蚓の這った跡も無い。

少なくとも身の危険を感じる要素は何もない場所。

アージュの表情には、出発した頃の燥いだ様子は見る影も無く、今はどこか不安げな面持ちで周りを見回している。

「すみません。今晩は我慢してください。僕だけならどうとでもなると思って、何の準備もして来なかったので」

ナナシがアージュへと目をやれば、両腕を抱え込む様にして身を震わせている。まだ陽が落ちたばかりなのでそれほどでも無いが、砂漠の夜は放射冷却によって厳しく冷え込む。流石にアージュの様な薄着では凍死しかねない。

「これからもっと冷え込みますから、急いで寝床の準備をしますね」

そう言うと、ナナシは砂の上に座り込み、慣れた手付きで穴を掘り始めた。

「お、おい、お前、何を……？」

「何って、寝床を作ってるんですけど？」

「寝床？　普通、野宿って言ったら火を焚いてだな」

「燃えるもの、有りますか？」

アージュはぐるりと周囲を見回す。

「無ぇな……」

「でしょ」

「いや、ぎりぎりあるか……なんか白いフードマントみたいな……良く燃えそうな布をどこかで見た様な気がする」

「やめてぇ！」

思わずナナシはフードマントごと、自分の身体を抱いて身を捩る。

「冗談だ。バーカ、本気にすんじゃねぇよ」

「アージュさんが言うと、ちっとも冗談に聞こえないんですよ……」

そうこうするうちに、ナナシが斜め向きにかなり深い穴を二つ掘り終えて、フードマントを外すと、穴の一つにそれを敷いた。

「じゃあアージュさん、こっちの穴に入ってください。で、入ったら胸のあたりで隙間を埋めますけど、足の方はあんまり崩さない様にしてくださいね。足の方が完全に埋まっちゃうと血が止まって、悪くすると死んじゃいますから」

「お、おう」

どことなく不安げな面持ちで、敷かれたフードマントの上へと慎重に横たわると、ナナシがそっと胸のあたりに砂を被せていく。なるほど、確かにこれは暖かい。

アージュの胸元に土を被せ終わると、ナナシは隣りの穴に横たわり、器用に砂で隙間を埋めていく。

何もない砂漠に、頭だけを出して埋まる男女。

上空から見下ろした時の絵面を想像して、アージュは思わず苦笑する。

「どうかしましたか？」

「うっせぇ、なんでもねぇよ」

「今日ぐらいの速度で進めれば、明日の夕方にはオアシスに入れると思います。まあ、それ以降はゲルギオスに到着するまで、野宿は避けられませんから、出来ればオアシスで必要な物を揃えたいんですが……アージュさんお金持ってます？」

「舐めんな。これでも私は近衛隊の副隊長だぞ」

実際、腰のポーチには銀貨が八枚。非常用としてブーツの靴底に、左右一枚づつ銀貨を仕込んである。銅貨に換算すれば千枚分。かなり良い宿屋に泊ったとしても、二人で十日以上、余裕で宿泊出来るだけの金額だ。

「ははっ、頼りにしてます」

「フン、寄生虫め。一生恩に着ろ」

アージュのその言葉を最後に、二人の間に静寂が居座った。

暗くなったとはいえ、夜もさほど更けている訳でも無く、欠片ほども眠くは無い。

遮蔽物の無い空間、だだっ広い砂漠に、砂の中からポツンと頭だけを出しているという事実が、どうしようもなくアージュの不安を掻き立てた。

「なあ、起きてるか、寄生虫」

「はい、まあ……」

「お前ら、いつもこんな生活してんのかよ」

「普段は寝袋を使いますから、直接砂の中に寝る事はあまりありませんけど、大体こんな感じです。ですから地虫なんて呼ばれるのも、まあ仕方ないんでしょうね」

その言葉に自嘲する様な響きを感じ取って、アージュはじっとナナシの横顔を見つめる。

「……あんまり言いたかぁ無ぇんだが、お前らの事を羨ましいと思う事もあるんだ」

「へ？　アージュさんがですか？」

「……悪いかよ。実は、私は機動城砦の外に出るのは初めてなんだ。もちろん他の機動城砦に行った事が無いって意味じゃ無ぇぞ。友好的な機動城砦同士なら接舷しさえすれば、行き来する事が出来る。領民にも一定期間の往来は許されるしな。オアシスに停泊すれば、町や村に降りる事だって出来る。だがそこまでだ」

アージュは、そこで言葉を切って苦笑する。

「正直に言うから笑うなよ。今、身一つで砂漠を渡ってるって事実にスゲぇビビってる。正直怖いんだよ。だがよぉ、同時にワクワクしてるってのも事実だ。見た事も無ェ様な、そんなものが見れんじゃねぇかってな。ま、今のところ砂ばっかりだけどな」

暗闇は人の口を滑らかにする。アージュのその告白も、ごく自然な響きをもってナナシの耳へと届いた。

「そうですね。でも、この砂漠だって実は砂ばかりという訳じゃないんです。砂漠にも綺麗な場所はあります。丁度、今頃なら仙人掌の群生地に行けば、沢山の花をつけていますし、ずっと東の方へ向かえば、岩山を掘って作った前時代の聖堂跡なんていうのもあります。オアシスを巡れば、それぞれの町に特徴があって面白いんですよ」

「ふーん、砂漠だけでもそうなら、この国の外まで出て行ったら、もっと面白いもんがあるんだろうな」

アージュは、遠くを眺める様な目をする。

「ええ、今の砂漠の民の長はちょっと変わった人で、北の方の国で傭兵をしてた事があるんです。その頃の話を聞くと、やっぱり色んな国があるみたいですね。獣人がたくさんいる国だとか、見渡す限り木に囲まれた国だとか。でも……僕はサラトガも、とても良い所だと思います」

アージュは一瞬目を丸くし、そしてニコリと微笑む。

彼女の笑顔を見るのは決して初めてでは無いはずなのだが、ナナシの眼には、それは不思議と初めて見る表情の様に映った。

「知ってるよ、バーカ。いいかサラトガにはな……」

そこからナナシが寝付いてしまうまで、アージュは、サラトガのどこが好きなのかを、本当に楽しそうに語り続けた。

✻

二人の旅は、順調そのものだった。

翌日の夕刻に到着したオアシスでは、それぞれに部屋をとって一泊し、食料や飲料水、寝袋などを調達して出発。

砂を裂く者を駆って、ひたすら南西の方角へと進み続け、現在はサラトガを出発してから、既に五日目の午後を迎えていた。

「ふわぁああ」

アージュの口から、欠伸（あくび）が零（こぼ）れ落ちた。

ずっと変わらない風景。最初は興味深々だった砂漠の旅も、五日目ともなれば、多少なりとも飽きが来る。

ましてや、砂を裂く者（サンドスプリッター）を操っているナナシとは違って、アージュは、ただ彼の背にしがみついているだけ。極端な言い方をすれば、部屋に籠（こも）ってじっとしているのと、何ら変わりがない。

人間やることが何も無いと、頭が勝手に色んな事を考え始めるもので、

——サラトガに帰ったら、どう弁解したら良いだろう？

——母さん心配してないかな。

と、アージュの頭の中を様々な思考が、脈絡も無く浮かんでは消えていく。そして、

——この五日間、寝ている時と飯食ってる時以外、ずっとナナシ（コイツ）にしがみついたままだよなぁ。一生分合わせても、こんなに男とくっついている事って無いんじゃないか？

と、考えたところで、ハタと我に返って、思わずブンブンと頭（かぶり）を振った。

「ななな、なに考えてんだ、私は！」

突然、騒ぎ出したアージュを、ナナシが怪訝（けげん）そうに振り返る。

「どうかしましたか？」

「ど、どうもしねえよ、馬鹿野郎！　ちゃんと前見てろ！」

アージュは、真っ赤な顔でナナシの後頭部を小突き回しながら、声を荒げた。

「痛っ！　痛いですって」

「うるせぇ！　ちょっと退屈してきただけだ、気にすんな！」

「ああ、なるほど……。確かにずっと同じ景色ですしね」

ナナシは少し考える様な素振り（そぶ）を見せると、何かを思いついた様に独り（ひと）頷く（うなづ）。

「うん、それぐらいは許されますよね」

「は？　何言ってんだお前」

「ちょっとだけ寄り道します！」

そう言うと、ナナシは砂を裂く者（サンドスプリッター）を西へと、緩やかに旋回させ始めた。

「お、おい。寄り道って……」

「大丈夫です。ここからなら、すぐ近くですから」


それから約一刻、二人が見る風景に、緩やかに変化が現れ始めた。

砂漠には違いないのだが、砂の間から時折、ごつごつとした岩が顔を覗かせはじめ、ちらほらと丈の低い植物も見える。

やがて丘の様に大きく砂が盛り上がった場所、その手前まで来ると、ナナシは砂を裂く者（サンドスプリッター）を停止させた。

「ついて来てください」

そう言うと、ナナシは砂を裂く者（サンドスプリッター）をその場に残して、目の前の砂丘を登り始める。

「んだよ……。勿体ぶりやがって」

アージュは唇を尖らせながら、渋々ナナシの後を追って砂丘を登り始め、頂上が近くなると、先に登り終えたナナシが手を差し伸べて、一気にアージュを引っ張り上げた。

丘の向こうに目を向けて、その光景にアージュは思わず息を呑む。

そこにあったのは、地平線まで続く真っ白な大地。

それは、斜光を浴びて輝く、一面の白い花。

球体の様な仙人掌が、びっしりと地を埋め尽くし、そこに無数の白い花が咲き誇っていた。

じっくりと観察すれば、ただ真っ白という訳では無く、染料に浸したかのように、花弁の先が薄らと紫がかっているのが分かる。

誰の手も入っていない野生の花。

「アージュさんには、サラトガの好きな所を沢山教えて貰いましたから」

ナナシはアージュに微笑みかける。

「だから今度は、僕の故郷の素敵な所を見て貰いたくて」

アージュは目を細めると、ぽつりと呟いた。

「……くない」

「え？」

「悪くねェなって、言ったんだよ！」

何故かナナシの肩を小突き始めるアージュ。傾き始めた太陽が、その頬を薄らと橙色に染めていた。

機動城砦ゲルギオスはもう目と鼻の先、数刻後には、追いつくであろうという頃の事である。

＊

月明かりの廊下を、髪の短い家政婦が一人、しずしずと歩いていた。

彼女が想いを寄せる少年が、機動城砦サラトガを飛び出して、既に五日。

彼の旅路が順調な物であれば、そろそろ機動城砦ゲルギオスに追いつく頃合いである。

その家政婦――ミリアは思う。

……全く、あの少年は、どれだけボクの心を乱せば気が済むのだろう。

何気なく目を向けた窓の外には、大きな満月が浮かんでいた。

……ナナちゃんも同じ月を見てるのかな。

彼女は窓に映る月に、その細い指先で文字を書く。

『ばか』

目を伏せ、切なげに溜息をつくと、彼女は再び歩み始め、やがて生霊の放った火球によって、向いの壁面が黒く焼け焦げたままの一室。その扉の前で足を止めた。

ミリアが、ノックしようと軽く握った拳を振り上げた途端、まるで内側で待ち受けていたかの様に、扉が開いてミオが顔を覗かせる。そして廊下の左右を気にしながら、彼女を部屋へと招き入れた。

「こんな夜更けに呼び立てて、すまぬ」

「なに言ってん……いいえ、これも家政婦（メイド）の仕事の内ですから」

一瞬、ミオと二人きりの時の砕けた口調で喋りかけたが、部屋の奥に他の人間の気配を感じて、口調を丁寧なものに戻した。

「セルディス卿の様子はどうじゃ？」

「相変わらずです。ナナちゃんの部屋に鍵を掛けて、引き籠（こも）っています」

ナナシが出て行ってから、剣姫は水差しの花が萎（しお）れていく様に元気を失っていき、三日目には遂に部屋から出てこなくなった。

「ふむ……お主は、割りと平気そうじゃの」

「うーん、どうでしょうか……。うん、正直に言うと滅茶苦茶怒ってます。自分を大事にしてって言った直後にこれですから……。ただ、アージュさんについては、お姉ちゃんがエキサイトしてたから話に乗っかってみましたけど、あの人がナナちゃんを誑（たぶら）かしたって事は無いと思います」

「そうなのか？」

「あの人、ナナちゃんの事、目の仇（かたき）にしてましたし。たぶんナナちゃんを捕まえようとして、巻き込まれたんじゃないかと思うんですよね」

ミリアは図らずも、ほぼ正解を言い当てる。

「なるほど」と頷（うなず）くミオ。その後について部屋に入ると、奥の窓辺にはシュメルヴィが佇（たたず）んでいた。

テーブルの上へと目を向ければ、『所在を告げよ（イル・ルオーゴ）』の魔法がかかっているのだろう、広げられた地図の上に、いくつもの光点が浮かんでいるのが見えた。

「今日呼び出したのは、ナナシの事では無い。シュメルヴィがおかしな物を見つけてのう。お主の意見を聞かせて欲しいのじゃ」

「おかしな物？」

ミオはテーブルの方へと歩み寄ると、椅子に腰を降ろしもせずに、地図の光点を指差しはじめた。

「サラトガがコレ。この南東に向かって移動しているのがゲルギオスじゃ」

「この、サラトガのすぐ傍（そば）まで近づいているのは？」

「ストラスブルじゃろうな」

ミオの盟友、ファナサードが領主を務めているという機動城砦。それについては、ミリアも恐らくそうなのだろうと思っていた。

だが、本当に気になったのは、それではない。

「じゃ、そのストラスブルのすぐ後ろにくっついている、今にも消えそうなのは？」

「それが……分からんのじゃ」

「分からない？」

「その光点には読み取ろうにも、何の情報も含まれておらんのじゃ」

難しい顔をするミオとは対照的に、楽しくて仕方が無いといった様子のシュメルヴィが口を挟む。

「うふふ、ミリアちゃん、光点のぉ、数をよ～く数えてみてぇ」

「一、二、三……九……え？　十!?　機動城砦は九つのはずじゃ……？」

「うむ、間違いなく九つじゃ。過去には何十という数の機動城砦があったと聞くが、数年前に機動城砦エラステネスが沈んだのを最後に、後はずっと九つのはずじゃ」

機動城砦の動力である魔晶炉と同じ規模の魔力を発する物が、他に存在するとは流石に考えにくい。

だが額面通りに十基、単純に新しい機動城砦が出現したのだと受け取るのは、あまりにも荒唐無稽に過ぎる。

なにしろ魔晶炉は、このエスカリス＝ミーミルが国として成立する以前の文明が残した超技術なのだ。

今後、新たに機動城砦を建造出来る日が来るとは、想像し難い。

ミリアは腕を組んで、じっと地図を睨み付ける。

しばらく無言の時が過ぎ、やがてミリアは、地図上で最も東側にある一つの光点を指差した。

「これは？」

「えーと、それはぁ、機動城砦アスモダイモスですね」

シュメルヴィが光点に手を翳して、情報を読み取る。

「じゃあ、そのアスモダイモスだね。ストラスブルの後ろにいるのは」

あまりにも脈絡の無い発言。

考える事に意識が集中してしまっている所為か、ミリアの口調は、本人も気づかない内にミオと二人きりの時の砕けたものに変わっている。

ミオは、一瞬ぽかんと呆けた様な表情を浮かべた後、我に帰ると、慌ててミリアに問い質した。

「ちょ、ちょっと待て！　訳が！　全く訳が分からんぞ！　ちゃんと説明せんか！」

「だってさ、この間、ゲルギオスを追撃する前に、地図の上で機動城砦の位置を確認したよね。その時から動いていない、いないんだもん、それ。そんな事有る訳無いよね。だからこの光点の位置には多分、どういう形かは分からないけど魔晶炉だけがあって、機動城砦はそこにいないと思うよ」

「いやお主、流石にそれは暴論では無いか！　サラトガだって、今は動けずに停止したままじゃろうが。何らかの故障で止まってるだけでは無いのか？」

ミリアは小さく肩を竦める。

「ご冗談。サラトガみたいに、周りに他の機動城砦がいないっていうならともかく、周りに他の機動城砦が幾つも居るんだよ。一番近くにいるこれ、機動城砦メルクリウスでしょ？　領主が頭のおかしい戦闘狂だって噂の。そんなのが動けない機動城砦を見逃すはず無いじゃない」

ミオは思わず息を呑む。しかし、ミリアはそこから更に畳みかける様に話を続けた。

「まあ、今言ったのが事実を観察した結果。で、ここからは推論なんだけど、多分、機動城砦アスモダイモスは、魔晶炉をもう一つ手に入れて積み替えたんじゃないかな。アスモダイモスの反応がある辺り。その辺りで、過去に沈んだ機動城砦とか無い？」

シュメルヴィが思わず声を上げる。

「エラステネス！　言われてみればぁ、あの辺りはぁ、機動城砦エラステネスが災厄姫に沈められた場所ですぅ」

「しかし、機動城砦エラステネスの魔晶炉を発掘したのじゃとして、それを積み替えたというのか？簡単な事ではないぞ」

「ええ、そうですぅ。そんなの人間で言えばぁ、心の臓を取り出して入れ替える様なものですよぉ、魔晶炉の根幹部分について知り尽くしていなければ出来ませんしぃ、一歩間違えば、二度と起動しなくなる可能性だってありますぅ。そんなの正気の沙汰じゃありません。執念……いえ、妄執と言ってもおかしくありません。一体、何のためにそんな事をぉ」

「うーん、考えられるとすれば二つかな。アスモダイモスは東の方にいると見せかけながら、別の魔晶炉を使って密かに行動するんだから、一つは所謂アリバイじゃないかな。何か、アスモダイモスの仕業だとバレたら困る様な事をしようとしている。そう考えるべきだろうね」

「もう一つは？」

「『所在を告げよ』の魔法で気づかれない様にして、獲物に近づく為かな。今日、シュメルヴィさんが見つけるまで、誰も気が付かなかったんでしょ？　方法までは分からないけど、その魔晶炉は相当、魔力の放出量を絞れるんだと思うよ。じゃ、アスモダイモスが何を狙ってるのかって考えると、前を走っているストラスブル？　違うね。ストラスブルを狙うなら、もうとっくに攻撃しているはずだよ。つまり獲物は……」

「……我が、サラトガじゃな」

ミオが確認する様に見つめると、ミリアは無言で頷いた。

「でもぉ……アスモダイモスなんてぇ、私達は今まで関わった事すらありませんよぉ？　それがどうして、急にサラトガを狙ってくるんですぅ？」

「知らん！」

シュメルヴィの困惑気味の発言を、ミオはばっさりと切り捨てる。

「うん、正直分かんないよね。でも、今このタイミングで襲い掛かってくるんだとしたら、ゲルギオスとの関わりを疑わざるを得ないかな」

「うむ。ゲルギオスとアスモダイモス、どっちが黒幕かは分からんが、確かに偶然ではないのじゃろうな」

ミオは顎(あご)を指先で触りながら、ミリアに問いかける。

「仕掛けてくるタイミングは分かるか？」

「まあ、普通ならサラトガとストラスブル、その両方を相手にしたいとは思わないだろうから、仕掛けてくるとすれば、ストラスブルがサラトガから離脱した後だと思うよ」

「で、我らが参謀殿は、撃退する策をもう思いついておるんじゃろ？」

ニヤニヤしながら、顔を覗き込んでくるミオに、ミリアは思わず苦笑する。

「うん、それじゃあ、思い知らせてやりますか。コツンとね」

「「コツン？」」

ミオとシュメルヴィは、思わず怪訝(けげん)そうに顔を見合わせた。

＊

その頃、同じ三階、幹部階層(フロア)の鍵の掛かった一室では、銀嶺の剣姫が寝台(ベッド)の上で、自らの膝(ひざ)に口元を埋めていた。

差し込む淡い月明かりに浮かび上がるのは、彼女の主が横たわっていた一隅。

そこには今も尚、くしゃくしゃに丸まった薄手の毛布が、主が出て行ってしまった日のままに放置されていた。

「酷いです……主様」

剣姫の美しい銀色の髪は、見る影も無く縺れて乱れ、泣き腫らした目元は、今も赤く熱を持っている。

眼を覚ました時には、彼女の主は居なくなっていた。

その日の夜は、少し落ち込んだだけだった。

主の義妹を想う心情を理解しようとした。物分りの良い忠実な下僕であろうとした。

二日目の夜には、どうしようも無く腹が立った。

もう一日、待ってくれても良かったのでは無いか、ちゃんと話をしてくれさえすれば、自分も大人しく主の帰りを待つ事に納得したのに。と、これまで主の要望を悉く『お断りします』の一言で切り捨ててきた事実を棚に上げて、憤慨した。

そして三日目の夜を迎える頃には、寂しくて、悲しくて、何をするのも嫌になった。

嫌われてしまったのではないか？　捨てられてしまったのではないか？　もう帰ってこないのではないか？　どうでも良いと思われているのではないか？　危険な目にあっているのではないか？　道に迷ってしまったりはしないのだろうか？　死んでしまったりするのではないか？　……ないか？

ないか？　ないか？

ありとあらゆる不安が頭の中で渦巻き、いつの間にか自分が価値の無いボロ屑の様に思えてきて、その惨めさ、情けなさに、声を上げて泣いた。

以来、彼女は寝台の上で膝を抱えて、主がいた痕跡をただ見つめている。

――いつもこうだ。

剣姫様などと幾ら持ち上げられても、自分が求める物は全て、砂の様に指の間から零れ落ちていく。

遂に運命の主に出会えた。これで自分はもう一人では無い。そう思ったというのに、目を覚ませば、それもまるで一夜限りの夢であったかの様に、音も無くどこかへと消えてしまった。

剣姫は精気の無い表情で無言のままに立ち上がると、洩れ出る月明かりの下、嘗て主が横たわっていた一隅へと歩み寄り、そのままごろりと横たわる。

薄い夜着を通して感じる床の感触は、硬く、そして冷たい。

やはり主をこんなところで眠らせる訳にはいかない。次はどうあっても寝台で寝てもらう様にしよう。そう考えて剣姫はがくりと肩を落とす。

「あるのかな……次が」

自分の口から出た声の、あまりにも哀しい響きに驚いて、再びじわりと目が潤み、視界が滲み始める。

無事に義妹を救い出せたなら、主がサラトガへと戻ってくる理由は無くなる。そのまま砂漠へと消えてしまえば、もう二度と会えないかもしれない。二人を結んでいるはずのあの契約の術式も、身を持ってその効果を確認した訳では無い。

「うっ、うっ、主様、主様……あるじさまぁ」

彼女が悲しみに身悶えながら、毛布を抱きかかえたその時、はらりと何か、白い紙片の様な物が落ちた。

慌てて毛布を払い除け、その紙片を手に取る。

四つ折りになったその紙片には、薄(うっす)らと黒いインクが滲(にじ)んでいるのが見えた。

——主様の書き置き!?

震える指で四つ折のそれを広げ、一目見て、剣姫は再び肩を落とす。

「……読めない」

そこに書かれていたのは、見た事も無い奇妙な文字。

それは砂漠の民が使う『ヒノモト文字』であった。

実に残念な事に、ナナシは公用語(コモン)の読み書きが出来なかったのだ。

*

「おい！　寄生虫。見えてきたぞ！」

「アージュさん。分かってますから、耳元で大声出さないでください！」

月光が鈍色(にびいろ)の鉛板(なまりいた)を照らし出す。

疾走する流線型、その上に立つ二つの影。

ナナシの腰に腕を回してしがみつきながら、アージュは前方に薄ら(うっすら)と浮かび上がる巨大なシルエットを睨(にら)み付ける。

流石に数日に渡って同乗していれば慣れもするもので、砂を裂く者(サンドスプリッター)を操る二人の連携には滞り(とどこお)が無い。同じタイミングで体重移動を繰り返しながら、流線型の鉛板(なまりいた)は弧を描く様にしてゲルギオスへと接近していく。

サラトガの倍ほどもある台形の巨体、段差のない滑らかな斜辺(しゃへん)を描く切込(きりこみ)み接(は)ぎの城壁。

「……大きい」

近づくに連れて、明らかになっていくゲルギオスの威容(いよう)に圧倒されて、ナナシの口から思わず溜息が零(こぼ)れ落ちた。

「どうすんだ。城壁に飛びつくのか？」

「いえ！　このまま壁面を走ります！」

「……冗談だろ？」

アージュは呆れる様に問い返すと、肩を竦(すく)めて天を仰(あお)ぐ。

ナナシも無茶苦茶な事を言っているのは分かっている。だが、サラトガとは違って、機動城砦ゲルギオスの城壁には僅(わず)かに傾斜がついている。それを利用すれば、壁の上を走るぐらいの事は不可能とは言えない。

「行きます！」

ナナシは一気に身体を傾け、前傾姿勢を取る。瞬時に加速し始める砂を裂く者（サンドスプリッター）。城壁が目の前へと迫り、アージュが思わずギュッと目を瞑（つぶ）る。その瞬間、ナナシが後ろに引いた右足に力を込めると、砂を裂く者（サンドスプリッター）の前部が跳ね上がり、壁面の僅（わず）かな傾斜を滑る様に乗り上げていく。

「うわあああぁぁぁぁあああ！」

盛大に悲鳴を上げながらも、アージュはバランスを取るために壁面と垂直になる自分の身体を、重力に抗（あらが）って強引に立て直す。不安定な体勢で見上げる空。そこには、視界一杯に巨大な満月が浮かんでいた。

危なっかしくよろめきながらも、砂を裂く者（サンドスプリッター）は壁面に虹の様な軌道を描く。そして描いた弧のピークが城壁の最頂部を超えると、鉛板諸共（なまりいたもろとも）、二人は宙へと投げ出された。

まるで示しあわせたかの様に、二人は同じ様に頭を抱え、同じ様に身体を丸めて受け身の体勢をとり、そしてほぼ同時にゲルギウスの城壁の上へと落ちて、勢いのままにゴロゴロと転がって止まる。二人がうつ伏せに倒れている直ぐ傍（そば）に、砂を裂く者（サンドスプリッター）が落下してきて、甲高（かんだか）い金属音が暗闇を引き裂く様に響き渡った。

「痛たたた、アージュさん！　大丈夫ですか？」

「大丈夫ですかじゃねぇ！　死ぬかと思ったわ！　私だって女の子なんだぞ、ちっとは気ぃ使えよ！」

「女の子？」

「フンッ！」

思わず首を傾げた正直者の顔面に、アージュの裏拳が減り込む。落下の衝撃が可愛く思えるほどの、本日一番の激痛。正直者が常に正しいとは限らないという好事例だと言えよう。

「あんだけでっけぇ音立てちまったんだ、衛兵共が集まってくる前に街中に紛れ込むぞ！」

アージュは、顔面を押さえて転げまわるナナシの襟首を掴み、砂を裂く者を小脇に抱えると、その両方を引き摺る様にして、階段を駆け下りていった。

＊

「居たか！」

「いや、特におかしなヤツは見当たらん」

ナナシ達がゲルギオスへの侵入を果たしてから一刻ほど経った頃、衛兵達が物々しく行き来する町中を、仲睦まじく寄り添って歩く男女の姿があった。

「あなた、足元に段差がありますから、気をつけて下さいまし」

「ああ、すまないね。アージュ」

お互いをいたわり合う様子をみる限り、この二人は夫婦、それも結婚できる年齢に達したばかりの新婚夫婦の様に見える。

男は眼を患っているらしく、両目を覆うように包帯を巻き、妻と思しき女の腕に頼りなく縋りながら、よろよろと危なげな足取りで歩いている。

女は木春菊（マーガレット）柄のゆったりとした貫衣（ワンピース）。男の方も仕立ての良さげな短衣（チュニック）に浅黄色の下袴（ボトム）と、比較的裕福そうな身なりをしている。

道端で状況を報告し合う衛兵達は、一瞬二人に目を止めるも、すぐに興味を失い、女は居並ぶ衛兵達に上品に会釈をすると、そのまま通り過ぎていった。

やがてゲルギオスの右舷城壁沿いにある歓楽街、酒場や娼館（しょうかん）が立ち並ぶ夜の通り。その外れの薄暗い路地に一軒の宿屋を見つけると、夫婦はその前で立ち止まった。

「……あなた、宿屋が有りましたよ。ここにしましょう」

「わかりました。アージュさん」

「あん？」

「わ、わかったよ、アージュ！」

男がたじたじと後ずさると、女は眉間に皺（しわ）を寄せたまま「フン」と鼻を鳴らして、こぢんまりとした宿屋へと足を踏み入れる。

入口を入ると、勘定台（カウンター）と上階へと続く階段しかない狭いロビー。勘定台（カウンター）には誰もおらず、女はそこに置かれた呼び鈴を鳴らして、奥の方へと呼びかけた。

「ごめんくださいまし」

「あいよ」

しばらくすると奥の方から、宿屋の主人と思しき、禿頭（とくとう）の男が出てきた。

「すみません。部屋をお借りしたいのですが……」

女のその言葉に、宿屋の主人は訝しむ様な目を向ける。

「そりゃあ、かまわねえが……。あんたら何処から来なすった？　オアシスに停泊したのはもう随分前だぞ。移動中の機動城砦に新たに旅人が入って来れる訳無えし……」

「はい、実は……他のお宿をお借りしてたんですが、夜になったら急に部屋に虫が湧いてきまして……」

その言葉に、男は合点が言ったという風に相好を崩す。

「ははぁん、さてはテッドの所だろう。宿代をケチるからそうなるんだよ、奥さん」

「こちらは大丈夫ですわよね？」

「あったりめぇよ、ウチは造りは古いが、掃除は行き届いてる」

宿屋の主人は、そう言って胸を反らした。

「では、次に停泊した所でこの機動城砦を降りますので、とりあえず三日分。それまでに停泊しなければ、延泊するという事でお願いしたいんですけれど」

「ああ良いぜ。三日なら二人で銅貨九十枚だ。あと食事付けるってんなら一人一食三枚、お湯は桶一杯で一枚で良い」

「あら、割と良心的ですわね。では今日の分の食事とお湯をお願いしますわ」

「分かった。ならここに署名してくれ」

宿屋の主人が差し出す台帳に女が署名をすると、書かれた名前を見て、主人が再び怪訝そうな顔になる。

「ゴミカス・シネバイ・イノニー、本名かいコレ？」

「ええ、ウチの主人の名前ですの。北部のオアシスでは良くある名前なんですのよ」

「……非貴種（イルノブル）か。まあ良いや、あんたら見たところ夫婦の様だが、ここへは何しに？」

「うふふ、新婚旅行ですのよ。主人は割と裕福な家の跡取り（あととり）ですので、跡（あと）を継ぐまではのんびり旅をしようと話し合いまして」

「へえ！　そいつはうらやましいね。ところで旦那さんは目が不自由なのかい？」

そう言って宿屋の主人は、女の背後に立ったまま、一言も口を利かない男の方へと目を向ける。

「ええ、主人はここに来る途中で、砂で目をやられましてね。治るまでは私が何もかもやってあげないと……」

「ははは、良いじゃねえの。新婚さんらしくベタベタする口実にゃあ、もってこいだ」

「まあ、ご主人ったら」

そう言って、宿屋の主人と女は、声を上げて笑い合う。

「まあ、テッドのとこよりは壁が厚いとはいえ、新婚さんだからな、隣が空きの部屋にしてやるよ。音が漏れねぇ訳じゃ無えから、そこそこで頼むぜ」

宿屋の主人がニヤつきながら言った下世話な一言に、若い夫婦は思わず真っ赤になって俯（うつむ）いた。

＊

「じゃ、お湯はこれ、食事はテーブルの上に置いとくぜ」

「ええ、ありがとうございます」

「じゃあな、ごゆっくり」

ニヤニヤしながら主人が出ていくと、途端に女の顔から微笑が消えて、仏頂面で愚痴を零し始めた。

「最悪だ、最ィ悪！　何だって私がこんな奴の奥さんのフリしなくちゃなんねぇんだよ、ちくしょう」

「何でって言われても、全部アージュさんの案ですけど……」

「わーってるよ！　バカヤロー！」

怪しまれない様に夫婦のフリをする。これはアージュが言いだした事だ。

一番怪しまれない男女の二人組と言えば夫婦。そう考えるのは、至極真っ当な判断だと言える。その上で、ナナシの黒い目を隠す為に、目が見えないという事にして包帯を巻き、怪しまれない様な服を、裕福そうな屋敷の庭に干されていた洗濯物の中からかっぱら……調達した。

「チッ……まあ良い。私は身体を拭くから、お前は寝台に入ったら、壁の方向いてとっとと寝ろ」

「あの、まだご飯食べてないですけど……」

「うるせぇ、起きてから食やぁ良いだろうが、私は身体を拭きたいんだよ！」

余りにも理不尽な物言いに、ナナシも思わず鼻白む。だが言い返したところで、アージュが素直に話を聞いてくれる訳が無かった。

「はあ……分かりました」

「こっち向いたら、目が不自由ってのを事実にしてやるからな！」

「……見ませんってば」

ナナシがそのまま壁の方を向いて、ごろりと寝台に寝転がると、背後からシュルリという衣擦れの音がして、ちゃぷちゃぷと桶の中でお湯が跳ねる音が響く。

五日間ぶっ通しで砂を裂く者を操り続けて疲れた身体に、水の音は心地良い。

女の子がすぐ傍で服を脱いでいるという、全男子憧れの状況を完全に放置して、ナナシは即座に眠りに落ちていった。

＊

「ドキドキした私がバカみてぇじゃねえか……」

アージュが、さっさと眠りについてしまったナナシの背を見つめて、不満げに唇を尖らせた頃、

「ひゃぁあああ！」

遠く離れた場所。砂漠のど真ん中で、一人の少女が素っ頓狂な声を上げた。

少女の年の頃は凡そ十五を過ぎた辺り。羽織っているマントこそ真新しいが、その下はというと、

継ぎ接ぎだらけの貫衣に、穴の開いた短靴。

腰まで届くほどの赤い髪は、ほとんど手入れもされていないらしく、もっさりとうねって、伸ばしているというよりは、伸びてしまったという風情。

顔の造形自体は決して拙く無いのだが、鼻先から頬に散らばる雀斑の所為か、はたまた単に薄汚れている所為なのか、その容姿はどうにも垢抜けない。

貧しい田舎娘、そういう表現がしっくりとくる様な少女であった。

「ごっついなぁ！　なあなあ、これが機動城砦ってヤツなんやろ？」

「ええ、そうです」

楽しげに燥ぐ赤毛の少女のその隣で、暗緑色のローブを纏った女が、何の抑揚も無くそう応えた。

煌々たる月明りの下、彼女達の目の前で停止したのは巨大な城砦都市。それは鉄甲を被せた軍馬の様に、城壁を鉄で補強した黒い機動城砦であった。

「で、ウチはコレに乗ったらええんか？」

「ええ、後はこの機動城砦でお過ごしいただいている内に、何もしなくとも目的の場所へと辿り着きます」

「で……そこにアイツがおるねんな」

「ええ」

暗緑色のローブの女は小さく頷くと、ギシギシと音を立てて開いて行く巨大な城門を見据える。

何の感慨も無さげなローブの女の様子に苦笑して、赤毛の少女は背後を振り返った。

風の無い砂漠。そこには銀色に波打つ天鵞絨(ビロード)の様な砂の上に、二人の足跡が延々と地平線の向こうまで続いている。

——こんなに遠くまで来てしもうたんやな。

そう思えば感慨深い。

彼女はこの旅の始まり、二ヶ月前に暗緑色のローブの女が訪ねてきた日の事を思い出していた。

✲

目の前の女が口にした『銀嶺の剣姫』の名に、赤毛の少女は思わず言葉を失った。

「どうなさいました?」

「……何でもあらへん」

ぶっきら棒に女の問い掛けを切り捨てると、少女はもう長い間、櫛(くし)も通していない汚れた髪を、無造作に掻(か)き上げた。

何でもない訳がない。

少女の記憶の中に居座る銀嶺の剣姫の姿は、五年の時が経った今でもキラキラと輝いている。

森林の国ネーデル。その北辺、永久凍土の国との国境近くの森の奥。

少女が住まうのは、そこにおかしな角度で建っている掘立(ほったて)小屋。

風が吹けば、木の板を組み合わせただけの壁が揺らぎ、隙間から吹き込む野風(のかぜ)が、部屋の隅で蜘蛛(くも)

の巣に絡まったままの蛾の翅を揺らす。そんなみすぼらしい小屋である。

そこに、ある日突然、一人の女が訪ねてきた。

女が言うには、会うのはこれで二度目。

半年前に尋ねて来た時は、奴隷商人の紹介で獣人を買いに来たとの事だった。確かにそれは薄らと記憶にある。あの時は確か、捕獲済の狼人間を二匹、永久凍土の国の商人に引き渡す予定のものを融通してやった筈だ。

だが思い返してみても一度目の人物と、今、目の前にいる女が同一人物かどうか、正直判断が付かなかった。というのも、この女にはあまりにも特徴が無かったからだ。

何処にでも居そうな顔。目は二つで耳も二つ。鼻と口は一つずつ。そうとしか表現の仕様の無い、存在感そのものが異常なまでに希薄な女。

ノーマだか、ナーマだかそんな名前を名乗り、「こんな人間なので『無貌』などという二つ名で呼ばれている」と、何の抑揚も無く語っていたが、それを果たして笑って良いものかどうか、少女には判断がつかなかった。

「銀嶺の剣姫か……」

あらためてその名を口にすると、赤毛の少女は薄らと汚れた自分の掌を眺めて苦笑する。

——おんなじ剣姫でも、エライ違いやなぁ。

少女が銀嶺の剣姫と出会ったのは五年前、彼女がまだ只の田舎娘だった頃のことだ。

永久凍土の国とネーデルとの戦争の最中、銀嶺の剣姫は、森の中に隠れていた彼女を発見しながらも、味方の兵士達に「誰も居なかった」そう言って見逃してくれたのだ。

敵国の人間だとはいえ只の田舎娘、彼女にとっては取るに足りない存在だっただけなのだろう。だが目を瞑れば、少女は今もはっきりと思い出す事が出来る。洞穴に身を隠していた自分を見つけた時の、彼女の少し驚いた顔、そしてその後の優しい微笑を。

遠ざかっていく銀嶺の剣姫の背を目で追いながら、少女は激しく胸を焦がした。生まれた国は違えど、大して年端も変わらない少女の凛とした姿に、純粋に憧れを抱いたのだ。

そうして一度は拾った命ではあったが、その後、更に激しさを増す戦火の中、少女は永久凍土の国の兵士達に捕えられた。戦争という一種の狂乱状態の中では、人間は信じられないくらい残酷な一面を見せる事がある。捕虜にする価値もない小娘の事。生かしておいても貴重な食糧を消費するだけの負債みたいなものだ。だから血に酔った兵士達は、退屈しのぎに彼女を燃え盛る炎の中へと放り込んだ。

紅い炎が舌を伸ばし、黒煙が身体に纏わりつく。灼熱の炎の中で、十歳になったばかりの幼い命が燃え尽きようとしたその時、運命の悪戯とでも言えば良いのだろうか、少女は炎と黒煙の中で、霊剣の声を聞いた。

その後の事は、良く覚えていない。

気が付けば、少女は真紅の長剣を握って、血の海の中に佇んでいた。

あの日以来、少女はたった独りで生きてきた。

今も森の奥に独りぼっち。

どうして、いつまでもそんな所にいるのかと問われると、正直返答に困る。

生きていく事が出来てしまったから。

ここを出て行かねばならない事が起こらなかったから。

そうとしか言い様が無い。

本当ならあの日、炎の中で燃え尽きていたはずの人生が、燃え残ってしまった。

だから、少女は自分の現状をこう捉えている。

——これは余生なのだ、と。

今、少女は糧を得る為に、猟師であった父の真似事をしながら生活をしている。

父の様に弓を使う事は出来なかったが、彼女には『紅蓮』という名の霊剣がある。それを使って、奴隷として売れる獣人を狩って、糊口を凌いでいる
彼女に商取引の知識が無いのを良い事に、商人達は二束三文で買い叩いていくが、それに気づかぬほど、彼女は愚かでは無い。

しかし、彼女は一向にそれを気にしない。

どうせ余生なのだ。

積み上げた寝藁に腰を沈み込ませながら、少女はあらためて目の前の女の方へと視線を向けた。

「……で、銀嶺の剣姫が何やて？」

少女の問い掛けに、女は静かに答える。

「あなたに銀嶺の剣姫を倒していただきたい」

何を馬鹿な——その言葉を舌先に乗せた途端、少女の胸の奥で突然、トクンと心臓が高鳴った。

得体の知れない感情が、胸の奥から湧き上がって来るのを感じて、少女は戸惑い、思わず自分の身を掻き抱く。

——ああそうか。ウチがまだ生きてたんは、その為か。

少女の胸の奥から這い出した無垢な憧れが、あの日、目にした銀嶺の剣姫の姿へと重なっていく。

そんな少女の様子を無表情に眺めながら、女はあらためて言葉を紡ぐ。

「我々が目的を果たす為には、どうしても彼女が障害になるのです。剣姫を倒せるとすれば、それはやはり剣姫。エスカリス＝ミーミルへは二ヶ月ほどの旅路となりますが、その間不自由の無い様、手配させていただきます」

「……剣姫を倒せるのは剣姫」

少女は独り呟く。

悄然と死んだ様な空気を湛えた掘立小屋に、これまでとは異なる静寂が居座って、小川のせせらぎの音だけが、やけに大きく響いた。

「…………ええやろ、その話、受けたるわ」

少女は呼吸を整えながら、女を見据える。

「但し、一個だけ条件出させてもらうで」

「もちろん褒賞は存分に……」

「ちゃう。そんな大げさなもんやないねん。折角、またあいつと会えるんや。それ相応に恥ずかし無い恰好(かっこう)を用意して欲しいねん。あいつに見劣りせぇへん様な、剣姫らしいカワエエのんを」

そのあまりにも想定外の要望に、女は思わず栗鼠(リス)みたいな顔をした。

そのまま声を出せば、「ふぇ」という音が出そうな口元の形。

初めて女の表情に個性らしいものが現れた事に、少女は思わず「くくっ」と笑いを押し殺した。

＊

赤毛の少女達が機動城砦の城門をくぐり抜けると、そこは市街地。石作りの家々の立ち並ぶ整然とした街並み。だが夜も遅いせいか、人通りは全く無かった。結局、誰一人見かける事も無く城へと辿(たど)り着き、少女は貴賓室へと通された。

「うわぁ！　金ピカや！」

少女は通された部屋の豪華さに、思わず目を剥(む)いた。

四隅(よすみ)の柱には、絡(から)まる蔦(つた)を象(かたど)った金細工の彫刻が施(ほどこ)され、壁面に並ぶ調度品もふんだんに金を用いた豪華な物が並んでいる。中央に置かれた天蓋付の寝台(ベッド)。そこにかかるカーテンも金糸、銀糸を贅沢にあしらった、如何(いか)にも高価な代物(しろもの)であった。

風が吹けば建物自体が揺らぐ様な、掘立(ほったて)小屋で暮らしてきた少女にとっては、触れる事すら躊躇(ためら)われる様な調度品の数々。少女が呆然と部屋の中を見回していると、背後で暗緑色のローブの女が口を開いた。

「剣姫様、私は次の使命がありますので、これでお別れです。明日の朝には、剣姫様のお世話を担当する者が参りますので、今夜はここでお休みください」

相変わらず感情の起伏(きふく)を感じさせない声、別れの挨拶だというのに、あまりにもあっさりとした物言い。

暗緑色のローブの女が、そのまま部屋を出て行こうとすると、赤毛の少女は、その背中に向かって言葉を投げかけた。

「ここまでありがとな！　楽しかったで、ノーマ」

名を呼ばれた事が、余程意外だったのだろう。

振り向いた女の驚きの表情は、やはりどこか栗鼠(リス)を思わせた。

＊

一夜明けて、赤毛の少女は、周囲に多くの気配を感じて飛び起きた。

薄(うっす)らとボヤけていた視界が次第に像を結んでいくと、十人ほどの若い女達が彼女を取り囲んで、寝顔を覗きこんでいた。

「うぉ!?　なんやなんや!?」

少女が目を覚ましたのは、例の金ぴか部屋の隅。

折角(せっかく)立派な寝台(ベッド)があるというのに、旅の埃(ほこり)で真っ白なシーツを汚すのはどうにも気が引けて、部屋の隅にごろりと転がって眠っていたのだ。

彼女を取り囲んでいる女達が纏(まと)っているのは、濃紺の生地に白いエプロンの家政婦(メイド)服。そのうちの一人、髪をシニヨンカバーで纏(まと)めた神経質そうな女が、眼鏡をクイクイ押し上げながら口を開いた。

「おはようございます、剣姫様。本日よりお世話をさせていただきます、美容家政婦集団(ビューティーズ)の、ワタクシ、家政婦(メイド)長を務めますトスカナと申します」

「あ、お、おはよう……ご、ざいます」

赤毛の少女は、思わず所在(しょざい)無さげに、きょろきょろと視線を泳がせる。

つい二ヶ月前までは森の中で独りぼっち。話す相手もいない生活を送っていたのだ。起き抜けにこんな大人数に囲まれては、動揺せずにいられる訳が無い。

しかし少女の動揺を気に掛けることも無く、眼鏡の家政婦(メイド)長はズイッと少女の眼前に顔を突きつけて、「ふむうう」と唸(うな)る様な声を出した。

「お話は伺っております。なんでも、噂の『銀嶺の剣姫』に負けないぐらい、、、、カワエエのがご希望とか……」

「あ、うん」

「ムリです。鏡見てから出直して来いって感じです」

「ええっ!?　言い方！　もっと言い方ってあるやん！　そらそうやけど！　分かってたけど！」

この家政婦(メイド)長、信じられないぐらい口が悪かった。

「ですが……そのムリをなんとかするのが、我々の腕の見せどころでございます」

「は？」

「剣姫様が、いくら臭(にお)いのキツいカメムシ女でも……」

「……カ、カメムシ女」

「なんか、こう、ほら、あの、見方によっては良い感じともいえなくも無い、んー、なんか、そんな感じに仕上げてみせます」

「ふわっとしてる!?　肝心な所がふわっとしてるよ!?」

少女のツッコミにも表情を崩す事なく、トスカナは眼鏡をクイっと押し上げる。

「冗談です」

「ううっ……、なんかタチ悪いな、アンタら」

「ともかく、我々美容家政婦集団(ビューティーズ)の経験と技術の粋(すい)を集めて、剣姫様をまあ、なんとか人並には見れる様に致しますので、ご安心ください」

「人並て……。なんか、ごく自然に精神(メンタル)削りにくるなぁ……この人」

少女が憮然(ぶぜん)と口を尖らせると、それを見下ろしながら、トスカナがパンパンと手を打ち鳴らす。その途端、少女の両脇を二人の家政婦(メイド)が左右から抱え上げた。

「えっ？　なに？　なんや？」

「では、早速ですが、人体改造を開始します」

「人体改造!?」

「ええ、まずはその田舎者丸出しの雀斑(そばかす)から削りましょうか」

「削る!?」

家政婦長(メイド)トスカナの、このあまりにも不穏な発言を皮切りに、赤毛の少女の受難の日々が始まった。

✲

第三章

求婚事件（プロポーズ・インシデント）

✲

「開門！　開門ッ！」

門衛の叫ぶような大声に従って、機動城砦サラトガ正面の城門が、ギシギシと軋(きし)む大きな音を立てながら、ゆっくりと開いていく。

「ストラスブル伯！　ファナサード・ディ・メテオーラ様、ご到着ッ！」

門の内側、城門から真っ直ぐに伸びる石畳の道。その左右にびっしりと並んだサラトガの正規兵達が一斉に敬礼して、来客を歓迎する。

打ち鳴らされる銅鑼(どら)の音。続いて太鼓がシンプルな四分(しぶ)のリズムを刻み始めると、まず先頭の驢馬(ろば)の上に儀仗兵(ぎじょうへい)。続いて完全武装の騎士が二名入城してくる。

そしてその後ろ、

「オホホホホホホホホホホホホ！」

頭がおかしいとしか思えない高笑いとともに、一際(ひときわ)豪奢に飾り立てられた輿(こし)が入城してきた。

輿(こし)の後ろに控えた侍女達が、ここぞとばかりに大量の花弁(はなびら)（サラトガ側ではこんなものは用意していないので、おそらく自前だと思われる）を撒(ま)き散らし、舞い散る花弁(はなびら)の中、一人の少女が輿(こし)の上で仁王立ちしているのが見えた。

シャープな印象を与える整った顔立ちに、エスカリス＝ミーミルの人間としては、自然にはまずあり得ない金色に輝く髪。あまりにも総(ふさ)やかで、豊かすぎる量のその髪は、熟練の髪結いの手によって縦巻きロールにする事で、膨らむのをどうにか抑(おさ)えているといった風情(ふぜい)。

金糸銀糸をふんだんにつかって、細かい意匠(いしょう)を施(ほどこ)した金ピカのドレスを身に着けて、手を振りながら入場してくる彼女こそが、ストラスブル伯ファナサード、その人であった。

サラトガ城の正面で輿を降りるファナサードに、待ち受けていたミオが満面の笑みを浮かべて歩み寄る。

「良く来てくれたのう。感謝するぞ、ファナ」

「ミオったら、感謝だなんて水臭いですわ。苦境に駆けつけもせずに、親友は名乗れませんもの」

ファナサードとミオが互いに手を取り合う姿を眺めながら、ミオの背後に控えているキリエが、密かに嘆息する。

――なんで、この二人のウマが合うんだろう？

どう見てもタイプの違い過ぎる二人の領主。

ボケツッコミを除けば、比較的質素を好むミオと、ド派手好みのファナサード。無理に共通点を探したとしても、精々どちらも世間的には『英明な領主』という評価を得ている、というぐらいのものだ。

以前ミオに尋ねた際には、ストラスブルに留学した初日に意気投合して以来、二人はずっとこんな感じだと言っていた。

人の相性というものは、どうやら理屈では割り切れないものらしい。

気が付けばファナサードは、まるでここが我が家でもあるかの様に、ミオと腕を絡ませたまま、さっさと城の方へと歩きはじめている。

「ストラスブル伯様、お待ちください！　私がご案内致します」

慌ててキリエが声を掛けると、ファナサードは、今、初めてその存在に気付いたとでも言う様に、キリエの方へと無愛想な顔を向けた。

「あら、釣り目じゃない。あなたも元気にしてた？」

「お、お蔭さまで。ストラスブル伯様もご健勝のご様子、何よりでございます」

キリエは若干、口元を引き攣らせながらも、笑顔で応対する。

「あなたも私の可愛いミオの足を引っ張らない様に、精々、精進しなさいな」

「……あ、ありがたきお言葉、感謝の言葉もございません」

この高飛車ドリルめ！　と、心の中で地団駄を踏みながらも、キリエは何とか耐え忍んだ。

「あ、そうだ、釣り目。ちょっと待ちなさい」

そう言ってキリエを呼び止めると、ファナサードは唇が触れるほどに顔を寄せて、ミオの耳へと囁いた。

「ミオの為に私、最高のプレゼントを連れてきたのよ」

「連れて来た？」

その言葉が終わるや否や、再び城外から盛大に銅鑼の音が鳴り響き、城門の方へと目を向けた兵士達の間に、驚愕混じりのざわめきが広がっていく。

「なんじゃと!?　あれは、ま、まさか！」

入場してきた儀仗兵の掲げる旗を見た途端、ミオは眦が裂けるのではないかと思うほどに、大きく目を見開いた。

「エスカリス＝ミーミル第一皇姫！　ファティマ・ウルク・エスカリス殿下、ご到着！」

再び一斉に銅鑼（どら）が打ち鳴らされると、左右の兵士達が狼狽（うろた）えながら一斉に跪（ひざまず）き、ミオとファナサード、キリエやそこに居並ぶ他の重臣たちも、兵士達同様に跪（ひざま）いた。

銅鑼（どら）の音が響き渡り、緊張する兵士達の間を入場してくる黒檀（こくたん）の輿（こし）。その上には、柔らかな微笑を湛（たた）え、淑（しと）やかに手を振る女性の姿があった。

年の頃は二十歳（はたち）まではいかず、派手さは無くともふっくらとした優しげな顔立ち。深い慈愛を感じさせる高貴な姿。皇家の象徴とも言える荘厳（そうごん）な深い蒼の司祭衣を纏（まと）いながら、尚も慎ましやかな雛罌粟（ひなげし）の華を思わせるその可憐な姿に、兵士達は思わず溜息を吐く。

その女性の名はファティマ。

彼女と、彼女の地位について語る為には、このエスカリス＝ミーミルという国の政治体勢について語る事を避けられない。

まず、この砂漠の国エスカリス＝ミーミルは、神代（かみよ）の昔より連綿（れんめん）と続いてきた皇家を頂点に戴（いただ）く皇国（ミーミル）である。

こと行政に関して言えば、この国は各機動城砦の領主によって、其々（それぞれ）に治められている地方分権国家である。だが、皇家はその領主達の上に立つ政治的権力の頂点であると共に、国の象徴として存在している。

一般の民衆から見れば、自分達を直接統治する訳でも無く、あまりにも遠いところに存在するが故（ゆえ）に、国民からの敬愛を一身に集める、そういう存在だと言って良い。

この皇家の者は『首都』に住まう。

それでは『首都』とは何処を指すのか？

エスカリス＝ミーミルの中央よりやや北東の位置に、不可侵領域と呼ばれる砂洪水が全く発生しない地域がある。

砂洪水が発生しない理由については、神のご加護、単純に地盤が固い、巨大蚯蚓が嫌う様な物が埋蔵されている、など学者たちがいくつもの説を挙げているが、未だに正確な所は分かっていない。

首都とは、この不可侵領域に存在する巨大なオアシス、及びそこに半永久的に接続された機動城砦の事であり、今現在は『カルロン』という名の機動城砦が、半世紀に渡ってその地に留まり続けている。

この砂漠に於いて、一か所に留まって居られるという事の価値が、想像できるだろうか？

それは砂洪水の脅威から解放されるという事に留まらない。所在が確定しているという事による、通商上の価値は計り知れないものがある。

更には、この国の象徴たる皇家が住まうのだ。これを攻撃すれば、たちどころに逆賊の汚名を被る事となる。つまり他の機動城砦の攻撃を憂慮する事も無くなる。

故に、機動城砦の領主にとって、『首都』となる事は垂涎の的なのだ。

だが首都となる事、それは決して簡単な事ではない。

首都の交代は、現在の首都の領主を除く、八名の領主の満場一致でのみ為される。つまり、首都以外の全ての機動城砦を傘下に収めて、初めて首都となることが出来るのだ。

その首都に住まう皇家の長女、それがこのファティマであった。

黒檀の輿が、ミオ達の傍へとゆっくりと近づいてくる。

跪きながら、ミオは思う。

——なるほど、確かにこれは最高のプレゼントではないか。

皇家の旗を掲げている間、つまり皇姫ファティマが滞在している間は、他の機動城砦の攻撃を恐れる必要が全く無くなるのだ。

「サラトガ伯、御機嫌良う。しばらくお世話になります」

輿の上から、皇姫ファティマは、ミオへと淑やかに微笑んだ。

＊

実は、皇家の人間が機動城砦を訪れる事自体は、さほど珍しい事では無い。

皇王自身が出てくる事はまず無いが、様々な式典の為、もしくは視察の為に、皇家の誰かが年柄年中、どこかの機動城砦を訪れていると言っても、過言では無い。

皇家の人間が機動城砦を訪れる事を『御幸』と言い、その場合、基本的には機動城砦の方から首都に接舷して、迎えに行くのが通例である。

故に今回の様に、皇姫ファティマの方から機動城砦に出向いて来る事など、異例中の異例の出来事だと言って良かった。

どの機動城砦の城内にも『御幸』に備えて、皇家専用の貴賓室が存在する。質実剛健と言えば聞こえは良いが、口さがない者達には『田舎』と揶揄される機動城砦サラトガに於いても、それは例外では無い。サラトガ城の上層階、一階層が丸々それに当たる。

石作りの他の部屋とは異なり、上品な白壁に金糸銀糸をふんだんに用いたソファーセット。調度品も他の部屋に設置されているものとは一線を画す。

「ご苦労様、皆、下がってください」

皇姫ファティマが人払いをし、皇家に仕える侍従達の最後の一人が貴賓室を退いて、ゆっくりと扉が閉じられる。

豪奢なソファーに、膝を揃えて上品に腰かける皇姫ファティマ。その足元には二人の少女が拝跪していた。

「うん、二人とも、もうよろしくてよ」

その言葉に従って、ファティマの足元の二人の領主、ミオとファナサードは、むくりと頭を上げると、互いに目を見合わせて微笑みあった。

「しかし良く来てくれたのじゃ。ファナだけじゃなくて、まさかファティ姉まで来てくれるとは、正直度肝を抜かれたのじゃ」

「うふふ、偶然なのよ。偶々、私がストラスブルに滞在している時に、ミオの魔導通信が入ったの。

『ミオがピンチですわ!』って、駆け込んできた時のファナの慌てっぷりと言ったら」

そう言って、ファティマはさも可笑しそうに、くすくすと笑う。

「ちょ！　ファティ姉、それは言わないって約束しましたのに！」

「あらぁ、そうでしたかしら？」

「そうですわよ。全くファティ姉ったら、もう！」

「まあ、それはともかく、あとここにマレが居たら同窓会でしたのにね」

慌てて詰め寄るファナザードを軽く住なして、ファティマは白地に話題を変えた。

お互いの立場故に、ミオもファナサードも、人前では臣下の礼を崩す事は無いが、自分達だけとなるとすぐにこの有様。

そもそもこの三人にもう一人、ペリクレス伯の娘であるマレーネを加えた四人は、機動城砦ストラスブルにて共に学んだ学友同士。より正確に言うと、皇姫ファティマとその学友を務める為に集められた、領主の子女三名であった。

当時、ファティマ十二歳、ファナサード十一歳、マレーネ十一歳、そしてミオ六歳。

ミオだけ大きく年齢が離れているのは、当時、幼くして天才的な知能の持ち主として注目を浴びていたからだ。

この四人の仲睦まじさは当時、非常に有名であった。

どのくらい有名であったかというと、首都で行われている歌劇の中には、今も尚、『皇姫殿下と三姉妹』という演目が存在する。

三姉妹のモデルはもちろん、ファナサード、マレーネ、ミオの事であり、ファティマを含んで『四姉妹』とならなかった辺りに、皇家が如何に不可侵の存在であるかが如実に表れている。

女三人集まると姦しいとはよく言ったもので、三人の話は尽きる事もなく、延々と続いていく。

他愛も無い話に興じながら、ミオは何気無く窓辺に立って、城下を見下ろした。

城門の辺りでは、機動城砦ストラスブルから、次々と城壁を補修するための資材が、荷車に乗せられて搬入されている。それと同時に、その両脇を両機動城砦の住民達が行き交っているのが見えた。

「……賑やかじゃのう」

「ええ、お互いの民草の為にも、これは良い機会となったのではないかしら」

予定では接舷の期間は三日、その間は両機動城砦間の行き来は自由とした。

どのオアシスからも遠い砂漠のど真ん中故に、他から侵入してくる恐れが無いという事が大前提ではあったが、これはミオとファナサード、それぞれがお互いを深く信頼しているからこそ出来る措置であって、通行税も入場税も無く、厳重な身分照会もされずに、機動城砦間を行き来できる機会など、通常ではまず有り得ない。

観光に出かける者、ここぞとばかりに大荷物を抱えて商売に出かける者達で、城門の周辺はごった返している。その光景にミオの目尻が僅かに下がる。活気があって誰もが生き生きしている。とても素敵な光景だと思う。

ミオが微笑ましげに眺めていると、城門から入ってくる人波の中に、見覚えのある白いフードマントを羽織った人物の姿が目に入った。

――ナナシ？

いや、それはありえない。と、ミオはすぐにその考えを打ち消す。

「のう、ファナ。ストラスブルには、砂漠の民が住んでおったりするのか？」

「砂漠の民？　地虫の事ですわね。嫌ですわ、ミオ。そんな悍ましいものが、我がストラスブルにいる訳無いじゃありませんか」

悍ましいときたものだ。ミオは胸の内で呟く。

これは何も、ファナサードが特別に人を見下す様な人間という訳ではない。貴種としては極一般的な反応であり、どちらかと言えばミオの方が特殊なのだ。

「ところでミオ、実は一つお願いがありますの」

話が途切れたところで、ファティマがミオへと恥ずかしそうに囁きかける。

「なんじゃあらたまって、ファティ姉に頼まれたら、妾が断れるはずが無かろうて。何でも言ってくれ」

その瞬間、ファティマの表情がパッと明るいものになった。

「それでは私、銀嶺の剣姫様にお会いしてみたいですわ」

「は？」

ミオは思わず硬直する。

「言われてみれば……ミオの所にいらっしゃるのでしたわね、銀嶺の剣姫様」

「そうですの。今首都では、銀嶺の剣姫様をモチーフにした歌劇『愛は銀嶺の彼方に』が、ものすごく話題になっていますのよ。先日、私も拝見致しまして、いたく感動いたしましたの」

「ああ、私も噂は聞いておりますわ。何でも、銀嶺の剣姫様と異国の王子様との恋物語だとか。私も是非、拝見致したいと思っておりましたのよ」

「ええ、ファナ。とっても素敵ですわよ。私、銀嶺の剣姫様のファンになりましたの。折角、ご本人がいらっしゃるのであれば、是非お会いさせて頂きたいですわ」

「は……ははは……は、はぁ」

テンションを上げて盛り上がるファティマとファナサードを他所に、ミオの口からは渇いた笑いしか出てこない。

確かに二年前のサラトガ奪還の活躍で、セルディス卿は一躍有名になった。吟遊詩人達が挙って彼女を讃える詩を唄っていたのも知っている。常にモチーフを探している首都の劇作家どもが、セルディス卿に目を付けないはずがない。

だが、今はタイミングが悪すぎる。

件の銀嶺の剣姫様が、まさか男に置き去りにされて、部屋に引き籠って出て来ないなどとは、言える訳が無い。

しかし、

「「お呼びして頂けませんこと！」」

ファティマとファナサードが期待に目を輝かせながら、ミオに詰め寄る。

これはもう、どう考えても呼ばない訳には行かない。

「う、うむ。では、呼んで来させる故、少し待っておるのじゃ」

そう言って、足早に廊下へ走り出ると、ミオは大声を張り上げた。

「キリエ！　キリエはおらぬか！」

その呼びかけに応じて、廊下の向こう側からパタパタという足音が聞こえて、キリエが姿を見せる。

「どうなさいました？」

「うむ、どんな手をつかっても良い！　セルディス卿をここへ連れて来るのじゃ！」

「は？　セルディス卿はお部屋に引き籠(こも)っておられるかと……」

「だから、どんな手を使ってでもと言っておる！　皇姫殿下が面談を所望(しょもう)されておられるのじゃ！」

皇姫の所望(オーダー)だと言うならば、是非もない。キリエは主の追い込まれている苦境を察した。

「御意！　命に代えましても！」

＊

「セ、セルディス卿をお連れいたしました……」

一刻ほどの時間が経って、扉の外から明らかに憔悴(しょうすい)した様子のキリエの声が聞こえた。

続いて、ゆっくりと扉が開き、剣姫が部屋へと入ってくる。

ミオは見た。

ファティマとファナサードの期待に満ちた眼差しが、一瞬にして困惑へと変わるのを。

入ってきた剣姫には、いつもの凛々(りり)しさは欠片(かけら)も存在していなかった。

泣き腫らした目の周りには大きな隈、髪はまるで狂人のように乱れ、いつもの様に蒼いドレスこそ着てはいるものの、背中のボタンは互い違いで、布地がおかしな引き攣り方をしている。長手袋は片方だけで、胸元には何日前にくっついたものか、カピカピに乾いた白米がピトッとくっついていた。

「……あの、ミオ？　こ、こちらが銀嶺の剣姫様でいらっしゃいますの？」

ファティマが、明らかに引き攣った笑顔をミオへと向ける。

「実は……」

流石に、ここまでくれば話さない訳にはいかない。ミオは簡単に経緯を語った。

すなわち——剣姫の大切にしている男が、義妹を救うため、機動城砦ゲルギオスへと向かった。男の身を案じるのと、連れて行って貰えなかったショックで、剣姫は今、心身喪失の状態にあるのだ、と。

皇姫相手に嘘を吐く訳にはいかないが、その『男』が砂漠の民である事や、他の女と一緒に行動している事は、わざわざ言う必要が無い事なので一切伏せた。

「まあ、なんて御労しい」

ファティマは同情する様な表情を見せて、口元を手で覆う。

「剣姫様とその殿方とは、どういったご関係でいらっしゃいますの？」

「主様と私は、永遠を契った仲です」

ファナサードの問い掛けに、剣姫はぼんやりと目の焦点も合わないまま、平坦な口ぶりで答えた。

「まあ、素敵。歌劇で申しますとイリアス様ですわね！」

――誰だよ！　イリアス。

ミオは思わず胸の内でツッコむ。

「大切な殿方の身を案じる乙女心ですわね。分かります。分かりますわぁ！」

「素敵な殿方なのでしょうね。どちらかの国の王子様なのでしょうか？」

「主様は、たしかに将来、王となるお方です」

見事なまでに誤解を生む剣姫の回答。ファティマとファナサードは二人だけで、キャーキャーと勝手にテンションを上げていく。

「素敵ですわ！」

「ロマンティックですわ！」

皇姫ファティマの『ルォムォアンティック』というやけに良い発音が、何故か無性に腹立たしい。

ミオは思う。

二人とも年頃の娘だ。恋物語に盛り上がる。それはまあ、わからんでもない。でも素敵か？　ロマンティックか？　胸元を見てみろ、カピカピご飯だぞ？

妄想の域に突入した話を垂れ流して、勝手に盛り上がっていく二人。それをぼんやりと眺めながら、剣姫はミオへと尋ねた。

「ミオ殿、実は主様の書き置きを見つけたのですが、私には読めない文字で書いてあるのです。ミオ殿ならば読めませんか？」

そう言って剣姫が、一枚の紙片をミオに手渡す。そこに書かれている文字は、ミオにも全く見覚えが無かった。

「セルディス卿、すまぬが、これは妾にも読めんのう」

「そうです……か」

「だが、落胆する事は無いぞ。寧ろ貴公はツイておる様じゃ。ここにおわす皇姫ファティマ殿下は、語学の天才じゃ。近隣諸国の言語を中心に、いくつもの言語を修得なされておられる」

「本当ですか！」

ミオのその言葉に、剣姫はファティマへと期待に溢れた視線を向ける。

「フフッ、まあ確かにこの国に入ってくる文字で、私に読めない文字などございませんけど」

「流石はファティマ様」

ドヤ顔のファティマを、ファナサードが太鼓持ちの様に持ち上げる、その途端、剣姫は一瞬でファティマの傍へと詰め寄ると、その両手を握り、必死の形相で訴えかけた。

「読んで……読んでいただく事は出来ませんか！」

鼻先同士が触れ合うほどに、顔を突きつける剣姫。それにたじろぐファティマ。

「わ、わかりましたわ」

思わず、ポッと頬を染めて俯くファティマに、ミオは「百合か！」とツッコみを入れかけたが、立場を慮ってギリギリで踏みとどまった。

確かにファティマは語学の専門家である。

皇家の子女として、外交上の必要性から教育を施されたのが発端ではあったが、彼女には天性の語学の才能があった。

現在では北の三国の言語だけに留まらず、磁器(ネーネア)の国の一地方の言語で、冗談(ジョーク)を言えるレベルにまでに達している。

ちなみに、その冗談(ジョーク)が面白いかどうかは、別の問題である。

「では、お願いするのじゃ」

ところが、ミオから紙片を受け取って、自信満々に目を落した途端、ファティマは目を白黒させて凍り付いた。


——何これ？　見た事ないですわ。こんな文字！

予想外の出来事に、ファティマは思わず胸の内で悲鳴を上げる。寧(むし)ろ、声に出なかったのが不思議なぐらいに動揺した。

見た事など無くて当然。

ファティマが学んできた語学の中に、この国において人間として扱われていない地虫(バグ)の文字など、入っている訳がない。言うなれば、それは飛蝗(バッタ)や蜻蛉(とんぼ)の言語が分からないのと大差が無いのだ。

戸惑いながら剣姫の方を盗み見ると、期待に満ちたキラキラした目で、ファティマを見つめている。

——無理ィ！　今さら読めないなんて、絶対に言えない！

ファティマは胸に手を当てて、深く息を吸い込み、覚悟を決める。

——こうなったら、先程聞いた話を総合して、内容を推測するしかないですわ。

「よ……読みますわよ」

部屋の中に、得も言われぬ緊張感が張りつめ、誰の物とも分からない、ごくりと喉を鳴らす音が、静寂の中に響き渡る。

『け、剣姫様。貴女を置いて出て行く事をお許しください。この旅には、危険が満ち溢れています。貴女を危険な目に遭わせたく無い。私は貴女の事を、何より大切に想っているのです』

最初の一文。まずはそこで区切って、ちらりと剣姫の様子を伺う。すると、剣姫は目をうるうるとさせ、目頭は決壊寸前。早くもぐすんぐすんと鼻を鳴らし始めていた。

——早ッ！

ファティマもこのチョロさにはドン引きする。

ともかく、今の所、方向性は間違えていない様だ。そう判断してファティマは続きを読み上げる。

『出来るだけ、早く愛しい、貴女の元へと帰って参ります。心配しないでください』

「い、愛しい!?　そ、そう書いてあるのですか！」

ファティマが緊張した面持ちでこくりと頷くと、途端に剣姫の顔が音を立てて爆ぜそうなほど、真っ赤に染まった。

なるほど、王子様は普段は愛しい等とは口にしないタイプらしい。早まったかとも思ったが、剣姫のあの様子を見る限り、寧ろ上々の反応ではないか。

ファティマは確信した。

——イケる！　この方向でもうひと押し！

事ここに到っては、この書き置きの主が、実際には何を書いていたかなど、もう関係がない。恋する乙女スイッチが入ってしまった所為で、ファティマ本人にも、もう何がどうイケるなのか、良く分からなくなっていた。

小さく咳払いをすると、ファティマはより一層の感情を籠めて、朗読を再開した。

『大切なあなたに、伝えたい事があります』

「な、な、何です主様」

ファティマは深呼吸して、ゆっくりと目を閉じる。

――コレがとどめですわ！

カッ！　と目を見開くと、一際大きな声を張り上げてこう言った。


『この旅から戻ったら、私と結婚してください！』


……時間が止まった。

粘度の高い液体で部屋を満たしたかのような、壮絶な沈黙。

そして、

「にゃああああぁぁぁぁぁぁぁぁぁあああ!!」

その瞬間、ミオは目を見開き、ファナザードが「まあ」と口に手を当て、ファティマがグッと拳を握る。その目の前で謎の叫び声を発しながら、剣姫は目を回して後ろへとぶっ倒れた。

ナナシの与り知らないところで、あまりにも重大な捏造が行われた瞬間であった。

「セ、セルディス卿！　だ、だ、大丈夫か！」

慌てて駆け寄ったミオが見たもの。それは、顔を真っ赤に湯立たせて目を回しながらも、幸せそうに、にやけた顔をした剣姫の姿であった。

＊

担架に乗せられて運び出される剣姫を見送りながら、ミオは思わず溜息を吐いた。

「とんでもない事になったものじゃ……」

ミリアにはどう説明したものか？　キリエがまた一層『お姉ちゃん』を拗らせるのではないか？　ファティマを疑う訳では無いが、ナナシが果たしてあんな事を書き残すだろうか？　何かの間違いであったなら、剣姫はどうなってしまうのだろうか？

ナナシが帰ってきた後の事に想いを巡らせて、ミオは思わず頭を抱える。

ミオの心情としては、苦楽を共にしてきた親友、ミリアを応援してやりたい所ではあるが、若干の疑わしさを払拭出来はしないものの、求婚を受けた剣姫の優位は明らかだ。

更に言えば、このナナシ争奪戦における不確定要素として、今現在、行動を共にしているアージュと、キサラギという名の義理の妹の存在もある。キリエは……まあ、どうでも良い。

一人の男が、複数の妻を持つ事も禁じられてはいないが、あのナナシにそんな甲斐性があるとは思えない。それに、よくよく考えてみれば、あの書き置き以外には、ナナシが誰を気にかけているのかなど、ついぞ聞いた事が無い。

――うん、ナナシが悪い。そうだ。はっきりしない、あの甲斐性無しが悪いのだ。

ミオは、そう結論づけた。

ミオの懊悩(おうのう)を他所(よそ)に、貴賓室の中では興奮冷めやらぬといった様子のファティマとファナザードが、きゃっきゃと楽しげに盛り上がっている。

「ファティ姉。私、感激いたしましたわ。なんて情熱的な愛の囁(ささや)きなのでしょう」

「ええ、ええ、本当に。私たちは今日、きっと歴史の目撃者になりましてよ」

「まさに『結婚は二人を描いた物語の結末。そこからは二人の歴史が始まる』ですわ！」

「劇作家のジェレミエ卿の言葉ですわね。流石ファナ、博識ですわ」

――なぁにが劇作家だ。人の気も知らないで！

と、ミオは思わず胸の内で毒づく。

実際、彼女と二人との温度差は開く一方、熱帯魚なら即死するレベルである。

「王子様と華麗な……まあ本日のご様子はともかく、剣姫様のご成婚ですもの、これは大ニュースですわよ」

「そうですわね。首都に戻りましたら、さっそく社交界(サロン)の皆様にもお伝えしなくては！」

その瞬間、ミオはビクリと身体を跳ねさせた。

――あ～あナナシ……お主、詰んだぞ。

社交界(サロン)などと言う物は、地位と気位(きぐらい)が高いだけの暇人の集まりだ。皇姫が社交界(サロン)で話題に乗せたが最後、暇人たちが面白がってどんどんエスカレート。寄ってたかって、二人の結婚式を国家的な記念事業として執り行おう、などという話にしてしまうのは、想像に難くない。

そして、いざ式典となった時に、出て来た新郎が王子様どころか、忌み嫌われる砂漠の民だったとしたらどうなるか、想像するだに恐ろしい。

皇姫に恥をかかせた罪でナナシは良くて死刑。悪くしてもやっぱり死刑だ。ミオ自身にも死刑とまでは言わなくとも、何らかの罰が下る事だろう。

ミオがあまりにも浮かない顔をして、話に加わろうとしない事を気にかけたのだろう、ファティマは急に話題を変える。

「そう言えば、王子様はゲルギオスに向かわれたのですわよね？」

「そうなのじゃ」

——ナナシ。お前の渾名(あだな)、今度から『王子』な。

「王子様の妹君を攫(さら)うとか……ゲルギオス伯もずいぶん大胆ですわね」

「そうじゃ、ついでに言えば、我がサラトガを罠に嵌(は)め、砂洪水(フラッド)に飲み込ませようとしおったのもゲルギオスなのじゃ」

「それは……。新領主になられた方は、相当な野心家だと思った方が良いですわね」

ファティマは顎(あご)に指を当てて、考えこむ様な素振(そぶ)りを見せる。

「ファティ姉、新領主という事は、やはりゲルギオス伯は代替わりしておるのじゃな？　もしやクーデターか？」

　友領であったはずの機動城砦ゲルギオス。その急激な方針転換。ゲルギオス伯に反旗を翻して、その地位に就いたというのであれば、それも不思議では無い。

「いえ、皇家へ寄せられた報告では、ゲッティンゲンのおじ様が引退されて、領主の地位を若い方に禅譲されたと伺っておりますわ」

「禅譲？　フッ、ありえませんわ。あの癇癪ジジイが自分が生きている間に、人に地位を譲るものですか」

　癇癪ジジイという表現には、ファナサードもミオ同様、ゲッティンゲンに相当怒られた経験がある事を感じさせた。

「そうじゃのう。妾もそう思う。それにジジイの所は息子も孫も、音に聞こえたボンクラ揃いじゃ。地位を譲ったところで、とてもではないが、あんな大胆な罠を張れるとは思えん」

「新領主は、ゲッティンゲンのおじ様の血族の方ではありませんわ」

「なんじゃと？　では、やはりクーデターではないのか？」

「いいえ、ゲッティンゲンのおじ様が全領民に向けて、自ら布告されたと伺っておりますわ」

「不可解ですわね」

「有り得ぬな」

　ファナサードとミオは顔を見合わせる。

「して、ファティ姉。そやつは何者じゃ」

「確か、お名前は――――」

＊

ナナシの赤く腫れ上がった左頬を、風が優しく撫でる。

腕にしがみついて歩きながら感じる、アージュの歩幅はかなりの大股。

大袈裟に言えば、ドスドスという音が聞こえそうなほどである。彼女の怒りが収まっていないのは明らかだった。

その原因は、出かける際に宿屋の主人がニヤニヤしながら放った一言。

「昨晩は楽しんだかい？」

途端にアージュは顔を耳まで真っ赤に染め、足早に宿屋を出ると、いきなりナナシをブン殴った。

問答無用の八つ当たりである。

宿屋のご主人も、不用意な発言には是非ご注意いただきたい。正直、命に係わる。

ともかく多少暴力的(バイオレンス)な一日の始まりではあったが、二人は歓楽街から少し離れた所にある市場へと向かっていた。

市場と言っても、只の市場では無い。

今のところ、キサラギについての手掛かりは全く無い。これまでの経緯を考えれば、ゲルギオス城内に囚(とら)われている可能性が一番高いのだが、だからと言って何の情報も無く城内へ侵入するなど、自殺行為にも等しい。

　そこで奴隷として売られた可能性も有るんじゃないか？　というアージュの意見に従って、まずは奴隷市場へと足を運び、情報を集める事にしたのだ。

　先代領主の時に奴隷制度を廃止したサラトガとは違い、ゲルギオスでは奴隷制度が公認されている。寧ろ主要産業の一つと言っても良いほどに盛んで、それ故に奴隷市場の規模は、全機動城砦の中でも最大を誇っている。

　実際、二人が足を踏み入れた奴隷市場も、果てが分からぬほど遠くまで天幕が連なっていた。この天幕の一つ一つが、其々奴隷商人の店なのだ。

　まだ午前中という事もあって、通りは閑散としているが、誰かが前を通る度に、商人達が威勢の良い呼び込みの声を上げる。

　曰く、ペリクレス直輸入の剣闘奴隷だの、美しい女奴隷をお求めなら当店へだの、魔法を使える奴隷を入荷しましただの、商品が人間だということを除けば、風景としてはオアシスの朝市とさして違いはない。

「何が直輸入だ。ふざけんなっつうの」

　アージュは口の中に砂でも入ったかの様に、そう吐き捨てた。

　奴隷制度を廃して、自由・平等の思想を教育に盛り込んだ機動城砦サラトガに生まれ育ったアージュにとって、ここは吐き気を催す背徳の市としか思えない。

天幕（テント）の間を無言で歩く内に、アージュは『年少の奴隷を格安で！　ククアーロ商店』という垂れ幕を掲げた店を見つけて、足を止めた。

途端に天幕（テント）の内側から、大きく手を広げながら、店主と思わしき鯰髭（なまずひげ）の男が歩み出てくる。

「いやあ、お美しいお嬢さん！　いや奥さんかな？　どうです。長く使える子供の奴隷はいかがですか！」

店主のその気安い物言いに、ぶん殴りたいという衝動を必死で抑えながら、アージュはにこやかに微笑んだ。

「じゃあ、ちょっと見せてもらえるかしら」

「はいはい。今日はどういった奴隷をお探しで？」

「んー特に決めてないのよねぇ。見せて貰って、気に入った子が居れば戴くわ」

「そうですか！　じゃあ、お気の済むまで、じーっくり見ていってくださいよぉ」

店主は機嫌良さげに微笑むと、天幕（テント）の入口をたくし上げて、二人を中へと招き入れた。

天幕（テント）の中は薄暗いが、外から見た印象よりも奥行きがあって、意外に広い。そこには大きな檻（おり）が二つ並んでいて、それぞれに六人ずつ、全裸の子供達が押し込められていた。

男の子も女の子も肌の濃淡はあるものの、黒髪紅瞳（こくはつこうどう）のこの国の人間。どの子も一様に薄汚れていて、膝（ひざ）を抱えながら、じっとアージュ達を凝視していた。

アージュは子供達をざっと見回して、肩を竦（すく）める。

ナナシに聞いているキサラギの特徴がどうこうという以前に、十二歳というキサラギの年齢よりも更に幼い、恐らく十にも満たない子供達しか、ここには居なかった。

「アナタ、ここには居ないみたいですわ」

「……うん、そうか」

アージュが、包帯で視界を閉ざしているナナシにそう囁いた途端、檻の中の子供達が、一斉に二人の方へと駆け寄ってきて、鉄格子の間から手を伸ばしながら声を上げた。

「お姉さん！　僕を買ってよ。ちゃんと働くよ！　ご飯もちょっとで良いよ。お得だよ！」

「お兄さん！　アタシを買ってよ。どんな命令でも喜んで聞くからさぁ！」

「僕は弓矢が得意だよ。猟犬がわりに買っておくれよぉ！」

必死に自分を売り込む子供たちに唖然としながらも、アージュは理解した。

この子達は売れ残ってしまったら、自分達がどうなるのかを知っているのだ。

引っ切り無しに叫ぶ子供達から目を背け、アージュは耳を塞ぎたい気持ちを必死に堪える。

その時、アージュが目を逸らした先、天幕の隅に女の子が一人、鎖に繋がれもせず、ぐったりと横たわっているのが見えた。

薄暗い部屋でも分かる、燃える様な赤毛、エスカリス＝ミーミルの人間には有り得ない白い肌には、鞭の痕らしい蚯蚓腫れと裂傷が無数に走っていた。

「あの子は？」

「ああ、アレはもう虫の息なんで、廃棄待ちでさあ」

「廃棄!?」

アージュの常識では許されない事を、さも当然の様に口走る店主に、思わず憤りの表情が露わになる。しかし幸いにも天幕の中が薄暗いお陰で、店主がそれに気付いた様子は無かった。

アージュの震える指先をナナシが握りしめて、小さく首を振った。

「そいつぁねぇ、ほんっとに強情な奴で、ちっとも言うこと聞かねえもんだから、さんざん鞭食らわしてやったら、すぐに虫の息でさあ。馬鹿なガキですよ。生きてりゃ、慈悲深いご主人様に飼って貰えたかもしれねえのによぉ」

アージュは深呼吸をして、無理矢理笑顔を作ると、店主に媚びる様な声を出した。

「廃棄ってことはぁ、格安で売ってもらえたりするのかしら？」

「そりゃね。廃棄するとなると、逆に処分代取られるご時世だ。銅貨八十枚ぐらいで手を打ちやすがね」

銅貨八十枚。普及品の剣一本と同じくらいの価格。人の命が銀貨一枚でお釣りが来るほどの価値しかないのだと、この店主は言ったのだ。

目を伏せ、思うところを全て飲み込んで、アージュは言った。

「いいわ、この娘を貰います」

「ちょ、ちょっとアージュさん！」

アージュの、その言葉に慌てたのはナナシ。

今、立つことも覚束ない様な奴隷を購入してしまったら、これからの動きが大きく制限される事は避けられない。

慌てて腕を引いたナナシを、アージュはギロリと睨(にら)み付けると、首元を掴(つか)んで捩(ね)じりあげた。

「あん？　誰がアージュさんだコラッ！　呼び捨てにしろって言ったよなぁ、ああん！　脳味噌入ってねぇのか、このボケが。私の金で何買おうが私の勝手だろうが！　それとも何か？　テメエが金出してくれんのか、ゴラア！」

「す、すみません！」

「ははは……旦那さん、尻に敷かれてるねぇ」

アージュの剣幕に、店主はたらりと冷や汗を流す。

「じゃ、奥で洗ってから引き渡すから、ちょっと待っておくれ」

そう言って、店主は奥から屈強な男の奴隷を呼ぶと、虫の息の奴隷少女を肩に担がせた。

アージュが銀貨を手渡し、受け取った釣りの銅貨を数えている横で、ナナシは店主に尋ねる。

「ところで、お宅には居ないみたいですけど、目の黒い子供を扱ってる店を知りませんか？」

「目が黒いって言やあ、磁器(ネーネア)の国人か、地虫(バグ)って事かい？　こりゃまた、珍しいもんを探してんだな」

「昔、ウチに目の黒い奴隷がいたんですけど、結構使えるヤツだったんですよ」

「そうかい。しかし磁器(ネーネア)の国人は滅多に入ってこないし、地虫(バグ)は元々数が少ないから、捕まらねえだろさ。俺もこの仕事について長ぇけど、今まで一度も見た事無(ね)え。それにもし捕まえられたとしても、地虫(バグ)は扱えねえしな」

「扱えない？」

「ああそうさ。地虫は全部、城に引き渡される事になってるんだ」

店主は、小さく首を竦める。

「なんで、そんなことに？」

「さあな。新領主様の命令だそうだ。そうそう中でも、『ナナシ』って名前の奴を連れていったら、信じられねえぐらいの報奨金が出るそうだぜ」

銅貨を数えるアージュの手がピタリと止まり、ナナシは思わず息を呑んで硬直する。

奴隷商人の口から突然、自分の名前が出たことに、ナナシは心臓を握りつぶされる様な感覚を覚えた。

「ん？　どうしたんだい旦那さん、真っ青だぜ」

「アナタ、大丈夫？　この人身体が弱くて」

ナナシの不審な様子をアージュが取り繕い、商人はあまり興味なさげに「へえ、それは大変だね」と応じた。しかしナナシはアージュの手を振り払うと、上擦りそうになる声を抑えつけながら、商人に質問を重ねた。

「ゲ、ゲルギオスの領主様は、ゲッティンゲン様ではないのですか？」

「いや、ついこの間、領主交代の布告が出たんだ」

ナナシが身を乗り出すように急に迫って来たことに驚いて、少し身を引きながら、商人は答えた。

「年若い女領主様で、確か名前が……」

嫌な予感に、ナナシの心臓が激しく鼓動する。

「キ、キサラ、キサラギってんだ」

＊

「キサラギじゃと！」

ミオが驚愕の声を上げる。

「い、一体、何が……何が起こっているのじゃ」

「急にどうしたのです」

「落ち着いて！　ミオ」

ファティマが告げたゲルギオスの新領主の名は、あまりにも衝撃的だった。

ミオの豹変に驚いて駆け寄る二人。それを気にする余裕も無く、ミオは宙を見つめながら思考を巡らせる。

サラトガを罠に掛けようとしたその黒幕が、囚われているはずのナナシの義妹だというのか？

いや、有り得ない。そう、有り得ないのだ。

一度目のゲルギオスの襲撃は、ナナシがサラトガに侵入するより七日も前の話だ。ナナシはキサラギが攫われた、その日の内にサラトガへと潜入してきたはずなのだ。キサラギという少女が黒幕だと考えるには、どう考えてもタイミングが合わない。

ゲルギオス伯キサラギ。

近づきつつある謎の機動城砦。

何か大きな物を見落として、じわじわと罠に嵌りつつある、そんな違和感がミオの表情に暗い影を落とした。

*

「で、どうする気なんです。この子」

「……スマン、ついカッとなった」

寝台で静かな寝息を立てている、赤毛の女の子を見下ろしながら、アージュはきまりが悪そうに、首を竦めた。

家々の煙突から、夕餉の支度をする煙が棚引く夕暮れ時。

窓枠の黒い影が長く伸びて、ベッドに横たわる少女の身体を分断するように、十字を描いている。

少女が顔に当たる夕陽を気にする素振りを見せたので、アージュが静かにカーテンを閉じると、十字は薄闇の中に没した。

寝台に横たわっているのは、市場で買い取った奴隷の少女。

身体を洗われた後、簡素な頭陀袋のような貫頭衣を着せられて引き渡された彼女は、その時点では既に立って歩ける様な状態ではなく、意識も混濁していて、話しかけてもただ苦しそうに呻くだけ。

とりあえず、ナナシが背負って宿へと運びこみ、アージュが持っていた、治癒魔法を封じ込めた精霊石を全て使い切る事で、なんとか命に別状が無い所まで持ち直した。

「別に責めている訳じゃありませんよ」

少女の頭を撫でていたアージュが不安げに振り返ると、背後でナナシが優しく微笑んだ。

「『逃げた者が敗れた者を笑うな』、砂漠の民なら子供でも知っている諺です。アージュさんのお陰で、少なくともその子は死なずに済んだんです。何もしなかった僕が、アージュさんを責める事なんて、出来るはず無いと思いませんか？」

アージュは思わず目を丸くする。

「……お前」

「ですが、今夜ゲルギオス城に潜入する僕らが帰って来れなかったら、折角助かったこの子の命が、再び危険に晒される事になります。だから……」

「あー、自分一人で行くってのは無しな。お前カッコつけても、ぜんっぜん似合わねえし」

ナナシの言わんとする事を先読みして、アージュがそれを問答無用にぶった切る。思わずナナシは、何か変なものでも口に突っ込まれたかの様な、微妙な表情のまま固まった。

「心配すんな。私は必ずこの子の所に戻ってくる。安心しろ。いざとなったらお前を囮にしてでも帰ってくるから」

「……それ、僕、何一つ安心出来ないんですけど」

ナナシの情けない表情にクスリと笑いながら、アージュはあらためて少女の髪を撫でる。

歳の頃は八歳ぐらいだろうか、赤い髪に茶色の瞳、肌は抜ける様に白い。

どう見てもエスカリス＝ミーミルの人間とは異なる容貌に、彼女の境遇を想像しようとしても、何処の国の人間なのかすら分からないという状況では、大して思い浮かぶ事もない。

「それより……お前の方こそ、なんで賞金首になってんだよ」

そう、彼女の境遇を想像するよりも、そちらの方が問題だ。

先程のやりとりのせいか、少し拗ねた様な雰囲気を残したまま、ナナシが口を開く。

「まあ……キサラギが何かに巻き込まれた結果、新領主になったのだとしたら、それも分からなくも無いです。キサラギは『あんちゃん大好きっ子』ですから、単純に会いたがってるだけじゃないかと」

「うげー『大好きっ子』とか……、お前、言葉の選び方が本当キモいよな……」

アージュがえづく真似をしながら茶化し、ナナシは思わず憮然と口を尖らせる。

その時、小さな手がアージュの貫衣の裾を掴んだ。

「起きたか？」

まだ意識がはっきりしないのだろう。奴隷であった少女はぼんやりとした目で、顔を覗き込んでくるアージュを眺めた。

「ここは……どこ？」

「ゲルギオスの宿屋だ。辛い目にあった様だが、もう大丈夫だぞ」

「あなた……誰？」

「私はアージュ。おまえを奴隷商人から買い取ったんだ」

途端に少女の目が大きく見開かれ、寝台から飛び起きようとする。

「慌てるな。大丈夫、おまえを奴隷扱いする気は無いよ。身体はまだ万全では無いんだ、そのまま寝てると良い」

アージュは、少女を再び寝台に横たわらせると、そっと毛布を直してやる。

「……どうして？」

「ん？　おまえを買い取ったかって？　おまえみたいな小さな子が死にかけているのを傍観できるほど、大人じゃないだけだ。ところでおまえの名前を教えてもらっても良いか？」

「ニーノ……ます」

毛布に半分顔を埋めながら、少女はおずおずと答える。

「ニーノか。こっちが旦那のゴミカスだ」

「ちょ！　アージュさん！」

アージュは訂正しようとしたナナシの首に腕を回すと、少女に背を向けて、ひそひそと囁きかける。

「この子が宿屋の主人にでも尋ねられて、お前の名前を口走ったら一巻の終わりだぞ。とりあえずゲルギオスを出るまでは、この子の前では夫婦ということで通すんだ。良いな」

「でもゴミカスはやめません？」

「宿帳に書いちまったんだから、しょうがねえだろうが、なあゴミクズ。あ、違うカスだ、ゴミカスだ」

「アージュさん……わざと言ってるでしょう」

小声で言い争う二人を、不思議そうに見つめるニーノ。その視線に気づいて、アージュは咳(せき)払いをした。

「ニーノはこの国の人じゃないみたいだが、どこから来たんだ？」

「ネーデル」

「ネーデル？　聞いたことはあるな。確か北の方の国だ。相当遠いところだ」

ニーノがこくんと頷(うなづ)く。

「戦争。ニーノ捕まった。売られたます」

たどたどしい言葉。どうやらニーノは公用語(コモン)を、それほど喋れる訳では無いらしい。

「ネーデルは今、戦争しているのか？」

「ヤー。ハイランドと永久凍土の国と」

「三つ巴の戦争って事か？」

「永久凍土の国は、確か剣姫様の国でしたよね」

聞き覚えのある国名を耳にして、ナナシが口を挟んだ。

「ケンキ？　ケンキ知ってる？」

「うん、良く知ってるよ。剣姫様がどうしたんだい？」

「ニーノ売ったたますのケンキ」

ニーノの言葉に二人は思わず、顔を見合わせる。

「剣姫様って何人もいるんですか？」

「さあ、聞いた事は無ぇが、言ってみりゃあ二つ名みたいなもんだろう。なら、そう呼ばれている人間が他にいても、不思議は無ぇだろうな」

「あ、そうか、そうですよね。アージュさんみたいに『双刀の』とか自称しちゃう人もいるぐらいですしね」

「よーし、良い度胸だ。テメエ、表へ出ろ！」

ここぞとばかりに逆襲を始めたナナシに、アージュが激昂(げきこう)すると、どこにそんなものが収まっていたのか貫衣(ワンピース)の裾(すそ)をたくし上げて、下から湾曲刀(シャムシール)を引っ張り出した。

「ダ、ダメですよ、アージュさん。ニーノが怯(おび)えますから」

アージュがニーノの方をちらりと見ると、確かに恐怖に引き攣(つ)ったような顔をしている。

「チッ！」と一つ舌打ちすると、アージュは湾曲刀(シャムシール)を仕舞い、そしてナナシは身の安全の為にも、しばらくはニーノから離れない様にしようと心に誓った。

アージュは不機嫌そうな表情を強引に抑えつけて、ニーノへと微笑みかける。

「ところでニーノ。ニーノの事を奴隷扱いするつもりはないんだが、ゲルギオスを脱出するまでは、奴隷のフリをしてくれないか？」

ニーノは不思議そうに首を傾(かし)げたが、すぐに小さく頷(うなず)いた。

「ヤー　だいじょぶ。フリするます」

「私の事は奥様、こいつの事は旦那様と呼んでくれれば良い」

「アージュは奥様、旦那様……はゴミ……ゴミクズ？　ネィ、ゴミカスます」

「ハハハ、ニーノは賢いな。そうだコイツはゴミカス旦那だ」

楽しそうに笑いあうアージュとニーノを眺めながら、ナナシはぼそりと呟く。

「僕、なんだか、そろそろちょっとぐらい怒っても、許される様な気がしてきました」

第四章

サラトガ防衛戦１

「オホホホホホホホホホホホホホホホホ！」

突然響き渡った高笑いに、資材の積み下ろし作業をしていた工兵達が、思わず手を止める。

機動城砦サラトガ左舷の一角、砂洪水によって破壊された損傷区域。瓦礫の撤去も未だ覚束ない荒れ果てたその場所に、場違いにド派手な少女――ストラスブル伯ファナサードの姿があった。

それは機動城砦ストラスブルが到着した翌日、午後の事である。

この日のストラスブル伯は、先日の金ぴかドレスでは無く、まるで歌劇の男役を務める女優の様な出で立ち。ぴったりとした白の下袴にフリル一杯のシャツ。その上に金糸に縁どられた紅い上着を羽織っている。

「視察という名目ですから、少し地味目にいたしましたのよ」とは本人の弁ではあるが、何をどうしようと、総やか過ぎる縦巻ロールの存在感が凄まじい。彼女に比べれば、虹色に髪を染めた道化師達とて、喪服姿と大差が無い。

工兵達が唖然として見守る中、ファナサードは瓦礫を取り除いた作業用通路を、我が物顔で歩いて行く。

その後ろに付き従っているのは初老の執事と、さえない表情のキリエであった。

「順調な様ですわね」

「はい、ストラスブル伯様にご提供いただきました資材のお陰で、サラトガの補修作業にも目途が立ちました」

ファナサードは唐突に立ち止まると、キリエにじとりとした目を向ける。

「良いですか釣り目。資材の備蓄など本来、臣下の者の仕事ですわよ。領主にそれを煩わせるなど言語道断。今回の事は碌な部下の居ない可哀相なミオの為に、あなた達の尻拭いをして差し上げた様なものですわ」

「……面目次第もございません」

キリエは深く頭を下げながら、『誰かこのドリルを暗殺してくれないかな……』と、護衛としてはあるまじき事を考えていた、割と真剣に。

「しかしお嬢様、資材はあんな積み方でよろしいので？」

初老の執事が、次々に運び込まれる資材の方を見て、首を傾げる。

通常、建設資材は崩落防止の為、段ごとに少しズラしながら、上へ行く毎に量を減らして積んでいくものだ。

しかし、サラトガの工兵達の積み方を見れば、所謂平積み。まるで壁でも作るかのように、単純に上へ上へと積み上げている。

誰がどう見ても明らかに不安定。あれでは砂洪水とまでは言わなくとも、微かな地震でも起これば、即座に崩れ落ちてもおかしくは無い。

「あれはですね……」

「田舎機動城砦の無能な方々ですから、資材の積み方程度の事もご存じないのではなくて？　何と言っても田舎の方々ですからねぇ」

キリエが答えかけたところで、ファナサードがニヤニヤしながら、やたら粘度の高い嫌味を差し挟む。

　キリエはムッとしながらも平静を装って、そのまま言葉を続けた。

「……ミオ様のご指示です」

　途端に、ファナサードが大袈裟な感嘆の溜息を洩らした。

「まあ、なんて前衛的な積み方なのかしら！　流石ミオですわ。アートね！　ですわよね！」

「はい、お嬢様の仰る通りでございます」

　この主従のあまりの変わり身の早さに、キリエはズルッと足を滑らせる。

　なんという無節操。しかも、これっぽっちも悪びれる様子も無い辺りに、キリエはミオと、このファナサードのウマが合う理由を見つけた様な気がした。

＊

　同じ頃、サラトガへと迫りつつある黒い機動城砦の一室では、赤毛の少女が寝台の上で膝を抱え、何を見るでもなく、ぼうっと部屋の中を眺めていた。

　差し込む朝日が斜めに歪んだ窓枠の影を落とし、それが床の上でじわりじわりとズレて行く様子に、この黒い機動城砦が移動している事を思い出す。

「ホンマに動いとんねんな、この機動城砦いうんは……」

　この二日間は、そんな事を考える余裕すらなかった。

ここまでの出来事を、この赤毛の少女の主観で述べれば、あの家政婦(メイド)達に嵐の様な勢いで弄(もてあそ)ばれた、そういう感想になる。

振り返ってみれば、美容家政婦集団(ビューティーズ)を名乗るあの一団に取り囲まれた、一昨日の朝のこと。

まず最初は、家政婦長(メイド)トスカナが口にした雀斑(そばかす)を削るという作業。削るという言葉の凄惨(せいさん)さとは裏腹に、実はそれほど大した事は無かった。

魔術師の所に連れていかれて、何やら顔の上に手を翳(かざ)されただけ。鏡を見た訳では無いので、実際のところは分からないが、それで雀斑(そばかす)は綺麗に無くなったらしい。

問題はその後だ。


「剣姫様、次は湯浴(ゆあ)みをしていただきます」

家政婦(メイド)長トスカナが、眼鏡をクイッと押し上げながら言った。

「おっ、ええやん。お風呂かぁ、何年ぶりやろ。旅の間はお湯で拭くぐらいしか出来へんかったし、その前いうたら、小屋の前の小川で水浴びだけやったからなぁ」

少女の嬉しそうなその発言とは裏腹に、家政婦(メイド)達はガタガタッと足を縺(もつ)れさせる様に後ずさる。

「……年単位でございますか？」

「せやで」

トスカナの片方の眉がぴくぴと動き、指先は落ち着かなげに眼鏡を押し上げていた。

それから一刻ほど後、

「の、のぼせる、もうアカン！　堪忍や！　堪忍してぇ！」

と、叫ぶ少女の肩を総がかりで押さえつける家政婦達の姿があった。

「ダメです！　剣姫様。しつこい汚れを落とすためには、漬け置き洗いと二度洗い、更には三度洗いが必須でございます」

「そんな、人の事を洗濯物かなんかみたいに！」

「洗濯物なら、まだマシでございます！」

トスカナはぴしゃりと言い放つ。

「垢がこびりついてるんですよ、貴女には！　っていうか垢ですよ、貴女は！　時間を掛けてふやかさないと落ちる物も落ちません」

「垢て！　なんぼ何でもヒドないか、それ！」

しかし少女の主張は一切受け入れられず、意識を失う寸前まで湯船に沈められた末に、ふらふらになったところを、台の上に寝かされて、身体の隅々まで磨き上げられる。

まあ、それは良い。

ただ、その際中に上がった「うわっ！」「汚っ！」「いやあああああ」という家政婦達の悲鳴は、僅かに残っていた少女の乙女心を、粉々に粉砕した。

「ハハッ、なんでやろうな……身体は綺麗になったのに、心が汚れた気がするんは」

湯浴みを終えて、少女は光の失せた瞳で呟いた。

しかし、美容地獄は尚も続く。

家政婦長トスカナは、長く伸びて絡まりまくった少女の髪を、やはり汚物でも触るかのような手つきで摘みあげて言った。

「これ、最後に切ったのはいつですの？」

既に抵抗する気力を失っていた少女は、正直に「六年前」と答えた。

トスカナは特に表情を変える事は無かったが、調髪担当の家政婦に「八年分切りなさい」と算数的に明らかにおかしな指示を出し、調髪担当の家政婦は何を思ったか、枝切りばさみを持ち出した。

そして今日の午前。

爪を磨かれているあたりまでは良かった。普通だった。

「ふむ、肌荒れが酷いですね」

というトスカナの一言で、突然裸にひん剥かれ、台の上に寝かされて、念入りに身体中に香油を塗り込まれた。

それもまあ問題ない。寧ろ気持ちが良かった。

だが、気持ち良さにウトウトとしかけたところで、トスカナが少女の耳元で囁いた。

「剣姫様、寝ていただいても結構ですが、動かないでください。死にますよ」

あまりにも不穏な物言いに、思わず顔を上げた途端、少女は蒼ざめた。

「な、なな、な……」

噛み合わない歯の根、恐怖のあまり奥歯がカタカタと音を立てる。なぜなら家政婦達全員がニヤニヤしながら、ナイフ片手に少女を取り囲んでいたからだ。

そして少女は、自分の身体の上を十本以上のナイフが行き交うのを引き攣った顔、血走った眼で眺めながら、身体中の産毛と言う産毛を剃られた。

何というか、その……鱗を削がれる魚の気持ちが良く分かった。

そして昼食の休憩を挟んで、現在。

「なんなんやろな……この状況」

と、少女が寝台の上で膝を抱えて呟いたその瞬間、バタンと扉が開いて、トスカナを先頭に家政婦達が入ってきた。

寝台の上で後ずさる少女を、値踏みする様な目付きでまじまじと眺めた後、トスカナは「まあ、馬子にも衣装と申しますし」と、家政婦達に命じて、少女に着せる服を用意させた。

それは黒のパニエと、黒いフリル満載の紅い三段スカート。同じ色のビスチェに、黒で縁どられたヘッドドレス。上から下まで紅と黒。トスカナ達が少女の過去を知る由も無いが、それはあまりにも象徴的。五年前のあの日、炎と黒煙に巻かれて死んだはずの少女に、これ以上相応しい色は無かった。

テキパキと家政婦達に着つけられる少女を眺めて、トスカナが眼鏡をくいっと押し上げながら、満足気に頷く。

しかし一方で、少女は浮かない顔をしていた。

確かに、彼女の要望は『剣姫らしい、カワエエのん』ではあったが、何をどう考えても、自分にこんなひらひらした衣装が似合うとは思えない。

やがて家政婦達が、大きな姿見を部屋へと運びこんで来ると、トスカナが少女の背を押して、その前に立てと促した。

溜息を一つ、覚悟を決める。

少女はとりあえずどんな状態であったとしても、「まあ素敵！　これがウチ？」そう言おうと決めた。理由は二つ。

下手な事を言おう物なら、命に係わりそうだというのが一つ。

ここまで手間を掛けさせたのだから、文句を言うのも悪いというのがもう一つだ。

少女は思わず苦笑する。

これまで人付き合いなどした事が無かったので分からなかったが、どうやら自分は結構、気を使う方らしい。

「では剣姫様、いかがですか？」

促されるままに鏡の前に立ち、ゆっくりと目を開く。

「まあ素敵！　これが……」

そこまで言って、

「……って、だ、誰やねん！　こいつ！」

少女は驚愕の表情で、鏡に指を突きつけた。

鏡の向こう側には、あの日の銀嶺の剣姫に勝るとも劣らない、可憐な美少女の姿が映っていたのだ。

＊

機動城砦ストラスブルがサラトガに接舷して、三日目の午後を迎えた。

既に城壁補修用資材の搬入は滞り無く完了し、今日でストラスブルはサラトガから離脱、皇姫ファティマを首都まで送り届けるために、移動を開始する事になっている。

出発を目前に控え、見送りの為に機動城砦ストラスブルを訪れたミオを、ファティマが心配そうな顔で見つめた。

「ミオ、本当に私が居なくて大丈夫なの？　私がいる間は安全なのでしょう？」

サラトガを取り巻く状況に関しては、この後、機動城砦アスモダイモスが襲撃してくるであろう事も含めて、ファティマとファナサードには打ち明けてある。

ファナサードからは、一度離脱した後、反転してストラスブルとサラトガでアスモダイモスを挟撃してはどうか、という申し出を受けたが、ミオは礼だけを言って断った。

皇家の者が機動城砦間の戦闘に干渉するのは政治的にも許されないし、皇姫を載せたまま自ら戦闘に加わるという事は、ファナサード自身が罪に問われかねないからだ。

それに可能性というレベルで言えば、機動城砦アスモダイモスの狙いが皇姫ファティマだという事も、考えられない訳では無い。魔晶炉を入れ替える様な真似までして正体を隠している事を鑑みれば、寧ろそちらの方が疑わしく思えてくる。

機動城砦ストラスブルには出来るだけ早くこの地を離れて、ファティマを首都へと送り届けて貰う方が賢明だろう。

「資材の搬入も終わってはいますけど、壊れた城壁の工期は二週間ほど掛かるのでしょう？　そんな動けない状態のサラトガで、アスモダイモスを迎え撃てますの？」

「心配無用じゃ、ファナ。そちらも気を付けてくれ。狙いがわからん分、不気味な連中じゃぞ。それとファティ姉、一つお願いがあるのじゃが……」

ファナサードの心配を軽く受け流し、ミオはファティマへと向き直る。

「ファティ姉に一人、護衛を付けさせて欲しいのじゃ」

ファティマを狙っている可能性がゼロではない。それがミオの心の内で拭いきれない不安として滲みの様にこびりついている。信頼できる護衛を付ける事は、ミオが自分の出来る事を考えぬいた結果であった。そんなミオの真剣な表情を見取ったのだろう。ファティマは何も聞かずに頷いた。

「分かりました。その護衛の方はどちらに？」

ファティマがぐるりと見回しても、それらしき人物は見当たらない。

「マーネ」

ミオがそう呟くと、背後から黄色味がかった髪の幼女が、顔を覗かせた。

「紹介するのじゃ。この娘はマーネ＝ベアトリス」

「ミオ……いくらあなたの推薦とはいえ、こんな小さな子供に護衛なんて務まりますの？」

ファナサードが、あまりにも尤もな疑念を差し挟む。

「詳しいことは言えんが、マーネは強力な魔法を使う事が出来るのじゃ」

「なるほど、見た目通りでは無いという事ですわね」

ミオはコクリと頷(うなず)いた。

「よろしく、マーネちゃん」

「うん、おねいちゃん。よろしくね」

ファティマが微笑みかけると、マーネは無邪気に、にぱっと笑った。

「ベアトリス三姉妹はなかなか厄介なのじゃが、まあ、マーネは他の二人に比べたら、随分分かりやすい」

「分かりやすい？」

「そうじゃ、マーネは素直じゃからのう、絶対嘘を吐く事は無いのじゃ」

素直な子供は確かに可愛らしい。だが、ファナサードは、どうにも腑(ふ)に落ちないという表情をする。

ミオがやけに持って回った言い方をしている事が気になったのだ。

「頼んだのじゃ、マーネ」

「うん、嫌だけどじゃんけん(ムオイ・ビー・ヴァイ)で負けたから、仕方なく行ってくるね。すごく嫌だけど」

「なんだか、毒のある子ですわね」

「素直じゃろ、絶対に嘘を吐かないからのう」

「……なるほど、そういう事ですのね」

ファナサードは、肩を竦(すく)めて苦笑した。

＊

茜空の下、ミオは艦橋（ブリッジ）のモニター越しに、ストラスブルが地平線の向こうへと沈み込む様に消えていくのを確認し終えると、その場に集まっている者達へと声を張った。

「皆の者、恐らく今夜、我々は機動城砦アスモダイモスの襲撃を受ける事になるじゃろう。じゃが、アスモダイモス自体が、攻城戦を仕掛けてくる可能性は極めて低い。まあ、当然じゃな。サラトガの城壁は破れ、城壁を越える必要がない。わざわざ接舷して、機動城砦を危険に晒（さら）す理由そのものが無いのじゃからな」

ミオはそこで言葉を区切って一同を見回す。ここには艦橋乗員達（ブリッジクルー）に加えて、サラトガの幹部が一堂に会している。

「彼奴（きゃつ）らは恐らく地上部隊を展開し、城壁の破損部分からの侵入を試みる事じゃろう。しかし、こうして我らは彼奴（きゃつ）らの襲撃を掴（つか）んでおる。どこから攻めてくるかも分かっておる。相手の兵力、兵員構成は未知数じゃが、古今、タイミングを読まれた奇襲が成功した例（ためし）は無い！　思う存分、手柄を立てるが良いのじゃ！」

ミオの言葉が途切れるのと同時に、艦橋（ブリッジ）は歓声に包まれる。しかしミオはその歓声に応（こた）えもせず、続けざまに指示を出し始めた。

「重装歩兵隊（ファランクス）の指揮はペネル。お主への段取りは後ほど説明する。メシュメンディは指揮を免除。ベアトリス達と共に、遊撃手（ゆうげきしゅ）として参戦せよ。ペネルと連携が必要な部分を除けば、独自の判断で行動して構わん」

ミオはきょろきょろと首を動かして、誰かを探している様な素振（そぶ）りを見せた。

「キリエ、グスターボはまだ使い物にならんのか？」

「ハッ、未（いま）だに恍惚（こうこつ）の世界の住人です」

「……キリエ、お前、ホントお仕置きって言っても、限度があるのじゃからな」

「ハッ、気をつけまーす！」

とりあえず返事は良いが、全く反省していなさそうなキリエの様子に、次にお仕置きされる予定のアージュが不憫（ふびん）に思えた。

「セルディス卿、シュメルヴィ、お主達は温存じゃ。今夜は言うなれば小手調べ、本当の戦いは今夜では無いのじゃ。但（ただ）し、シュメルヴィは治癒系の魔術師十名を見繕（みつくろ）って、救護隊を組織。セファルに指揮を執（と）らせるのじゃ」

セファルというのはシュメルヴィの副官で、シュメルヴィに勝るとも劣らない魔力と、豊かな胸の持ち主である。

余談ではあるが、現在サラトガにはシュメルヴィとセファルの巨乳組、通称『双丘の暴竜（ファフニール）』と、キリエとアージュ、それにミオを加えた貧乳組、『薄い三連星』の対決構造が出来上がっている。そのせいで、それぞれが率いる魔術師隊と近衛隊の間には、実に深い溝が出来ている事は、公然の秘密であった。

「ペネル！　ストラスブルから搬入した精霊石の設置はどうなっておる」

「ハッ！　全て仰せの通りに完了しております」

その返事に、ミオは満足そうに頷くと、あらためてぐるりと全員を見回した。

「それでは、これより半刻後に全ての照明を落とす！　闇に紛れて我が愕に入り込む愚か者どもを、貪り尽くすのじゃ！」

＊

ざくざくと砂を踏みしめる音が、広大な砂漠に響き渡る。

進軍。その数、五百。

しかし、この一団を軍隊と呼ぶのには、拭いきれない違和感がある。

いや、そのうち四百の歩兵達は紛れも無く軍隊である。その表現で間違いは無い。

問題は、その前を行く百名ほどの男達の方だ。

先頭を行く男達の方から聞こえてくる不揃いな足音は、進軍というよりは獣の群れといった風情。

統制など欠片も無く、三々五々と偶々同じ方向へと進んでいる、当にそんな印象を受ける。

「しっかし、よくもまあ、こんな化物共を仕入れて来たもんだよな」

先頭集団のすぐ後ろで、派手派手しく飾り立てた驢馬に跨った青年が呟いた。

黒髪紅瞳のエスカリス＝ミーミル人の青年。

細身ではあるが、虚弱さはつゆとも感じさせず、我(が)の強そうな口元に、どこかワルガキの様な趣(おもむき)を残している。

青年は、自分の前を歩いている者達を、背後からぐるりと見回す。

獣(けもの)特有のハッハッという短い呼吸音を発しながら、まるで疲れなど知らないかの様に進軍を続ける男達。その屈強な身体の上に乗っかっているのは、狼の頭。

それは狼の獣人(ゾアンスロープ)達であった。

「のう、キスクよ。やはりワシは気が進まん。いかにサネトーネ様のご命令と言えども、こんな汚らわしい魔物の力を使って、サラトガを占領出来たとしても、後世に汚名を残すばかりではないか」

キスクと呼ばれた青年と鞍(くら)を並べて驢馬(ロバ)を駆る、全身甲冑(フルプレート)を着込んだ男が、溜息混じりに口を開いた。

キスクとは親子ほども歳の離れたその男は、上下から押し潰された様な矮躯(わいく)に太鼓腹、顔の半分ほども髭(ひげ)に覆われ、ぎょろりとした威圧感のある目が印象的であった。

「おっさんよぉ。まーだそんな事言ってんのかよ。相変わらず堅っ苦しいな。戦いってのは勝ちゃあ良いんだよ、勝ちゃあよ」

面倒臭そうに、男の憂いを切り捨てるキスク。その返事を聞き流しながら、男は考える。

サネトーネ様が変わられたのは、あのマフムードとかいう魔術師を、お傍(そば)に置く様になってからだ。

我がアスモダイモスにとって、不倶戴天(ふぐたいてん)の敵ともいえる機動城砦メルクリウスの動向には全く興味を示されなくなり、サラトガなどと言う取るに足りない田舎機動城砦に、異常なほど執着(しゅうちゃく)される様になった。

そして遂には、この奇襲だ。先陣を切るのは、後方を進軍している栄光ある我がアスモダイモスの戦士達では無く、得体の知れぬ半人半獣の化け物ども。

アスモダイモスの名を隠して、動きの取れぬ相手を襲うなど、騎士道などとは無縁の狼藉と言っても良い。

男は溜息を吐いて、情け無げに顔を歪める。

男の名はズボニミル＝ダボン。

『鉄髭』の異名を持つ、アスモダイモスに於いても名の有る勇士である。それだけに領主の命令とはいえ、この出撃にどうしても納得が出来ずにいた。

「おいおい、勘弁してくれよ、誇りや道義が飯を食わせてくれる訳じゃ無えんだぜ。騎士道なんて流行らねえぞ。おっさんよぉ」

そう言い捨てるキスクを黙殺して、ズボニミルは獲物の方へと目を向ける。

銀の盈月を背景にして、広大な砂漠のど真ん中に浮かび上がる巨大な城砦のシルエット。

――機動城砦サラトガ。

砂洪水に城壁を破壊され、砂漠の真ん中に取り残されているその姿は、仕留められるのを待つ、弱り切った猛獣の様に見える。確かに攻め取るのであれば、今なのだろう。だが……。

「おかしいとは思わんか？　灯りの一つも灯っておらんとは……。それに城壁の上に衛兵の姿も見当たらんぞ」

「ビビりすぎだろ、おっさん」

キスクは呆れ気味に肩を竦（すく）める。

もちろん彼の言わんとする事が、分からないズボニミルでは無い。

確かにこんな砂漠の真ん中で、襲われるなどとは誰も考えはしないだろう。そう考えれば、相手に気付かれる前に、城を一気に制圧する事こそ最善策と捉（とら）えて疑う余地は無い。それは分かる。だがそれでも尚、何かが引っかかるのだ。

「まあ良いや。俺は獣人（ゾアンスロープ）どもと先行して城を制圧する。おっさんは歩兵と一緒に、後詰を頼むぜ！」

言うや否やキスクは、獣人（ゾアンスロープ）達を追い立てる様に、驢馬（ロバ）の速度を上げた。

「お、おい！　貴様、そんな勝手なことを！」

声を上げるズボニミル。だが、彼の方を顧（かえり）みる事も無く、キスクを乗せた驢馬（ロバ）は獣人（ゾアンスロープ）達を追い立てながら、速度を上げて先行し始めた。


「ははっ！　こりゃいいや」

進軍速度の遅い歩兵をズボニミルに押し付けて、キスクはご機嫌で驢馬（ロバ）を飛ばす。

彼の周囲を走る獣人（ゾアンスロープ）達の脚は、驢馬（ロバ）と比べても遜色（そんしょく）が無い。この化物どもは、北の方の国から掻（か）き集めてきたらしいが、速度重視の電撃戦にはもってこいの戦力だと言える。何より気の短いキスクの気性にはぴったりだ。

ズボニミル率いる歩兵達の影が背後に遠ざかるに連れて、明らかになる機動城砦サラトガの全容。

月明かりの下、城壁の一角が、まるで黒い影が纏わりついているかのように、大きく欠けているのが見えた。

「あ～あ、こりゃひでぇな。進入したい放題じゃねえか」

五十ザールほどにも渡って城壁が崩落していては、侵入を阻む手立ては無い。無残に横たわる機動城砦サラトガの姿は、遠目にも廃墟の様にしか見えなかった。

キスクは城壁の前まで辿り着くと驢馬を降り、一旦獣人達を制止する。その上で大きく開いた城壁の裂け目から中を覗きこむと、城壁の内側は広場のように閑散としていた。人の気配は全く無い。奥の方は暗すぎてはっきりとは分からないが、じっと目を凝らせば、土台だけになった家屋の跡や積み上げられた瓦礫の山が見えた。

『鉄髭』の言う様に、灯りの一つも点いていないというのは不気味ではあるが、凡そ魔晶炉が破損して、魔力供給が停止しているのだろうと当りを付ける。

「よし、行くぜ！　出会うヤツはみんな敵だ、遠慮なく食い散らかしてやれ！」

その言葉を皮切りに、彼の左右の獣人たちは、一斉に城壁の内側へと消えていく。

全ての獣人が城壁の内側に入ったのを見届けると、続いてキスクも再び驢馬に跨り、ゆっくりと歩を進めた。

「ガアアアアアアアア！　ガアアアアアアアアアア！」

ところが、城壁の内側に入るとすぐに、先に突入したはずの獣人達が群れて、何やら騒がしく吠え立てている。

「あいつらッ！　何やってやがる」

敵が寝静まっている間に一気に城まで攻め進む予定だったのだが、これだけ騒いでしまえばそれも無意味。幾ら知能があるとは言っても、所詮獣かとキスクは内心、舌打ちした。

「全く、何だってん……だ？」

キスクは暗闇の中、獣人達の群れの向こう側へと目を凝らして、その光景に唖然とした。

「なんで城壁の内側に、城壁があんだよ！」

そこには砂洪水に攫われて何も無くなった被災区域を、ぐるりと取り囲むように石壁が聳え立っていた。

高さは五ザール程度、決して高い訳では無いが、少なくとも人間が梯子も掛けずに乗り越えられる高さでは無い。更にはその石壁の向こう側に、攻城櫓らしきシルエットが薄らと浮かび上がっている。

「『なんで』とは勝手な言い草じゃな？　不躾に人の家に上がり込んで、文句を垂れるとは躾のなっていない若造じゃの」

中央の櫓の上から、キスク達の頭上に凛とした少女の声が降り注ぐ。

キスクが見上げるのと同時に、櫓の上がライトアップされて、星の瞬く夜空を背景に、少女の姿が浮かび上がった。

腰に手を当てて、偉そうに薄い胸を反らすお団子頭。

言わずと知れた、サラトガ伯ミオである。

「まさかガキに、若造呼ばわりされるとはね……」

キスクは苦笑しながら頭を掻いた。

「お嬢ちゃん。俺の周りにいる連中、良く見てみな」

キスクの言葉に、ミオが櫓から身体を乗り出し、目を細めて下の方を凝視する。そして次の瞬間、彼女の表情に驚きの色が浮かび上がった。

「なんと！　獣人じゃと！」

くくっ、ビビってやがる。と、キスクは腹の中でほくそ笑んだ。

五ザール程度の高さなら、普通の兵士では無理でも、獣人の脚力を以ってすれば、取り付く事ぐらい訳も無い。

「よし、化物共！　こんなチャチな壁、一気に踏み越えちめぇ！」

キスクがそう指示を出すと、獣人たちが一斉に跳躍し、あっさりと石壁の一番上に手を掛けてぶら下がる。

その瞬間、ミオは特に驚いた様子も無く、真顔で口を開いた。

「あ、そうじゃ。お主らの目の前にあるソレな、城壁補修用の資材を積んでおるだけじゃから、ぶらさがったりすると危ないぞ」

「なっ!?」

途端に崩れ落ちる石壁。

「ウガアアアアアアア！　ガアアアアア……アッ」

轟音を立てて石壁そのものが、獣人達の上へと倒れこんでいく。土煙が濛々と立ち昇り、その奥で響いた獣達の悲鳴が、徐々に弱々しい呻（うめ）きへと変わっていく。

「くそガキイィ！　謀（はか）りやがったな！」

「お主はあほうか？　搬入（はんにゅう）の段階で資材をどんな積み方をしたとて、お主に文句を言われる筋合いはないわ」

涼しげな顔で言い放つミオに、キスクはぎりりと奥歯を噛みしめる。

「だがその壁も、もう無ぇぞ。お尻ペンペンしてやるから、そこで怯えてろクソガキ！」

「はて？　誰が石壁がそれだけだと言ったかのう？」

その言葉に、キスクは眦（まなじり）も裂けんばかりに目を見開く。

土煙が収まるに連れて、キスクの目に飛び込んで来たのは、崩れた石壁の更に一ザール後方に、同じように積み上げられた新たな石壁。

「さて、石壁は何重まであるのじゃろうかの？」

そう言ってミオは、悪辣（あくらつ）な笑みを浮かべた。

＊

「ぷぷっ。ミオ様、すごいドヤ顔よねぇ」

「あの……。シュメルヴィ殿、ホントに良いんでしょうか？　こんな所でのんびり寛（くつろ）いでいて」

機動城砦サラトガの艦橋（ブリッジ）には、精霊石板（モニター）の向こう側の光景が、まるで遠い世界の出来事の様に、のほほんとした空気が漂っていた。

「いいのよぉ。ミオ様も言ってたじゃない、今晩のはぁ、小手調べだって。私とぉセルディィス卿のぉ、魔力が完全充填状態でないとぉ、次の段階は厳しくなるんだって」

「いや、でも……」

剣姫はちらりと、会議卓の方へと目を向ける。

そこでは蝶ネクタイを着けた初老のウェイターが、優雅な手つきで紅茶を入れている。いくら何でもこの状況下で、カフェから出前を取るのは、やりすぎではないだろうか？

そんな剣姫の内心の想いに気付く様子も無く、シュメルヴィはウェイターへと声を掛ける。

「ベルドットさん、後でなつめやしのケーキもお願いねぇ」

「畏まりました」

ウェイターは恭しく頭を下げると、ワゴンを押して艦橋から出ていった。

「なあに？　セルディィス卿。その言い方じゃ戦いたいみたいに聞こえるけどぉ？」

「そ、そういう訳ではありませんが……何と申しますか、主の帰る家を守るのが、つ……妻の務めですから」

剣姫が「きゃっ」と短い声を上げて、掌で顔を覆うと、シュメルヴィは冷ややかな表情になって、唐突に話題を変える。

「獣人なんて、初めてみたわぁ」

「そう言えば、この国には獣人は居ないのですか？」

「そうねぇ……南の方にぃ土竜（もぐら）の獣人（ゾアンスロープ）がいるって聞いた事はあるけどぉ、実際には見た事は無いわねぇ。セルディス卿は見た事あるの？」

「ええ、故郷の隣国には、獣人（ゾアンスロープ）が多く生息していました。あれは狼人間（ヴォルフゾアン）ですから、恐らくその隣国から連れて来られた奴隷の類（たぐい）ではないかと思います」

そこでシュメルヴィは、身を乗り出す様に剣姫の方へと顔を突きつける。

「ねぇねぇ、狼人間（ヴォルフゾアン）って、普段は人間で満月の時だけ狼になるって噂、本当？」

「そんな訳ありませんよ。狼人間（ヴォルフゾアン）はいつ何時（なんどき）でも狼人間（ヴォルフゾアン）です」

剣姫の回答にシュメルヴィは、つまらなさそうに唇を尖らせた。

「なーんだぁ。そうなのかぁ。ちょっと残念ねぇ。狼の一面を持ってるとかぁ、そんな野性的な男の人に変わるんだったら魅力的なのにねぇ」

「野性的と言えば、私の主様も野性的で素敵なんです」

「…………まあ、野兎（のうさぎ）とか野鼠（のねずみ）もぉ、野生と言えば野生よねぇ」

頬を赤らめて、いやんいやんと首を振る剣姫を、シュメルヴィは感情の無い眼で眺める。

――ダメだコイツ。早く何とかしないと。

その目は白地（あからさま）にそう主張していた。

シュメルヴィはコホンと一つ咳払いをすると、再び話題を変える。

「ともかくぅ、獣人（ゾアンスロープ）を含むと言ってもぉ、たった五百騎ぐらいでぇ、サラトガを陥（おと）せると思ってたみたいだからぁ、こっちが襲撃に気付いてるとは思ってなかったんでしょうねぇ」

「そう言えば、アスモダイモスの接近を発見したのは、シュメルヴィ殿だと伺いましたが？」

「偶然なのよぉ。向こうの魔晶炉の出力が上がった時に、本当に偶々(たまたま)『所在を告げよ(イル・ルオーゴ)』を使ったお陰で、捉(とら)えられたのよぉ」

　そう言いながら、シュメルヴィは、いつもの様に胸の谷間から地図を取り出すと、徐(おもむろ)に『所在を告げよ(イル・ルオーゴ)』の魔法を行使する。

「はい、セルディス卿。光点の数はいくつ？」

「えっと……」

　剣姫は光点を一つずつ指さして数える。

「九つです」

「そう、あれ以来、全然捕捉(ほそく)出来てないのよぉ。移動速度とかを考えると、今は多分この辺りだと思うんだけどぉ」

　シュメルヴィが指で円を描いた場所を見て、剣姫は目を見開く。

「ストラスブルのすぐ傍(そば)じゃありませんか⁉」

「そうねぇ。たぶんすれ違う時には、目視(もくし)出来ちゃうぐらいの距離じゃないかしらぁ」

「そんな悠長な！」

　慌てる剣姫へ、シュメルヴィは余裕ありげに微笑みかける。

「大丈夫よぉ。ストラスブルは学術都市だもの。魔術師の数が全機動城砦でも、ぶっちぎりで多いのよぉ。アスモダイモスが魔導防御に秀でてるなんて話、聞いた事もないし、接舷しようとしたが最後、爆裂魔法の釣瓶撃ちで返り討ちにされるのがオチ。心配するだけ損よぉ」

歴史に『もし』は禁物である。

しかし、もしあの時……と、想いを馳せる、その誘惑は人の心を掴んで離さない。

この時、もしストラスブルの居るべき位置の光点に、シュメルヴィが手を翳して、情報を読み取っていたならば、以降の機動城砦サラトガの命運は、大きく変化していた事だろう。

何故ならこの時、地図の上に、ストラスブルを示す光点は存在しなかったのだから。

「なるほど、ストラスブルはそんなに強いのですね」

「そうよぉ、だから私達が心配するのは、サラトガだけで充分なのよぉ」

納得する剣姫に、ストラスブル出身のシュメルヴィは誇らしげに胸を反らした。

その時、ズゥン！　という爆発音が遠くの方から響き渡る。同時に精霊石板の向こう側で、赤い炎が爆ぜて、甲冑姿の男が弾き飛ばされるのが見えた。

「どうやら城壁の外でもぉ、始まったみたいねぇ」

＊

城壁の内側から、何かが崩れ落ちる様な激しい轟音と、獣達の咆哮が響き渡る。それは城壁の外側にいる、ズボニミル達の耳にもはっきりと聞こえた。

「あンのバカ者が！　調子に乗りおって！」

五百名という小規模の部隊で先行して来たのは、偏に奇襲をかける為。闇に紛れてサラトガ城まで侵攻し、迅速にそれを制圧する為だ。城さえ制圧してしまえば、残党が少々抵抗したところで、もはや勝利に疑いは無い。――だというのに、今の轟音を聞く限り、キスクは段取りを無視して、いきなりド派手な攻撃を始めたらしい。

これには古強者の『鉄髭』ズボニミルも焦った。

慌てて後続の歩兵達に走る様に指示を出し、自身も驢馬に鞭を入れて速度を上げる。

「忌々しい……」

思わず口を衝いて不満が出る。

「派手に戦えば勇猛という訳では無いのだぞ！　バカ者が！」

「まったくその通りだにょ」

独り言だったはずの一言に、何処からともなく、やけに可愛らしい声で賛同する者がいた。ズボニミルが慌てて声のした方へと目を向けると、赤味がかった髪の幼女が、にぱっ！　と微笑んだ。

「なんだ!?」

それは信じられない光景であった。

全速力で走るズボニミルの驢馬のすぐ脇を、二人の幼女を背負った優男がぴょーん、ぴょーんと、跳ねるように併走している。その動きがコミカルなだけに、より一層タチの悪い夢でも見ているかの様な錯覚に陥る。

男の名はメシュメンディ。通称ロリコン将軍、その人であった。

只の人間であるはずのメシュメンディが、疾駆する驢馬と併走するほどの速度で跳躍できているのには、もちろん理由がある。

それはメシュメンディが一歩跳ねる度に、背中にしがみついている幼女の内の一人、青味がかった髪の方が、『飛翔』の魔法を連続して唱え続けているからだ。

『飛翔』は基礎的な魔法ではあるが、同時に使い勝手の悪い魔法としても知られている。『自分には掛ける事が出来ない』、『掛けるには接触が必要』、『一回跳べば魔法が解除される』、そういう三つの欠陥があるからだ。だが、背負った幼女が魔法を掛け続ける事で、メシュメンディ達は、この三つの欠陥を全て克服していた。

「めーしゅ、ヒゲのおじちゃん、ビックリしちゃってるにょ」

赤味がかった髪の幼女が、メシュメンディの髪をひっぱりながら顔を覗きこむ。

「…………………」

「……いや、そのダジャレは、流石にダメにょ」

優男の呟きは全く聞き取れなかったが、ズボニミルとしてはそれどころでは無い。この意味不明な状況で、冷静を保てという方が無茶なのだ。

「なんだッ！　貴様らは！」

ズボニミルの怒鳴り声に、幼女達がビクリと身体を跳ねさせて、目を丸くする。

そして次の瞬間、

「大声出すヒト、キラい！」

と、赤味がかった髪の幼女が声を上げると同時に、その小さな掌から射出された火球が、ズボニミルに襲い掛かった。

真っ赤に染まる視界、耳を劈く爆音。全身甲冑で覆われた腹部に、恐ろしいほどの灼熱感が走る。爆炎に巻かれたズボニミルは「おおおおおッ」と、雄叫びを上げながら、十ザール近くも吹っ飛ばされて、砂の上へと転がり落ち、狂乱した驢馬は嘶きを上げて、何処とも分からぬ方向へ走り去っていく。

もし魔術の心得のある者が今の光景を見たならば、さぞ驚いたことだろう。高位の魔術師ならばいざ知らず、幼い子供が聖句も口にする事無しに、恐ろしいほど威力のある魔術を行使したのだ。

ズボニミルは全身甲冑の重量の所為で、即座に起き上がる事も出来ずに地に臥したまま、部下達が彼の落馬にざわめき、狼狽する声を聞いた。

「ううっ……何が、何が起こったのだ」

実際、ズボニミルには何が起こったのか、さっぱり分からなかった。ただ腹部に走る激しい痛みを考えれば、全身甲冑で身を覆っていなければ、既に命を落としていただろうという事ぐらいは想像がつく。

しかし、いつまでもこうしている訳には行かない。

ズボニミルは痛みを堪えながら、芋虫の様に身を捩って、立ち上がろうと必死に藻掻く。

全身甲冑（フルプレート）の関節部分で鉄が擦（こす）れて嫌な音を立て、継ぎ目から入り込んだ砂が、姿勢を変える度にさらさらと零（こぼ）れ落ちた。

砂塗（まみ）れの髭（ひげ）もそのままに顔を上げれば、優男が遠巻きにする兵士達を視線だけで威嚇（いかく）しながら、ズボニミルの傍（そば）へと歩み寄ってくる所であった。

「…………」

「うん、わかったにょ！」

耳元で囁（ささや）く優男に元気良く頷（うなず）くと、赤味がかった髪の幼女が、ズボニミルを指さして言った。

「ヒゲのおじちゃん。えーとね、えーと……。めーしゅがね。大人しくしてれば、命は助けてあげるって！」

✲

第五章
お前の生きる理由になってやる

✲

機動城砦ゲルギオス、その歓楽街の外れにある一軒の宿屋。

夜も更け、歓楽街も灯りが落ちようという頃、その宿屋に宿泊していた一組の新婚夫婦が、人目を避ける様に通りへと走り出た。

旦那の方は、ずっと目を覆(おお)っていた包帯は付けておらず、昼間は奥方に手を曳(ひ)かれて、よろよろと歩いていたというのに、今、通りを駆けていく姿は、そんな弱々しさを微塵(みじん)も感じさせない。

奥方の方も同様で、昼間の可憐な貫衣(ワンピース)姿とはうってかわって、臍(へそ)が見えるほどに丈の短い短衣(チュニック)に短袴(ショートパンツ)と活動的な姿であった。

二人は奴隷少女(ニーノ)を寝かしつけると、このゲルギオスに潜入した本来の目的——ナナシの義妹(いもうと)、キサラギの救出に向けて行動を開始した。

奴隷市場で得た情報によると、驚くべき事にゲルギオスの新領主の名は『キサラギ』なのだという。単純に同名だとは考えにくい。『キサラギ』というのは、砂漠の民特有の名前なのだ。そして、ナナシが賞金を掛けられている事と考え合わせれば、答えは自(おの)ずと見えてくる。

つまり、キサラギはナナシを誘い出すための餌(えさ)。領主という目立つ位置に掲げられた囮(おとり)なのだと。

誰が？　何のために？　それは分からない。

地位が有る訳でも、金が有る訳でもない一人の少年を誘(おび)き出す為だけに、これだけの事が行われているのであれば、少年の地位が低ければ低いほどに、陰謀の臭(にお)いが濃さを増す。

しかし、行かない訳にはいかないのだ。

侵入経路は事前に当りをつけておいた。近衛隊の副隊長であるアージュは、サラトガに於(お)いては、城内の警備を指示する側の人間だ。それだけに警戒が薄くなりがちな場所というのは、見れば分かる。

それは、目印となる物が何も無い所。

警備の配置を決める際、例えば『噴水のあたり』『石像の脇』など、口頭で指示しやすい箇所には、兵士を配置しやすい。逆に特徴的なものが何も無い場所には、巡回の衛兵が時折見回る程度になりがちなのだ。

馬鹿みたいな話だが、所詮(しょせん)人間のやることだ。

城に侵入しようなどという、愚かな人間は、そう多く無い。

何も起こらないという状況が長く続けば、『城を守る』という目的は忘れられ、『警備をする』という手段が目的に摩(す)り替わる。本来の目的よりも、『遣(や)り易(やす)さ』に天秤が傾き、『効率』という美名の元に、『怠惰』が幅を効かせ、やがてそこに穴ができる。

石壁のこの位置、その向こう側には、植え込み以外何も無い。

つまり、ここがゲルギオス城の穴なのだ。

ナナシの肩を踏み台にして、アージュが石壁に飛び乗り、続いてナナシを引っ張り上げる。二人して城壁の内側に飛び降りると、そのまま植え込みの陰へと転がり込んだ。

予想通り、目の届く範囲に、衛兵の姿は見当たらない。

二人は植え込みの陰で、息を潜めて巡回の衛兵を待ち受ける。

そして、

「……来ませんね」

「……来ねえな」

二人が身を潜めてから既に半刻。いつまで経っても巡回どころか、遠目に衛兵の姿を見かける事すらない。巡回の衛兵から装備を奪って変装する。そういう計画を立てていたのだが、このままでは埒が明かない。

「巡回すらしないなんて事、有るんですか？」

「ねーな。という事はだ……」

「罠ですよね」

「罠だな。で、どうすんだ。もし罠だったら侵入すんの、やめんのか？」

アージュが返答を待つ様に見つめると、ナナシは戸惑う様な表情を浮かべて、首を傾げた。

「やめます？」

「いやいやいや！　ここは『そんな訳無いだろ！　黙って俺についてこい』とか、そういう流れだろ？　そういうフリなんだから、ちゃんと返せよ！　なんで私に委ねようとすんだよ？　主体性ねぇのかよ！」

アージュはナナシの鼻先に指を突きつけて、唾を飛ばしながら一気に捲し立てる。

突き付けられる指先を避ける様に、たじたじと身体を反らしながら、あらためてナナシは言い直した。

「じゃあ、やめません」

「じゃあはいらねー」

「やめません」

「よし」

強引にそう言わせると、アージュは満足げに頷いた。

やがて痺れを切らした二人は、陰から陰へと素早く移動を繰り返し、裏口から城内へと侵入する。

罠だと言う想像を裏付ける様に、裏口には鍵が掛かっていなかった。

侵入後、二人は壁際に沿って慎重に移動を続けたが、やはり誰一人、姿を現す者はいない。無人としか思えない城内。結局、領主の居室と思われる階層まで、何の苦労も無く到達してしまった。

「何だこれ……これで本当に罠じゃなかったら、ゲルギオスの近衛隊長とっ捕まえて、小一時間説教するぞ、本気で」

「まあまあ、ここまで無傷で来れたんですから、とりあえず僕らが幸運だったという事にしましょうよ」

ナナシの言うとおり、これほど簡単に目的地へ到達出来た事を喜ぶべきなのだろうが、この肩透かし感がアージュには、どうしても納得いかない。

「とにかく、ここにキサラギがいるはずです」

「ああ、だが気を抜くな。扉が開いた途端、襲い掛かってくる事を想像しとけよ」

「分かりました」

ナナシは片膝をついて身を伏せながら、慎重にノブを回す。

扉の隙間から部屋を覗くと、中は真っ暗。窓から差し込む月明かりのお陰で、辛うじて中央に大きな寝台（ベッド）が設置されているのが分かった。

息を殺しながら、床の上を這（は）い進み、部屋の中へと侵入する。

ぐるりと部屋を見回してみても、寝台（ベッド）以外には、やたらと立派な甲冑の置物がある他は、特に目に付く物は何も無い。その時突然、

「んんっ……」

と、寝台（ベッド）の上からくぐもった声がして、毛布がモゾモゾと蠢（うごめ）いた。

「んー……。あんちゃん、やっときたのー。ふぁぁ、遅いよぉ、もー」

それは聞き間違え様の無い声。

どれだけ部屋が暗くとも寝台（ベッド）の上で欠伸（あくび）交じりに、上体を起こしたそのシルエットを、ナナシが見間違えようはずが無い。

「キサラギ……」

「もー、ずっと待ってたんだからね。兵隊さん達にも、あんちゃんが来たら、ここに案内してねって、お願いしといたんだから」

実に残念な事に、正門から堂々と訪ねれば、ここまで連れて来てくれる段取りになっていたらしい。

「……キサラギ、無事で良かった」

声を潤（うる）ませながら、ナナシは義妹（いもうと）らしき影の方へと、よろよろと歩み寄って行く。

「うん、大丈夫」

「良かった……。じゃあ、すぐに逃げ……」

その時、キサラギに向かって差し伸べようとしたナナシの手を、突然、アージュが乱暴に払いのけた。

「何するんです！」

折角の再会を邪魔された所為か、その声には苛立ちが纏わりついていた。

「なあ……ゴミカス。お前の義妹も地虫なんだよな」

「何言ってるんです？　そうですよ、当たり前じゃないですか」

「じゃあ！　何でそいつの目が紅いんだよッ！」

ナナシには見えていなかった。だが、夜間戦闘訓練で鍛えられたアージュの目には、キサラギの瞳に貴種と同じ、紅い色が宿っているのが見えたのだ。

「ははは、何言ってるんです。そんな訳無いじゃないですか」

「あんちゃん、その人は？」

「あ、ああ、アージュさんっていって、一緒にお前を探しに来てくれ……」

「いいから離れろ、馬鹿野郎！」

アージュはナナシの腕を掴み、力を籠めて引っ張る。その様子を眺めながら、キサラギはニヤニヤと笑った。

「……なんでアタシの目が紅いかって？　だって地虫じゃ、領主になれないんだもん」

「え？　キサラギ、何言って……」

「そんなのどうでも良いじゃない。あんちゃん、お腹へったよ。だからね……アタシ」

ニタリ。開いた口が、不気味な紅い三日月の様に、暗闇の中に浮かび上がる。

「あんちゃん食べたい、い、い、い、い」

「ナナシ、可哀相だが、こいつはボズムス殿と同じだ」

「いや、ですからどういう……？」

「お前の妹の形をした、別物なんだよオオオッ！」

アージュは絶叫しながら、力尽くでナナシを自分の背後へと投げ飛ばし、一息に双刀を抜き払った。

「おい、化物！　こいつの義妹をどうした！」

アージュの問いかけに、キサラギはただクスクスと嗤う。

「聞いてんのか！　化物！」

「うるさいわねぇ、化物、化物言わないでよ、この娘の魂はちゃんと私の中にあるわよ」

アージュの眉間に皺が寄る。

「……喰ったな」

「ええ、戯れに。地虫の魂でも、ちゃんと人間と同じ味がしたわよ」

「キ、キサラギ？　な、何言って……」

ナナシが声を震わせた途端、アージュは慌てて背後へと叫ぶ。

「ナナシ、聞くんじゃねえ！　とっとと部屋を出ろ！」

アージュの背後では、ナナシが後ろ手に尻餅をついたまま、目を見開いて唇を小刻みに震わせていた。

「食べてみたら驚いたわ。この娘の持っている記憶の中に、とんでもないモノがあったのよ。まさか地虫がこんな秘密を抱えていたなんてね」

「秘密だと？」

アージュが眉を顰める。

「ええそう、この小汚い連中が、この国を草も生えない砂漠に変えた、前時代の決戦兵器を隠してるなんて」

「決戦兵器？　なんだそれは？」

「さあ……それはこの娘も知らなかったわ、ただ知ってたのは、その鍵を『あんちゃん』が握ってるって事だけ」

アージュは、思わずナナシを振り返る。

ナナシは座り込んだまま、キサラギの方を呆然と眺めていた。

「予定ではゲッティンゲンのお爺ちゃんと、入れ替わるだけだったんだけどね、マフムード様にお願いして、この娘そっくりの身体を作ってもらったの」

「……ナナシを誘き寄せるためか？」

「ええそう、お陰で『あんちゃん』がのこのこ出てきてくれたんだから、後は魂を美味しく頂いて記憶を私の物にするだけ。義妹の魂と一つになれるんだもん、そんなに悪い事じゃないよね？　ね、あんちゃん」

アージュは奥歯をギリリと噛みしめて、言葉を絞り出す。

「……最後に一つ聞くぞ。テメェを殺したら、そいつが……ナナシの義妹が、生き返るなんて事は有るのか？」

その言葉にキサラギは、一瞬呆気にとられる様な表情を見せた後、堪え切れないとでも言う様に噴き出した。

「ちょっと！　や、やめてよ！　お腹が痛いじゃない。じゃあ聞くけどね。あんたが死んだら、昨日食べたパンが麦の穂に戻んの？」

その瞬間、ヒュッ！　と鋭い風切音が響く。

アージュが剣を一閃。一拍の呼吸を置いて、石畳の床にボトリとキサラギの手首が落ちた。

「おい、化物！　落し前はきっちり付けさせてやる。だが今、こいつに義妹の形をしたもんを切り刻むところを見せるのは、流石に寝覚めが悪い。今度会う時には機動城砦ごとぶっ壊してやるから、震えて待ってろ！」

切り落とされた右の手首、その断面をぼんやりと見ていたキサラギは、唐突に怒りに顔を歪めた。

「小娘がァ！　調子に乗んなあああァ！」

キサラギの左手の上で炎が燃え盛る。

「火球」

聖句が発せられると同時に、灼熱の炎がアージュへと迫る。しかし躱す訳には行かない、背後には呆然自失のナナシがいるのだ。今のナナシがこんなものを躱せる訳が無い。

アージュは双剣を交差させて眼前に翳し、そのまま火球を受け止める。盾ならばともかく、剣で火球を受け止めきれる訳が無い。無論、それはアージュにも分かっている。アージュは火球が着弾したその瞬間、剣から手を離し、背後に向かって全力で跳んだ。着弾と同時に爆発する火球。爆風に煽られ、ふっ飛ばされながら、アージュはナナシの身体に覆いかぶさる様に、扉の外へと転がり出て、身体のあちこちをぶつけながらも、どうにか受け身を取った。

「おい、大丈夫か？」

返事は無い。ぐったりとするナナシの首を無理やり捻じ曲げて顔を覗きこむと、呆然とした表情のまま、ナナシの目からは生気が失われていた。

「バカ野郎！　呆けている場合じゃねえだろう！」

慌てて部屋の奥へと目を向ければ、キサラギの掌の上に、再び火球が燃え上がり始めているのが見えた。流石に二発目を喰らえば命は無い。

「ちっくしょぉ！」

アージュはナナシを抱きかかえて、横っ飛びに扉の正面から飛び退き、その勢いのままに階段を転げ落ちる。

先程の一撃で、既にアージュの手に剣はない。ナナシを掴む指先は火傷でジンジンと痛み、べろりと皮が捲れている。アイツは殺す。だが、今は逃げるしかない。

ナナシの頭を胸に抱いたまま階段を転がり落ちたアージュは、踊り場の壁面に強かに背を打ちつけられた。激しい衝撃。肺の中の空気が押し出され、一瞬息が詰まる。しかし、寸刻もじっとしている訳にはいかない。

階段の上下から、ドタドタと大人数の足音が聞こえてきた。兵士達がこちらに向かってきているのだ。踊り場で上下から挟まれては、今度こそ逃げ場がない。

襟首を掴んでナナシを引き摺りながら、更に階段を駆け下りて、下の階層へと降り立つ。

等間隔にいくつもの扉が並ぶ階層。おそらく幹部の居住階層なのだろう。しかしどの部屋に飛び込もうと、その先が部屋である以上、そこで行き止まりなのは間違いない。階段の方から聞こえてくる足音は、もうそこまで迫っている。

――何か！　何か無いのか？

その時、廊下の奥、壁面の下部に、取っ手の付いた正方形の鉄の蓋が目に入った。

――投棄口！

背に腹は代えられない。

アージュは、取っ手を掴むと力任せに蓋を跳ね上げる。口を開ける暗い穴、饐えた臭いが鼻を衝く。

「酷ぇ臭いだ」そう吐き捨てる。鼻を摘まみながら、顔を突っ込んで奥を覗き込んでみても、その闇の深さは計り知れない。

「畜生、こいつをゴミカスなんて名前にすんじゃなかったぜ……」

まさか本当にゴミカスみたいに、投棄口に落ちなくてはならないとは。

溜息を一つ吐くと、アージュは乱暴にナナシを投棄口に放り込み、自分もそこへと飛び込んだ。

落ちる！　首筋に氷を放り込まれた様な感覚。心臓がぎゅっと締め付けられる。直滑降。下から上へと吹き上げる息苦しいほどの風圧に晒されて、ばさばさと音を立てて髪が靡いた。ぬるぬると滑る鉄の筒の中、光一つ無い闇、自分の身体の幅一杯の細いスペースを滑り落ちていく内に、どちらが上で、どちらが下か、次第に方向感覚が失われていく。

いつまで……どこまで……落ち続けるのだろう。

落ち始めて僅か数秒。しかしアージュにとっては、永遠とも思えるほどの長い時間。

最悪の状況は考えちゃダメだ。そう考えてしまった事こそが、最大の失敗だった。

『最悪の状況は考えるな』そう考えた途端、脳は『最悪の状況とは？』と勝手に思考を巡らせ始め、やがてアージュの頭の中を『最悪の状況』が塗りつぶしていく。

――この先が細くなっていて、途中で詰まってしまったら……。

――こんなところで身動き一つとれず、息がつまる様な暗闇と悪臭の中で、ただ死を待つような羽目になってしまったら……。

そんな状況に陥った自分の姿が頭の中でぐるぐると巡って、冷たい氷柱が背から胸をつらぬき、開いた穴からなけなしの意気地が零れ落ちていく。

「うわあああぁぁぁぁぁぁぁぁぁああ！」

アージュはとうとう耐え切れなくなって、声を限りに叫んだ。

その瞬間、黒一色だったアージュの視界に変化が訪れた。

――足元が明るくなった。

アージュがそう思った途端に、身体を支える物が無くなって、無様に手足をバタつかせながら、広い空間へと投げ出される。

「ヒィ！」

喉の奥でしゃくり上げる様な声。それを空中に置き去りにして、そのままゴミの山の上に尻から転落。水気を含んだグチャッという音を立てて、生ゴミが周囲に跳ね飛んだ。

「いやぁだぁ、もー！　気持ち悪ぃい！」

甲高い声は、いつものやさぐれ気味のアージュの物では無い。それは十四歳という年齢相応の少女の物。

臭いと感触は最悪だが、ともかくゴミの集積場まで、無事に落ち切る事が出来たらしい。

ホッとしたのも束の間、酷い悪臭が鼻を衝く。口元を押さえて胃の腑からこみ上げてくる物を必死に堪えながら、手に付いた正体不明の粘液を、ぶんぶんと振り落とした。

もしサラトガと同じ様な構造になっているならば、ここは機動城砦の最下層。非戦闘員の戦時避難区域よりも更に下、下水とゴミ処理の為の階層だ。そして今いる、ここは当にゲルギオス城の直下、城から出るゴミの集積場なのだろう。

数十ザール四方の広大な空間、天井に開いたいくつもの穴の下其々に、ゴミの山が形作られている。アーチ状の出口が壁面の一画にあって、どうやらそこから先は通路になっているらしい。

そこまでを冷静に確認した所で、アージュは、ハタとナナシの事を思い出す。

「おい！　ナナシ！　何処だ！」

薄闇に目を凝らして見回すと、ゴミ山の向こう、石造りの床の上に、大の字に転がっているナナシの姿を見つけた。おそらく頭からゴミの山に落ちて、そのまま更に転がり落ちたのだろう。アージュより一層酷いゴミ塗れの姿であった。

「おい……だ、大丈夫か？」

アージュの問いかけに、返事は返ってこない。

しかし良く見れば、ゆるやかに胸が上下している。

アージュは、ホッと胸を撫で下ろした途端、

……いや、心配したって訳じゃねえから！　アイツが居ないと砂を裂く者も動かせねえってだけだから！

と、胸の内で誰に向かってか、言い訳した。

「よっこらしょ」

年寄りみたいな掛け声と共に、なんとか立ち上がって、アージュは覚束ない足取りで、ナナシの方へと歩み寄る。

「オマエに関わると、碌な事がねぇ。ホントこんなんばっ……」

そこまで言って、アージュはそのまま言葉を失う。

彼女の足元に転がるナナシの顔には、表情と呼べるものが何も無かった。

それは溢れ出ようとする感情があまりにも大きすぎて、どこからも出す事が出来ないでいる。アージュにはそんな風に見えた。光の無い眼から、はらはらと零れ落ちる涙だけが、間隙を縫って洩れだした、ナナシの感情の上澄みの様に思えた。

「キサラギを……義妹を守れませんでした」

喉を締め上げられた様な声で、ナナシが呻く。

家族を、義妹を化物に喰われるという、現実を突き付けられた十五歳の少年の姿がそこにあった。

オマエの所為じゃない。

アージュはそう言いかけて——やめた。

きっと今のナナシには、こんな借りて来た様な言葉では届かない。

掛ける言葉を失ったアージュは、ただ無言で腕を引っ張って、ナナシを立ち上がらせると、そのまま手を引いて、集積場の隅に積まれている樽の前まで連れて行った。

ゴミの集積場にも、それを処理する作業員がいる。

おそらく彼らの手洗い用だろう。樽の中には少し濁った水が、なみなみと湛えられていた。

それを床に転がっていた手桶で掬って、アージュはいきなり頭から被る。

「ああ、気持ち良い」

犬の様にぶるりと頭を振るって、ナナシにも、ざぱんと頭から水を被らせる。

「どうだ、気持ち良いだろう」

その問いかけにも、ナナシは俯いたままピクリとも反応しない。

アージュは静かに目を伏せて、再び水を被る。

自分が被り、ナナシにも被らせる。

アージュはしばらく、それを無言のままに繰り返した。

樽の中の水が、もうほとんど掬えない所まで減ってしまう頃には、身体に付いた汚れはほとんど流れ落ち、二人はずぶ濡れのまま、ただ立ち尽くした。

自分の髪の先から滴る水滴越しに、アージュはナナシの様子を窺う。

額に張り付いた髪、死人の様な蒼ざめた顔、力なく落ちた肩。だらりと垂れた腕。頬を伝う水滴は、水か、涙か。

——もうコイツはダメかもしれない。

アージュをして、そう思わせるような雰囲気を、ナナシは纏っていた。

——死の誘惑に取りつかれている。

アージュにはそう見えたのだ。

確かにこの少年は失敗した。義妹一人救えなかった惨めな敗残者だ。この馬鹿な少年をここまで突き動かしてきた『理由』は、今はもう煙の様に消えてしまったのだ。

アージュは静かに目を閉じる。

この状態のナナシを連れて、脱出する事は不可能だ。

——置いていくか。

アージュはそう自問して、思わず苦笑する。

——出来る訳が無い。

自分は既に、この少年に深入りし過ぎた。

アージュには自分が何をすべきか、何が出来るのか、もう分かっている。

今、この少年には、生き残る為の『理由』が必要なのだ。

仕方がない。これは緊急避難だ。人助けだ。

自分に向かって、そう繰り返せば繰り返すほどに、心の奥で自分自身の魂が、それは嘘だと絶叫する。

――分かったよ。正直に言う。私もそれを望んでるんだ。

そう認めた途端、アージュの凹凸のささやかな胸の奥で、心臓がビクリと跳ね、そのまま大暴れしはじめた。

大きく息を吸って吐く。もう一度吸って……吐く。

さすがに初めてがゴミ山の中というのは、いくら何でも酷いと思う。

神様という奴がいるなら、後でぶん殴ってやる。

アージュは、再びナナシへと目を向ける。

その時、それまで変化の無かったナナシの顔に、微かな表情が浮かんだ。

それは、泣いていた人間が無理やりに作った微笑。

強がり。苦しそうで、寂しそうな、胸を刺す別れ際の笑顔。

「アージュさん、僕の事はもう良いですから……」

ナナシが酷く穏やかな声でそう言った瞬間、アージュの中で何かが決壊した。

アージュは乱暴にナナシの後ろ髪を掴むと、力いっぱい後ろへと引き倒す。

ナナシの顎が上がって、上を見上げる様な体勢になると、アージュは身体ごと覆いかぶさる様にして、ナナシの唇に自分の唇を押し付けた。

「ん、んんっ!?」

突然の出来事にナナシは驚き、目を見開く。しかし、髪を引っ張られ、腕の関節を取られたナナシは動く事もできない。

アージュのそれは、接吻などという、生易しいものでは無かった。

ガチガチと互いの歯がぶつかって、口の中が切れ、鉄の味、鉄の臭いが口腔に充満する。しかし、それを物ともせず、ただひたすらにアージュの舌が、ナナシの口内を貪り、蹂躙し続けていく。ぬるりとして、ざらりとした艶めかしい感触に、二人は互いの背に爪を立てる。それはまるで互いを喰らいつくさんとする獣欲の奔流。――実際の所は、がさつなくせに純情な一人の少女が、何の経験も無いままに、思いの丈を全力でぶつけた結果であった。

あまりの息苦しさに、ナナシは目を白黒させて、思わずアージュの身体を跳ね除ける。

呼吸を荒げて、よろよろと後ずさるナナシ。そのナナシを真っ直ぐに見据えて、アージュは言った。

「どうだ！　私の事が好きになったか！」

「……え？」

アージュの突拍子も無い発言に、ナナシの頭の中で思考が上滑りする。

「私の事が好きになったかと聞いているんだ！　馬鹿野郎！」

「は、はい！」

アージュの権幕に押し切られて、ナナシは反射的にそう応えた。

それを満足そうに見据えると、アージュはビシリとナナシを指さして言った。

「私がお前の生きる理由になってやる！　お前は今、私を無事にここから逃がす責任を負ったんだ！」

「そ、それはどういう……」

ナナシの狼狽を他所に、急に顔を赤らめてモジモジしだしたアージュは、消え入りそうな声で呟く。

「あ、愛する女を死なせる訳にはいかんだろう？　男として……」

そのまま恥ずかしそうに俯くと、二人の間に形容し難い沈黙が舞い降りた。

アージュにとって、怖ろしく長い時間が過ぎたところで、

「ぷっ！　ぷぷ、はは、ははは……」

と、いきなりナナシが噴き出した。

「な、何がおかしい！」

アージュは顔を真っ赤にしてナナシへと詰め寄り、それでも一向に笑うのをやめないナナシの身体をポカポカと叩いた。

「なんだよぅ。わ、わたしが愛する女とか、そんなにおかしいかよっ」

ナナシは目尻の涙を指先で拭いながら、アージュに微笑みかけた。

「ありがとうございます、アージュさん。もう大丈夫です。サラトガに戻るまではアージュさんを守りきって見せます」

ナナシのその微笑には、もう翳りは無い。

アージュはナナシに微笑みかえしながら、経験した事の無い胸の疼きに戸惑っていた。

――サラトガに戻るまでは……か。

✻

第六章
サラトガ防衛戦２

✻

「ふざけるなあああ！」

野太い雄叫（おたけ）びが木霊（こだま）した。

ズボニミルは横たわったまま、手にした斧槍（ハルバード）を力任せに振るい、自分を見下ろす優男の足下（あしもと）目掛けて一気に薙（な）いだ。

——大人しくしてれば、命は助けてあげるって！

優男にしがみついている幼女が放ったその一言が、ズボニミルの自尊心を甚（いた）く傷つけたのだ。

荒々しい斬撃。だが、優男は瞬時に後方へと飛び退いて、その一撃は空を切る。

あっさりと躱（かわ）されはしたものの、相手に距離を取らせたその隙に、ズボニミルはよろよろと立ち上がった。

この『鉄髭（てつひげ）』が、情けを掛けられただと？

剰（あまつさ）え、命を助けてやるなどという台詞（セリフ）を幼子（おさなご）に言わせるとは、戦士を愚弄（ぐろう）するにも程がある。

不意打ちとは言え、驢馬（ロバ）の背から落とされたのは確かに不覚であった。受けたダメージも決して小さな物では無い。今も火球（フィアンマ）を喰らった腹が、じんじんと焼け付くような痛みを訴えている。だが戦士として、正々堂々の討ち合いの末に、倒された訳では無い。勝負はこれからだ。

——それにしても面妖な……。

目の前の敵の姿をあらためて眺め、ズボニミルは眉間に皺（しわ）を寄せる。

軽装鎧（ライトアーマー）に身を包んだその男は、戦士と言うよりは吟遊詩人（バード）とでも言った方が、しっくりくるような優男。細面（ほそおもて）に面相筆でスッと線を引いた様な細い眉。余裕とでも思っているのか、口元には今も薄（うっす）らと微笑を浮かべている。

そこまではまあ良い。腹立たしいが、何も異常という訳では無い。

何よりおかしいのは、その両肩に幼女がしがみついている事だ。

赤い髪と青い髪。

髪を括(くく)るリボンの色は違うが、パフスリーブが可愛らしい白のワンピースを着た七、八歳の女の子。

赤い方はニコニコと、青い方はむっつりと不機嫌そうな表情を浮かべて、ズボニミルの方を眺めている。

この優男と幼女達は、どこからともなく軍の只中(ただなか)に出現し、驢馬(ロバ)と同じ速さで走り、終いには、赤味がかった髪の方が、掌(てのひら)から火球(フィアンマ)を放って、ズボニミルを落馬させたのだ。

言葉にすればするほど意味不明。魑魅魍魎(ちみもうりょう)の類(たぐい)としか思えない異様さである。

だが、幼女を頭数に入れたとしても、たかが三人。

ズボニミルが落馬させられるのを見て、兵士達は一斉に抜剣し、十重二十重(とえはたえ)に優男達を取り囲んだまま、目視(もくし)できそうなほど濃厚な殺気を放っている。四百人からの大の男に取り囲まれているのだ。

この連中が如何(いか)に魑魅魍魎(ちみもうりょう)の類(たぐい)であったとしても、決して逃れられるものでは無い。

このまま数にまかせて押し潰す事も出来るのだろうが、ズボニミルとしては兵士達の手前、やられっぱなしで終わらせる事は出来ない。

自軍の大将の強さが疑われるような状況を放置しては、兵士達の士気を維持する事など出来はしないのだ。

ズボニミルは芝居がかった調子で、声を張り上げる。

「わが名は『鉄髭』ズボニミル＝ダボン！　貴様に正々堂々の勝負を申し込む！」

やや間があって、優男はボソボソと何かを呟いた。が、声が小さすぎて、やはりズボニミルには聞き取れない。

優男の言葉を、例によって赤味がかった髪の幼女が代弁した。

「んーとね。奇襲掛けに来て、正々堂々とか、頭、大丈夫？　だって」

正論。あまりにも正論。

少女の口調は無邪気そのものだが、返答の内容は辛辣を極めた。

「……ぐぬぬ」

ズボニミルは思わず言葉に詰まり、悔しそうに歯噛みする。

彼自身、この奇襲に大義を見いだせていないだけに、ちょっと言い返せない。

「…………」

優男が、再びボソボソと赤味がかった髪の幼女に囁くと、彼女はあらためてそれを言葉にした。

「ずぼだぼさん？　めーしゅがね、全員で掛かってこい。って言ってるにょ」

その一言に兵士達は激昂し、柄を握りなおす音とともに、剣林が一気に狭まる。だが、

「待てッ！」

と、ズボニミルは片腕を伸ばして、兵士達を制止した。そして両の手で斧槍を構え直すと、優男をぎろりと睨み付けた。

「挑発するのは結構だが、それは蛮勇(ばんゆう)と言うべき物だな。あと、人の名前を変な略し方するな」

ところが、この間も幼女二人は、互いの耳へと顔を寄せあい、囁(ささや)き、笑いあっている。ズボニミルの言葉など、これっぽっちも聞いちゃいない。

「ずぼだぼ？」

「うん、ずぼだぼ」

「ずぼ～ん！」

「だぼ～ん！」

「「くすくすくすくす」」

音の響きをただ面白がっている幼女達と、申し訳なさそうな顔で頭を下げる優男。ぷるぷると肩を震わせて怒気を放つ自軍の将の姿に、兵士達は怯(おび)えた。

「きぃさぁまぁらぁあああ！」

兜の下のこめかみに太い血管を浮き出させて、ズボニミルは斧槍(ハルバード)を大きく振りかぶると、一気にそれを振り降ろした。

野太い風切り音を立てて振り下ろされる斧刃(おのは)。しかし優男は慌てる様子も無く、ゆらりと身を躱(かわ)し、斧槍(ハルバード)は地面を叩いて、盛大に砂を巻き上げる。

柄(え)を伝って返ってくる衝撃がズボニミルの腕を痺れさせる。歯を食いしばってそれを堪(こら)えるとすかさず斧槍(ハルバード)を引き戻した。外した一撃に残心(ざんしん)を残す事は、隙を作る事に他ならない。ズボニミルは優男の反撃(カウンター)を見越して、それを迎え撃つべく体勢を整えた。

ところがである、優男に隙を突こうという様子はない。相も変わらず微笑を浮かべたまま、剣に手をかける素振りすら見せなかった。

——剣を抜く価値も無いと言うのか！

怒りのあまり、ズボニミルの身体中の血液が沸騰する。

——そのニヤケ面を歪めてやる。

胸の内で呪いの言葉を発しながら、相手の腹を目掛けて鋭い突きを放つ。しかし、それも紙一重で躱されて、やはり優男には届かない。

「ぬうぅ！　ちょこまかと！」

ズボニミルの怨嗟に満ちた視線を受け流し、優男はやれやれとでも言いたげに肩を竦めて、やっと腰に下げた剣を抜いた。

それは見る限り何の変哲もない片手剣。

「そんな鈍らでは、我が斧槍と打ち合えば、十合と持たぬぞ！」

「…………」

「えーとね。それはどうかな！　って言ってるにょ」

赤味がかった髪の幼女が代弁する。

「いい加減に自分で喋れ！」

誰もがずっと思っていた事を、ズボニミルは遂にツッコんだ。

途端に優男がビクリと身体を震わせて、表情を強張らせると、周囲に唐突すぎる静寂が訪れた。

優男の肩にぶら下がる幼女二人が、寸分違わず同じタイミングで溜息を吐く。

幼女二人の目は明らかにこう言っていた。

――空気読めよ。

えっ……ワシが悪いの？

ズボニミルが、不覚にもそう思ってしまった途端、それまで微笑んでいた優男が、突然苦しそうに唇を歪めて頭を抱えると、声も出さずに身悶えはじめた。

「な、なんだ⁉」

突然の奇行に、何かとんでもないスイッチを押してしまったのではないかと、緊張するズボニミルと兵士達。

ごくり。

兵士達の間で固唾を飲む音が響き、誰もが緊張の面持ちで優男の様子を窺っている。

そして、優男はそれまでの微笑から一転、何かに取りつかれた様な虚ろな目付きで周囲をぐるりと見回した後、再び赤味がかった髪の幼女に囁きかけた。

「……うん、わかったにょ」

赤みがかった髪の幼女は、ズボニミルを指さしてこう言った。

「うっそぴょ～ん、びっくりした？　ねえびっくりした？　って言ってるにょ」

優男は満足げに頷いた。

「ふ……ふざけんなあああああ！」

ズボニミルは、遂にブチ切れた。

「貴様！　いい加減にしろッ！　何なのだ貴様は！　冗談言って笑えるような雰囲気じゃ無いだろうが！　ぶっ殺すぞ！」

一気に捲し立て終わると、ズボニミルは肩で息をする。エキサイトするズボニミルを横目に、優男は舌打ちしたかと思うと、つまらなさそうな顔で、赤みがかった髪の幼女に再び囁く。

「ちっ、愉快な名前の癖に冗談の分からない奴だな。って言ってるにょ」

「誰が愉快な名前だ！　誰が！」

完全に遊ばれている。結局、こいつらの目的は何なのだ？　只の時間稼ぎか？　律儀にもツッコんでしまったが、このままでは本当に埒が明かない。

不愉快さも然る事ながら、それ以上に狙いが全く分からない事に、ズボニミルは言い様の無い不気味さを感じていた。

一刻も早くこいつ等を排除すべきだ。戦士としての勘が激しくそう警告してくる。

尋常に勝負をと、そう思ったが、相手にその気が無いのであれば、是非も無い。

「そっちが、その気ならば……」

ズボニミルは遠巻きに取り囲む兵達に、再び芝居がかった調子で告げた。

「我が兵達よ！　例え幼子と言えど、行く手を阻むのであれば、踏み潰すべき敵である！　一人として逃がすな！」

それまで呆気にとられてばかりだった兵士達の顔つきがガラリと変わり、目に敵意の光が宿る。剣を握り直す、カチャッ！　という金属音が幾重にも響き、兵士達は盾を掲げ、手にした剣のその切っ先を一人の男へと向けた。

今の状況を、もし鳥の視点で眺めることが出来たなら、砂漠の真ん中に四百人からの兵士がドーナツの形に群れ集まり、幼女二人を含むたった三人を取り囲んでいるという図式。

その輪の中心にいるメシュメンディ達の視点で眺めてみれば、視界の全てが、盾の壁、剣の林。濃厚な殺意と、それに酔う狂気を孕んだ視線が、今も身体中を刺し貫いている。

ぐるりと自分達を取り囲む剣林を見回して、優男は赤味がかった髪の幼女に、またボソボソと何かを呟き、幼女は小さく頷くと、ズボニミルに向かって口を開いた。

「あのね、ずぼだぼさん。めーしゅがね、お前ら、俺を見ていて良いのか？　だって」

「何だと？」

幼女のその言葉の意味を計りかねて、ズボニミルは怪訝そうに片方の眉を吊り上げる。

その瞬間、左右の何も無い空間で、弓の弦が空気を震わせる音が次々に響き渡った。

ズボニミルは、幼女の言葉の意味を理解した。

如何に精強な軍隊であろうと、背後から攻撃されれば脆いものだ。今、ズボニミル達は全員が全員、円の中心、優男へと目を向けている。いや、向けさせられていると言った方が良いだろう。

その結果、何時の間にやら、三百六十度いずれの方向から攻撃されても背後を取られるという、凡そ考え得る限り、軍隊として最弱の陣形になってしまっていたのだ。

しかし気付いたところでもう遅い。大量の矢が点描の様に宙を埋め尽くし、未だ状況が飲み込めていない兵士達の背後を襲う。

　優男には少しも慌てる様子は無かった。青みがかった髪の幼女が『飛翔（シエロ・アンダーテ）』の魔法を唱えると、そのまま直上へと数十ザールもの高さを飛びあがり、一気に輪の中心から離脱。包囲の外側へと飛び去っていく。

　唐突に姿を現す狂乱の巷（ちまた）、何の前触れも無く口を開ける地獄。次々と飛来する矢に、兵士達は狼狽（うろた）え、怯え、右往左往するばかり。悲鳴と怒号が飛び交い、矢が空気を裂く音のままに、兵士達は信じる神の名を唱え、家族の名前を叫び、助けを求める声を上げながら、為すすべもなく倒れて行く。辛うじて盾を円の外側へと向けて矢の雨を逃れた者。死んだ同僚を盾にして身を守る者。辛うじて生き残っている者もいるにはいるが、それも決して多くはない。

「どこからだ！　どこから仕掛けてきている！」

　目尻も裂けよとばかりに目を見開き、倒れていく部下達を見やりながら、ズボニミルは獣の様に叫びを上げた。

　幾本もの矢が全身甲冑（フルプレート）を掠めては、甲高（かんだか）い金属音を放ち、鉄の装甲を凹ませ、傷を刻んでいく。これだけの数の矢が飛んでくるというのに、いくら周囲を見回そうとも、そこにあるのは見渡す限りの砂の海、そして夜の闇。肝心の敵の姿が見当たらない。

「卑怯者おおお！　姿を現せえええ！」

　ズボニミルが空に向けて絶叫したその瞬間、
　地平線がズレた。

闇が撓（たわ）み、地面と接する夜空が捲（めく）れ上がった。

立ち昇る砂煙。黒い横断幕を振り払って、無数の兵士達が大盾の間から長槍（ちょうそう）を突き出しながら一斉に突撃してくる

「重装歩兵（ファランクス）だとおッ！」

「はははは！　メシュメンディ卿の異様さに目を奪われたな」

殺到する重装歩兵（ファランクス）の背後で、それを率いている銀甲冑の若者――ペネルが甲高（かんだか）い笑い声を上げ、ズボニミルの奥歯がギリリと音を立てた。

少し警戒していれば、そこに兵士達が潜んでいる事ぐらい気付けたはずだ。黒の横断幕を張ってその背後に兵を隠すなど、子供騙しにも程がある。

しかしそれに気づけなかった。

ズボニミル達の目は、釘付けになっていたのだ。

あの、あまりにも奇矯（ききょう）な男の姿に。

突きだされる槍を、死に物狂いで弾き返していた兵士達も、いつの間にか槍衾（やりぶすま）に飲み込まれ、槍が引き抜かれるのと同時に、糸の切れた人形のように倒れていく。

「こんな！　こんなことがあぁあ！」

鎧を赤く染めた『鉄髭（てつひげ）』ズボニミルは、斧槍（ハルバード）を振るって唯（ただ）一人、重装歩兵（ファランクス）の槍に抗いながら、獣の様な咆哮（ほうこう）を上げる。

剛腕から繰り出される斧槍（ハルバード）の一撃は、重装歩兵（ファランクス）の盾を跳ね上げ、ズボニミルの眼は、その向こう側

できまりが悪そうに頭を掻（か）く、優男の姿を捉（とら）えた。

　血塗れの鉄髭（てつひげ）は、顔を歪めて慟哭（どうこく）する。

「なんたる悪辣（あくらつ）！　貴様は悪魔かあああ！」

　その瞬間、重装歩兵（ファランクス）の槍が、一斉にズボニミルの身体を差し貫いた。

　針鼠のように身体中から槍を生やして、ズボニミルは前のめりに倒れて行く。

『鉄髭（てつひげ）』の倒れる音を聞きながら、メシュメンディは振り向きもせず、幼女の耳元で囁（ささや）き、幼女はそれを、まるで独り言の様に呟いた。

「人間を騙すのは、いつだって人間だにょ」

　そう、これは、一人の家政婦（メイド）の頭の中で練り上げられた作戦。

　青味がかった髪の幼女が、さらに言葉を付け加える。

「悪魔なんている訳ない」

　そして、メシュメンディは知っている。

　この青味がかった髪の幼女が、嘘しか語れない事を。

*

「なんだって！　壁の向こうにまた壁だとぉ！　……とか驚きゃ満足か？　クソガキ」

　如何（いか）にも詰まらなさそうな顔をして、キスクは櫓（やぐら）の上でふんぞり返っているミオを見上げる。

ズボニミルとメシュメンディが対峙していたのとほぼ同じ頃、城壁の内側ではキスク率いる獣人達が、ミオの罠に嵌って、資材の下敷きとなっていた。

「城壁の内側に城壁だとか、そりゃ驚きもしたが、ネタ晴らししてみりゃ、ただ資材を積んだだけだとか、つまらねえ。ホント興ざめだぜ」

呆れた風を装いながら、キスクは内心、必死に状況を把握しようとしていた。

正確な数は分からないが、獣人達はずいぶんと崩れた石壁に巻き込まれた様だ。ざっと見る限り、四分の一ほどは削られたと見て良いだろう。

「妾の目には、その積んだだけの資材で、ずいぶん死傷者を出しておる様に見えるがのう。あと三回ほども資材の下敷きになれば、貴様らは一人残らず全滅じゃな」

フッ……所詮、ガキの浅知恵か。

ミオの挑発はキスクを怯えさせるどころか、寧ろその心に余裕すら生み出した。

「おい化物ども、ビビってんじゃねえ。あれも資材を積んでるだけだ。向こう側に押し倒してやれ！」

「な、なんじゃと⁉」

ミオの驚愕の表情に、キスクは僅かに溜飲を下げる。

ぶら下がればこっちに倒れてくるというならば、向こう側へ押し倒してやれば良い。わざわざ考えるまでも無い。当然だ。

「ぐぬぬ、満更あほうではなかった様じゃの」

「あほうはお前だ、クソガキ」

歯噛みするミオに、キスクは呆れ混じりに言い捨てる。流石にその程度の事に気付かない訳がない。

キスクの指示に従って、獣人(ゾアンスロープ)達は瓦礫(がれき)を、そしてその下敷きになっている仲間の死体を踏み越えて、新たに現れた石壁の前へと歩み寄る。

「お前ら、分かってるとは思うが壁の上の方を押すんだぞ。下の方押すとこっちに倒れてくるからな」

そこまで指示するのも馬鹿馬鹿しいとは思うのだが、こちらの言葉は通じていても、獣人(ゾアンスロープ)の言葉は、獣の鳴き声にしか聞こえない。本当の所、キスクにも獣人(ゾアンスロープ)達がどの程度の知能を持っているのか、良く分かっていないのだ。

獣人(ゾアンスロープ)達が石壁の上部に両手を押し当てて、力を入れるタイミングをはかる。そして今、当(まさ)に力を入れようとしたその瞬間、ミオは悪辣に顔を歪めて、嘲(あざけ)る様に言い放った。

「いや、あほうどころか、救い様の無い、ドあほうじゃ」

その瞬間、ザシュ！　という短く鈍い音と共に、獣人(ゾアンスロープ)達の動きがピタリと止まる。背後から眺めていたキスクの目には、獣人(ゾアンスロープ)達の背中に一斉に赤い花が蕾(つぼみ)を付けた様に見えた。

「……うおぉん」

一匹の獣人(ゾアンスロープ)が悲しげに哭(な)くと、赤い飛沫(しぶき)が一斉に噴き出して、足元の瓦礫(がれき)が赤く染まる。

赤い蕾(つぼみ)。そう見えたのは、血に塗(まみ)れた鉄杭の穂先。

積み上げられた石の隙間から突き出した無数の鉄杭が、獣人(ゾアンスロープ)達の身体を貫いたのだ。

いくら人外の化物とて、どてっ腹を杭で穿たれては、死して尚、地に臥すことさえ許されない。

苦しげな呻きが幾重にも響いて、獣人達はただビクビクと身体を激しく痙攣させる。

幸運にも生き残った獣人達は、跳ねる様に壁の前から飛び退き、転がりながら地に臥して、仲間の命を奪った石壁に向かって唸り声を上げた。

「な、何だ、こりゃ……」

呆然と立ち尽くすキスクの頭上に、ミオの声が降り注ぐ。

「言、言、言葉は鎖」

「なんだと?」

「言、言、言葉は鎖、そう言うたのじゃ。貴様は既に妾の言葉で雁字搦めじゃぞ」

ミオは厭らしく口元を歪めて嗤う。

「貴様は石壁が倒れてくる事しか、警戒して無かったじゃろ。妾の言った『あと三回ほども壁の下敷きになれば全滅』、その言葉で勝手に思い込んだのじゃ。妾の作戦が、壁を倒して貴様らを押し潰す事じゃとな」

確かにそうだ。キスクはこの少女の狙いが、獣人達を壁の下敷きとする事だと疑いもしなかった。

「人間というのは悲しい生き物でのう、自分が見ている物、それが、それだけが現実だと思い込んでおる。見ておるのは頭で拵えたイメージでしかない事に気付いておらんのじゃ。だからそのイメージの中に、信じたいと思う情報を放り込んでやれば、たやすく信じ込んでしまう」

「ケッ! 馬鹿馬鹿しい! お前が俺を操ったとでも言うつもりかよ!」

虚勢を張るキスク。しかし、ミオを指すその指は震えている。

「ああそうじゃ、三寸の舌で神さえも縛る我が力！　『スペルバインド』！」

ミオは顔の前に、開いた掌を翳して、ベロリと舌を伸ばす。

「ス、スペルバインド……だと!?」

キスクの驚愕の表情を見下ろして、満面のドヤ顔を向けるミオ。

だが、その表情とは裏腹に、実は、何とも居心地の悪い気分を味わっていた。

神まで引き合いに出す大仰さ。ポーズの痛々しさも赤面ものだ。

これは間違いなく、今後、一人で湯浴みしている最中に、唐突に思い出して「あああああッ！」と声を出したくなる黒歴史になる事は間違いない。

作戦の一環だとはいえ、この恥ずかしい演技を照れずにやり切る事は、ミオに相当の忍耐を強いていた。

——スペルバインド。

この如何にも大仰な能力らしき名称から、隈が出来るほどに塗りたくられた化粧を引っぺがせば、その下からはこういう言葉が現れる。

——ペテン。

要は大袈裟な物だと勘違いして、深読みしてくれれば、それで充分なのだ。

「さてお主はこれからどうする？　すばやく壁をよじ登ってみるか？　尻尾を巻いて逃げるか？　それとも外にいる連中が到着するまで時間を稼いでみるか？　それとも鉄杭で突かれる前に、壁を押し倒せるか試してみるか？」

　余裕たっぷりに見下ろすミオ。キスクの頬を一滴の汗が伝った。

　その時、崩れた城壁の向こう側、砂漠の方から、多くの人間の悲鳴と怒号が響き渡った。

「あ～あ、残念じゃったのう。外もそろそろ片が付きそうじゃ。外にいる連中は全滅。残念、ああ残念じゃ。お主はまた一つ選択肢を失ったぞ」

「や、やられたのはそっちかもしれねえだろうが！　鉄髭のおっさんは、何だかんだ言っても強ぇえぞ！」

　手の甲で顎を伝う汗を拭いながら、キスクは強張った微笑を浮かべる。

「お主がそう思うのなら、ま、そうなのじゃろうな、お主の中ではな。だが良いのか？　そんなに外の様子に意識を向けてしもうて。妾がまたお主の頭の中に、何か言葉を放り込んだかもしれんぞ」

「なっ!?」

「ふむ、それでは少し待ってみるか？　さすればあの城壁の裂け目から入ってくるのが、どちらの増援か分かるじゃろ。だが待っている間にもお主の首は、どんどん絞まっていってるかもしれぬぞ」

「うるせえ！　お前もう喋んなよ！」

　ミオが一言口を開く度に、キスクは空気が薄くなっていく様な息苦しさを覚えていた。

「くくっ、お主の方はずいぶんと余裕が無くなっておるのう。手も足も出なくなったか？　ほれ、一歩足を動かせば、そこに罠があるかもしれんぞ？　気をつけろよ。このフロアの何処かに落とし穴が有るかもしれんぞ？　上から何か降ってくるかもしれんぞ？　あんまり息を吸うなよ？　空気中の毒が回るかもしれんぞ？　動いて良いのか？　その場に止まってて良いのか？」

「……地獄に落ちろ」

喉の奥から絞り出す様な怨嗟に満ちた声。唇は既にカラカラに乾いている。

行動の一つ一つがミオの言葉によって封じられ、キスクは身動きが取れなくなっていくのを感じていた。

「罵詈雑言も月並みじゃな。余裕の無さが透けて見えるわ」

「うるせえ！　パンツ見えてるぞ」

一瞬、ぽかんとした表情を見せた後、ミオは慌ててスカートを押える。面白い様に言葉の鎖に絡め取られていくキスクの様子にテンションが上がって、いつのまにか櫓の端っこの方に立ってしまっていたのだ。

しかし、キスクは内心嘆かずには居られなかった。

……やっと届いた反撃が『パンツ』とは。

少し頬を赤らめながら、ミオは咳払いをする。

「と、ともかく、お主らは一兵たりとも帰す訳には行かんのじゃ。アスモダイモスには、せいぜい我らを侮って、無防備に接舷して貰う必要があるのでな」

ミオの口からアスモダイモスの名が出たことに、キスクは思わず息を呑む。

下手な反論を試みることも無く、咄嗟に平静を装い口を噤んだ。カマを掛けられている、そう思ったのだ。

しかしキスクのその態度に、ミオは満足そうな表情を浮かべた。

「愚かじゃな、沈黙は肯定と同義じゃぞ。まあ別にカマを掛けておる訳では無い。お主らがアスモダイモスの兵である事はとっくにお見通しじゃ。いくら魔晶炉を入れ替えようとも、誤魔化せるとは思わんことじゃな。しかし……魔晶炉を入れ替えるなんぞ、人間で言えば心の臓(しんのぞう)を丸ごと入れ替える様なものじゃ、そこまでしてお主らは一体、何を狙っておる？」

いまさらアスモダイモスの兵である事を隠しても、意味は無いらしい。魔晶炉の入れ替えまで把握しているとは、一体こいつらはどんな情報網を持っているというのだ。

「さあな。俺達は寝込みを襲って戦力を削(そ)げ、城を占拠できればそれで良し。出来なければ出来ないで、それで良し。そうとしか指示を受けてねぇ」

ミオはキスクに憐憫(れんびん)の混じった目を向ける。

「捨て駒じゃな。お主、それで本当に良いのか？」

「俺は傭兵あがりなんでね。上の方が考えてる事なんざ、これっぽっちも興味ねぇな」

「ほう、捨て駒にされる覚悟はあると」

「傭兵なんざ、そんなもんだ」

ミオは芝居がかった様子で大きく肩を竦(すく)めると、自分の真下、石壁の背後へと何やら目配せした後、キスクを見据えて声を張り上げた。

「よし判った。お主らが自分から罠に嵌(はま)っていく姿をじっくり観察する、それはそれで心惹(ひ)かれる物はあるが、夜更かしは美容の敵じゃからのう。そろそろケリをつけようではないか。哀れな捨て駒のお主に、戦士としての死に場所を与えてやろう」

ミオがそう言い終わるや否や、石壁が前のめりに倒れ、凄まじい音を立てる。濛々と立ち昇る砂煙。崩れ落ちた石壁の向こうから、強烈な光がキスクの網膜を刺し貫いた。

慌てて手を翳して光を遮り、指の隙間から様子を窺う。

逆光の中に一群のシルエット。中央に女が一人、そしてその背後には筋骨隆々たる大男達が、腰の横で指を組んで胸を張る、サイドチェストのポーズで、ずらりと並んでいた。

中央の女が声を上げて、ぴしゃりと鞭で地面を打った。

「黒薔薇隊、見参ッ！」

――ナンダコレ？

これには、流石にキスクも困惑の色を隠せない。

ただ登場するだけだというのに、照明を使っての演出過剰なショーアップ。

あの櫓の上のガキもそうだが、どうやらこの機動城砦の連中は、事あるごとにふざけなければ、気が済まないらしい。

胸の内では呆れながらも、キスクはキョロキョロと落ち着かなく辺りを見回す。今のキスクには、相手の一挙手一投足が、罠の様に思えて仕方が無いのだ。

照明が弱まるに連れて、徐々に相手の姿がはっきりと見えてくる。

剃り上げた禿頭、盛り上がる筋肉、上半身裸に膝丈の短袴。筋肉男達は、日焼けした身体に油か何かを塗っているらしく、てらてらと妖しく黒光りしている。武器らしい武器といえば、鉄で補強された手甲だけの拳闘士スタイルだ。……って、おい前列右から二番目の奴、乳首を動かすな。

中央で胸を反らしている女は、釣り目がちの気が強そうな美女。触れれば切り裂かれそうな鋭い目つき。長い黒髪を後ろで纏めたポニーテール。身体のラインがよくわかるぴったりとした黒皮の上着に短袴。胸のあたりに一抹の寂しさを感じるが、それを差し引いても目を惹く容姿だと言って良い。

女は櫓を見上げて、突然、声を張り上げた。

「ミオ様にィ、敬礼！」

それに合わせて、黒筋肉達は一斉に筋肉を誇示する様に両手を持ち上げて胸を張る、ダブルバイセプスのポーズへと移行する。

間違ってもそれは敬礼じゃねえ!?

キスクは思わず、心の中でツッコんだ。

「うむ、大儀である。お主ら今日もいい感じに、キレておるぞ」

いいのかよ!?

思わずキスクは頭を抱える。

ダメだ、これ以上はツッコみきれない。こいつらの相手をしていたら、頭がおかしくなりそうだ。

誤解の無い様に述べておくが、アスモダイモスの将兵の中でも、キスクは決して真面目な方では無い。寧ろ堅苦しい『鉄髭』ズボニミルあたりには、ワルガキ呼ばわりされて、くどくどと文句を言われてきたものだ
そのキスクが小一時間説教してやりたいと思うほどに、ここの連中は出鱈目だった。

げっそりと肩を落とすキスクを、中央の女が睨み付けた。

「貴様、歳はいくつだ！」

「……二十二だが？」

唐突な問い掛けに警戒しながら答えるキスク。しかしその返答を聞いた途端、女は蔑む様に顔を歪めて、唾を吐いた。

「ペッ……生憎だが、お兄ちゃんに用は無い」

お兄ちゃん？

「まあ良い。見事、私に打ち勝って、お兄ちゃんの座を射止めてみろ」

キスクは困惑しながら、櫓の上のミオへと問いかける。

「なあ……コイツの言ってる事が、何一つ分からんのだが？」

「あー気にするな。最近暑い日が続いておったじゃろ？　ちと頭蓋の中に、熱がこもったままの者がおってもおかしくは無かろうて」

「ミオ様!?」

どうやらあのガキから見ても、この女は頭がおかしい。そういう事らしい。

「で、結局何なんだよ、お前は！」

キスクの問い掛けに、女は鼻を鳴らして凹凸の乏しい胸を張った。

「ふふん、私か？　私の名はキリエ！　キリエ＝アルサードだ。サラトガ近衛隊長にして、黒薔薇隊の調教師。しかしその正体はッ！　いつか、どこか遠くのオアシスで湖畔に面した別荘を購入し、そこで妹と弟を抱きしめながら、午後の惰眠を貪る、そんな甘い生活を夢見ている、どこにでもいる極々、普通のお姉ちゃんだッ！」

——どうしよう！　なんかめっさ濃い奴、出て来ちゃった⁉


度重なるおふざけの極め付け。

先程までミオのペテンに掛けられて、精神的に追い詰められていたキスクではあったが、今度は違う角度から追い詰められそうな気がして、一気に憂鬱な気持ちになった。

あんぐりと口を開けたままのキスクの脇で、獣人達が一斉に唸り声を上げる。さもありなん。言葉は理解出来ても、ツッコみで発散できない彼らにかかるストレスは、キスクの比では無い。遂にはキスクが制止する暇もなく獣人達は、女達の方へと猛然と駆け出し始めた。

「お、おい！　お前ら！　待てって！」

キスクの制止も、ここへ至っては全く意味を為さない。

首輪を解かれた猟犬さながらに、獣人達は黒筋肉達に飛び掛かり、そのまま暴発的な乱戦へと縺れこんでいく。

或る者はいきなり殴りあい、また或る者は激しく手刀で打ち合っている。互いに手を掴み合って、相手をねじ伏せるべく力を籠めて押し合う者もいれば、互いに首を絞めあっている者もいる。文字通りの肉弾戦。方法は違えど、どれも肉と肉とのぶつかり合い。

一見する限り、単純な力比べであれば、人間以上の身体能力を有する獣人（ゾアンスロープ）が押しているように見える。しかし四十人近くまで減った獣人（ゾアンスロープ）に対して、黒筋肉（ガチムチ）の人数はそれに倍する。どつきあいになれば、やはり手数に劣る獣人（ゾアンスロープ）達が不利になっていくのは明らかだ。

「さて、どうしたもんかねぇ……」

軽口のようにも聞こえるその呟（つぶや）きには、キスクの真剣な懊悩（おうのう）が隠れている。いつものキスクであれば命あっての物種と、この隙に驢馬（ロバ）での逃亡を図っていたに違いない。しかし、それを実行に移さなかった辺り、やはりミオのペテンに苛（さいな）まれているのかもしれなかった。

怒号、咆哮（ほうこう）、土煙、鈍い打撃音、鋭い打擲（ちょうちゃく）音。それらが混然一体となって形作られる乱戦のど真ん中を、キリエがゆっくりとした足取りで、キスクへと向かって歩いてくる。彼女のその姿を目にした途端、キスクの頭の中に、生き残るための唯一の方策が舞い降りた。

「覚悟を決めるしかねぇな」

独りそう呟（つぶや）くと、キスクは驢馬（ロバ）の背を降りて、キリエを睨（にら）みつける。

「飼い主は飼い主同士、ケリをつけるとするか」

その言葉を耳にした途端、キリエは嘲（あざけ）るように顔を歪めた。

「ぷっ、ミオ様に言葉責めにされて、泣きべそかいてた奴が良う言うわ」

「だ、誰が泣きべそなんかかいてるか、ボケ！」

顔を紅潮させて、興奮気味に言い返すキスク。それを蔑（さげす）む様な目つきで眺めながら、キリエは得物（えもの）を構えた。

右手に鞭、左手には刃の一部に櫛(くし)の歯のような凹凸(おうとつ)を持つ短剣。

「剣砕刀(ソードブレイカー)とは、これはまたずいぶん懐古趣味(オールドスタイル)だな」

珍しい物を面白がる様なキスクの口ぶり。それもそのはず、今どきこんな時代遅れの戦闘スタイルを採用している者は、ほとんど居ない。

一昔前、盾の代わりに利き腕でない方の腕に、盾刀(マン・ゴーシュ)や剣砕刀(ソードブレイカー)といった、防御に特化した短剣を持つ戦闘スタイルが流行った事があった。しかし、その取り回しの難しさから、盾の軽量化が進むとともに、あっさりと廃(すた)れていったのだ。

「いくら軽くなったとはいえ、か弱い女の細腕には、盾の重さはちと厳しいのでな」

キリエの言葉を鼻で笑うと、キスクもすらりと剣を抜き放ち、腰だめに構える。

得(え)物は柄の長い両手剣(バスターソード)。その辺の武器屋でいくらでも売っている流通品だ。十代の頭から傭兵として戦場を駆け回ってきたキスクが、そこで学んだ事の一つ、それは武器はシンプルであればあるほど良いという事。すなわち乱暴に扱っても壊れ難くく、壊れても替えが効く。

二人は距離をとって睨(にら)み合い、互いに最初の一撃のタイミングを計る。

先に動いたのはキリエ。鞭の先端が、ひゅんと音を立てて襲い掛かり、キスクは軽快なステップでそれを躱(かわ)す。その一撃が足元の石畳を穿(うが)ったその瞬間、キスクは一気に間合いを詰め、身体を回転させながら、横なぎに大振りの一撃を放った。それは洗練とはほど遠く、我流ゆえの荒々しさに溢(あふ)れた剣筋。

――躱(かわ)し切れない！

咄嗟にバックステップを踏んで逃れようとするキリエ。だが一歩遅い、剣先が脇腹を掠め、上着の裂け目に血が滲む。決して深手ではないが、キスクの剣技がキリエの予測を大きく超えていた事に驚きを隠せない。しかしキスクの攻撃は、それで終わりではなかった。大振りであるが故に、慣性の法則に則って発生するフォロースルーを、力任せに捻じ伏せて手元で剣を返すと、すぐさま短い斬撃を執拗に繰り返し始める。

キリエは体勢を崩しながら、辛うじてそれを剣砕刀で弾き返すも防戦一方、反撃に転じる隙が見当たらない。距離をとるために、幾度にも渡って背後へ回り込もうとしたが、キスクはサイドステップを踏んで執拗に追いつき、それを許さない。

「間合いを与える気は無えぞ。鞭使いは距離を詰めて殺す、それが傭兵のセオリーだ」

「しつこい男は、モテないぞ」

「お生憎様、俺は地元じゃモテモテだ」

これだけ間合いが近いと、確かに鞭を振るう事すら出来ない。無理に振るったところで大した威力にはならない。

「終わりだな。お姉ちゃん」

キスクは上段から剣を振りおろし、キリエは辛うじて剣砕刀でそれを受け止める。それは手首に痺れを残す重い一撃。

「貴様の『お姉ちゃん』には魂が籠っておらん！　いかがわしい店でおっさんが宣う『お姉ちゃん』にしか聞こえんわ」

額に玉の汗を浮かばせながら、キリエは受け止めた剣を刃の上で滑らせ、剣砕刀の櫛歯の部分に相手の剣を挟み込んで捻りあげる。これこそが剣砕刀の名前の由来。梃子の原理を利用して最小限の力で、相手の剣をへし折る仕組みなのだ。そして、剣を折られまいと捻られる方へと身体を傾けたその瞬間、キスクの顎に重い衝撃が突き抜ける。キリエの蹴りがキスクの顎を捉えたのだ。盛大に吹っ飛ぶキスク。剣を手放さなかったのはいっそ立派だと言えよう。しかし待望の間合いが出来たこの好機を、キリエが逃す訳が無い。

「鞭乱打ッ！」

飛び回る蜂の様な激しい鞭の乱打が、キスクの身体中に裂傷を描いていく。

「ちくしょう！　鞭でシバかれて喜ぶ趣味はねぇぞ、馬鹿野郎！」

だが流石に、傭兵を長く続けてきただけの事はある。キスクは後ろに逃れる事をせず、再び間合いを詰めるべく、痛みを堪えながら剣を構えて前へと飛ぶ。胸元を狙っての突き。キリエはそれを跳ね上げるべく、剣砕刀を胸元に構える。

その瞬間、キスクの口元に悪辣な笑みが浮かんだ。

突きだした剣先が軌道を変えて沈み込む。キリエの眼には、突然剣が消えた様に見えた事だろう。胸元への突きは囮、本当の狙いは足だ。

次の瞬間、キリエの驚愕の表情が、苦悶へと変わる。

「ぐあああぁぁぁぁぁぁあ！」

キリエの腿に、キスクの剣が深々と突き刺さっていた。

「キリエッ！」

キリエの悲鳴に、櫓の上からミオの驚愕の声が重なる。

キスクが剣を引き抜くと、激痛に思わず足を押えて蹲るキリエ。それを仰向けに蹴り倒し、キスクはその肢体の上に馬乗りになると、喉元に剣を突きつけた。

「勝負ありだ。お姉ちゃん」

「だ、だから……貴様の『お姉ちゃん』には、魂が籠っていないと言っておるだろう」

痛みを堪える荒い息の間から、キリエは言葉を絞り出す。その姿をまじまじと眺めながらキスクは、にやりと好色そうな笑いを浮かべた。

「黙ってれば、お前相当な美人だな。どうだ、俺の女になるってんなら、命は助けてやってもいいんだぜ」

「御免蒙る。それにこの状況で、貴様がサラトガから無事に脱出する事なぞ、出来る訳なかろう」

そう言われてキスクが周囲を見渡せば、確かに獣人達はかなりの劣勢。制圧されるまでに、もうさほど時間はかからない。そういう戦況だ。しかしそれを確認しても尚、キスクは余裕の表情でキリエを見下ろした。

「いいや、出来るさ。今、丁度良い人質が出来たからな」

そう、キスクはこれを狙っていたのだ。キリエを人質にとる事。それこそが、キスクに唯一残された生還への道であった。

「貴様……最初からそのつもりで」

悔しそうに奥歯を噛みしめるキリエ。それを見下して、キスクは勝ち誇った表情を浮かべる。

「良いね、その顔も良い。気の強い女は好みだ。胸の貧しさについては気にするな。アスモダイモスには、胸を大きく出来る魔術師もいるからな」

その言葉に、キリエは思わず目を見開く。

次の瞬間、キリエの左手が、喉元へと剣を突きつけているキスクの右手を掴んだ。

——無駄な抵抗だ。女の細腕で何が出来る。

キスクがそう思ったのも束の間。万力の様な力で、キスクの右腕が捩じりあげられていく。

「痛ッてててて！　な、何だァ！」

「貴様、ミオ様の話の何を聞いておったのだ。信じたい話を放り込まれると人はたやすく騙される。そう仰っておられただろうが！」

苦悶の表情を浮かべるキスクの頭を、キリエの右手ががしりと掴む。

「か弱い？　確かに私はそう言った。貴様はそう信じたかったのだろうが……」

「おい、何をする気だ！　やめろ！」

「あれは全部、ウソだ」

その瞬間、キスクの頭蓋骨がメリメリと軋む音を立てた。

「ぎゃあああああああ！」

キリエの握力は尋常ではない。

過去には、グスターボが彼女の事を『ゴリラ』と呼んだが為に、腕に関節を増やされ、ボズムスは尻を撫でたが為に指を粉砕骨折。ナナシも同様に頭を締め上げられ、危うく嘆きの川を渡りそうになった事もある。

そして今ここに、新たな犠牲者が誕生しようとしていた。

泡を吹いてがくりと頭を垂れるキスク。キリエは掴んだ頭を乱暴に投げ捨てると「ふう」と一つ息を吐いて、仰向けに寝転がった体勢のまま、櫓の上から覗きこんでいるミオの方へと声を上げた。

「ミオ様！　お聞きになられましたか？」

「ああ、しかと聞いたぞ。キリエ、そいつには（胸を大きくする魔法のことを）洗いざらい喋らせろ。そいつの情報が（貧乳の）我らにとっての唯一の希望じゃ！　首を洗って待っていろ（シュメルヴィめ）」

ちなみに括弧の中は心の声である。おそらく傍で聞いていた者達には、ミオが迫りくる謎の機動城砦への闘志を燃やしている、そう聞こえたことだろう。ところがどっこい、この時、ミオはアスモダイモスの事など、コロッと忘れていたのだから、なかなかに業が深い。

かくして、アスモダイモス軍との、最初の戦闘は終わりを迎えた。

第七章
キャベツ人形

「まだ、復旧できませんのッ！」

ファナサードは苛立ちを隠そうともしない。

ティーカップから立ち昇るハーブティの香りも、その傍に山と積まれたお菓子も、彼女の苛立ちを打ち消すには至らなかった。

「申し訳ございません。技術主任の報告では、未だ原因も特定出来ておらず、復旧の手掛かりすら掴めておらぬ様でございます」

「何とかなさい！」

「はい。しかしお嬢様、もう夜も遅うございます。お目覚めの頃には、復旧を完了させておく様に指示いたしますので、お休みになられてはいかがでしょう」

そう言って、初老の執事が恭しく頭を下げる。

幼少の頃からファナサードの面倒を見てきた彼は、『高飛車ドリル』と悪名高いファナサードを、宥める事ができる数少ない人物として、内外に人望が厚い。名をクリフトという。

無論、このハーブティもお菓子の山も、彼が指示して用意させたものだ。いつもであれば、ファナサードは大体これで機嫌を直すのだが、今日に限っては流石に小手先の物では、どうにもならないらしい。

「そういう訳には、いきませんの！」

ファナサードはクリフトを一睨みすると、八つ当たりする様に、ハーブティを一気に飲み干そうとして、その熱さに舌を焼いた。

ファナサードの苛立ち、その原因ははっきりしている。

問題は、それを取り除く事が極めて困難なだけだ。

何しろ機動城砦ストラスブルは、現在、砂漠の真ん中で立ち往生しているのだ。

機動城砦サラトガから離脱して進むこと、わずか数刻。そんなところでストラスブルの魔晶炉は、何の前触れもなく完全に停止してしまったのである。

そもそも稼働中の魔晶炉が、完全停止したなどという話は聞いたことが無い。

実際、いくら資料を当たってみても前例は見当たらず、仕方無く技術者達も只々闇雲に原因となりそうな部分を弄っては、試行錯誤を繰り返している。

前時代の叡智の結晶、燃料を必要とせず、魔力を生み出し続ける永久機関、それが魔晶炉なのだ。人の手で待機状態にする事は出来ても、完全停止など、しようと思っても簡単に出来るものでは無い。

魔晶炉が停止したのは夕暮れ時。現在は既に正子を越え、深夜に差し掛かろうとしている。

丁度この頃、機動城砦サラトガでは、『傭兵』キスクと『鉄髭』ズボニミル率いる、機動城砦アスモダイモスの先遣部隊との戦闘が勃発しているのだが、ファナサード達がそれを知る由も無かった。

――ファナ、そちらも気を付けてくれ。狙いがわからん分、不気味な連中じゃぞ。

別れ際のミオの言葉が、ファナサードの頭を過ぎる。

魔晶炉の停止というこの異常な事態を、偶然だと考えるのは、流石に虫が良すぎるだろう。何者かの手によって、ストラスブルの魔晶炉は停止させられた。そう考えるべきだ。

この状況に、件のアスモダイモスが関係していないはずが無い。

ならば、狙いは何だ？

口を大きく開けて、ひりひりと痛む舌を外気に晒(さら)しながら、ファナサードは考える。傍(はた)から見ると、ちょっとアホっぽいのはこの際気にしない。どうせ見ているのは執事のクリフトだけだ。

魔晶炉を停止させる意味……。

ストラスブルを動けなくする。それでサラトガへ救援に向かう事は出来なくなる。それは理解できる。だが果たしてそれだけだろうか？

次の瞬間、ファナサードはハタと何かに気付いた様な素振(そぶ)りを見せ、ティーカップを置くと、矢継(やつ)ぎ早(ばや)に指示を出し始めた。

「爺！　私も動力系の階層(フロア)に降ります。今すぐ近衛兵に召集を！　それと皇姫殿下の部屋の護衛をもっと増やしなさい」

「畏(かしこ)まりました。お嬢様」

唐突なファナサードの指示に躊躇(ちゅうちょ)する事も無く応(こた)えると、クリフトは足早に部屋を出て行った。

ストラスブルの足を止められた事で、機動城砦アスモダイモスの狙いが、皇姫ファティマである可能性が強まった。ファナサードはそう判断したのだ。

扉が完全に閉まるのを確認した後、ファナサードは身支度を整え始める。

ゆったりとした部屋着を脱ぎ捨てると短衣(チュニック)に袖を通し、ピッタリとした細身の下袴(ボトム)を履く。鎧まで身につけるつもりは無いが、腰のベルトには愛用の細剣(レイピア)を吊るす。父が愛用していた突剣(エストック)を、彼女が使いやすいように打ちなおした逸品(いっぴん)である。

そして、姿見で自分の姿を眺めて、溜息を吐いた。

問題は髪だ。現在は強引にヘアネットで纏めているが、彼女の髪の量は総やかすぎて、ネットで纏めた状態では、頭の上に大玉のキャベツを乗せている様にしか見えない。寝る時ですら、俯せに寝ざるを得ないサイズなのだ。

いくらなんでも、そんな状態で兵士達の前に出るのは抵抗がある。キャベツ頭などという渾名がつくのは、うら若き乙女としてはあまりにも辛い。流石にいつもの縦巻ロールにしているだけの余裕は無いが、何とかする方法は無いものか。彼女がそう思案し始めたのと同時に、扉をノックする音が部屋に響いた。

「お嬢様、準備が整いましてございます」

「ああ……もう！」

この時ばかりはクリフトの手際の良さが恨めしい。だが、今は見た目を気にしている場合ではない。若干投げやりではあるが覚悟を決めて、キャベツ頭のままファナサードは部屋を出る。そして、「髪型の事を他の者に語ったり、揶揄する者は厳しく罰する」と、集まった二十人あまりの近衛兵達に強く言い含めると、彼らを引き連れて、彼女は下層二階の動力系階層へと下りていく。

この階層の一番奥、厳重に閉ざされた巨大な扉の向こう側に、魔晶炉が設置されている部屋がある。いつもであれば、魔晶炉の放つ温かい光で満たされているこの階層も、今は漆黒の闇に包まれ、重苦しい空気が漂っていた。

「お開けなさい」

巨大な扉の前で、ファナサードは左右の近衛兵に命じて扉を開けさせる。中には技術主任を始めとする工兵達が懸命の作業をしているはずなのだ、鍵が掛かっていようはずもない。近衛兵達が歯を食いしばって引っ張ると、重々しい音を立ててゆっくりと扉が開いていく。

そして、

「うっ……これは⁉」

そこにいた誰もが、一斉に口元を押えた。

扉が開くと共に漏れ出したのは、濃厚な鉄の臭い。咽返るような血の臭い。

薄暗い部屋、そこに広がる血の海の中に、だらしなく腹の突き出た男が一人、背を向けて佇んでいた。

「ふぉっふぉっ、ご無沙汰でございますな。ストラスブル伯様」

「……これは珍客ですこと」

サラトガと接舷している間に入り込めたであろう人物として、半ば予想もしていたし、この男が既に人間で無い事も、ミオから話には聞いていた。しかし実際に対峙してみると、その不気味な威圧感に、なるほど化物とはこういうものなのかと理解する。

頬を滴る一筋の汗を拭いながら、ファナサードは掠れた声で男の名を絞り出した。

「ボズムス卿」

✻

マーネの耳がピクリと動いた。

「どうしたのかしら、マーネちゃん?」

胸に顔を埋めて眠っていた幼女がモゾモゾと動きだし、皇姫ファティマもゆっくりと瞼を開く。

機動城砦サラトガを離れて以来、この幼女は片時もファティマの傍を離れようとはしない。

寝惚け眼を擦りながら、マーネは囁いた。

「あのね、おねいちゃん。マーネのお仕事は、おねいちゃんを守る事なんだよ」

「はい、そうですわね。突然どうしたのかな? マーネちゃん」

「んーとねぇ。おねいちゃん以外の人は守んないよってこと」

「はあ……?」

それだけを言うと、マーネは再びファティマの豊かな胸に顔を埋めて、静かに寝息を立て始めた。

✻

「見ろよあの雲、明日はきっと砂嵐になるぞ」

一人の兵士が指さしたその先には、巨大な黒い雲が垂れ込めていた。

この様子では、ストラスブルの停泊するこの辺り一帯は、明日、相当な荒天に見舞われる事になるだろう。

「ふぁあ、良いじゃねえの。宿舎でゴロゴロしてられるってんなら言う事ねぇよ」

もう一人の兵士は、欠伸交じりにそれに応じる。

機動城砦ストラスブルの城壁の上、見張りに立つ兵士としては、あまりにも緊張感に欠けるやりとりではあったが、接近する機動城砦アスモダイモスの事など聞かされていない、末端の兵士達の事だ。こんな砂漠の真ん中で警戒する必要などある訳が無い。そう考えたところで、誰が彼らを責められよう。

「違げえねえや……ってあれ？　お、おい！　何か近づいてくんぞッ！」

兵士の指さす先、そこにはストラスブルに向かって、徐々に近づいてくる巨大な黒い影があった。

「ありゃあ機動城砦みたいだな。どうやら助けが来たらしい」

「でもおかしくないか？　あの機動城砦。灯りの一つも点いて無ぇぞ」

「あちらさんもあちらさんで、何か問題が起こってんのかもな」

普段であれば接近してくる機動城砦を前に、こんな呑気な会話を交わしている余裕は無い。すぐさま警鐘を打ち鳴らし、戦闘準備に突入するはずだ。しかし、今は状況が違う。このストラスブルには皇家の旗が翻っているのだ。攻撃される心配をする事など、空が墜ちてくる事に怯えるのと大差がない。

兵士達が何をするでも無くぼんやりと眺めている内に、その機動城砦は益々接近してくる。はっきりと目視（もくし）出来るほどに近づいて、そこで初めて兵士達はその異様な姿に気が付いた。

夜が染み込んだかの様な黒い鉄の城門。城壁も上半分は黒い鎧を纏（まと）っているかのように鉄で補強された物々しい姿。『要塞』という表現が似つかわしい黒い機動城砦。

その機動城砦はストラスブルと数十ザールほどの距離を保って停止。兵士達が息を飲んで見守る中、接舷しようとする訳でも無く、そのまま何の動きも見せない。

「……一体、何だってんだ、コイツは」

「襲うつもりで近寄って来たが、皇家の旗を見て怖気（おじけ）づいたんじゃねえか？」

「と、とにかく報告だ」

遅まきながらも、兵士の一人が階段を降りようと段差に足を掛けたその時、自分達のいるストラスブルの城壁の上、この兵士達のいる位置から二百ザールほど向こうを、誰かが歩いている事に気が付いた。

「おい、あそこに誰かいるぞ！」

一瞬、交代の連中が来たのかとも思ったが、それにしては様子がおかしい。

城壁の向こうで不気味に佇（たたず）む紅い満月を背景に、シルエット状に見えるその人物、やたら丸っこい体型のその男は、肩に人間の様なものを担（かつ）いでいる。

男は突然立ち止まると、肩に担（かつ）いでいた物を、あっさりと城壁の外に投げ捨てた。

それは頭の上にキャベツでも載せている様な、おかしな形をした人型。

男が軽々と扱っている様子を見て、兵士達は「なんだ人形か……」と、ホッと息を吐いた。

そして次の瞬間、そのやたら丸っこい男自身も、城壁の外に向かって飛びこんだかと思うと、そのまま数十ザールの距離を跳び、黒い機動城砦へと跳び移る。

そして兵士達が唖然として見守る中、その黒い機動城砦は、悠然とストラスブルから遠ざかっていった。

✻

第八章
ゲルギオス脱出行

✻

ぴちゃぴちゃと水の滴る音が響き、苔生した石畳がブーツの底でぬるぬると滑る。
下水道が脇を走る、暗くそして狭い通路。機動城砦ゲルギオスの最下層に広がる下水道とゴミ処理の階層。

ナナシとアージュは、もう随分長い間、互いに言葉を発する事も無く、そこを歩いていた。

黙って歩いている間にも二人の胸の内では、様々な想いが泡沫の様に浮かんでは、恥じらいの中で打ち消され続けている。

幾百の想いが二人の間を当所も無く彷徨いながらも、言葉という形をとって表出出来たものは何一つ無かった。

互いに頬を赤らめて、俯きがちに歩き続ける二人。あまりにもお互いの事を意識し過ぎて、事有るごとにピクリと身体を跳ねさせる。

もしこの場に他の人間がいたならば、前後に列をなして歩きながら、何度もピクンと身体を跳ねさせる二人を、おそらく近づいてはイケないアレな類の人達だと思った事だろう。

だが、更に二刻ほども歩いた頃、アージュの中で一つの想いがやっと形になった。

「なあ……」

「はいィ!?」

アージュの呼びかけに、ナナシはびくりと身体を跳ねさせて立ち止まる。

その表情は明らかに強張っていた。

「……手」

「手?」

「繋いでいいか……な」

アージュが薄らと頬を染めて、恥ずかしげに眼を逸らし、ナナシは思わず息を呑む。

——誰ぇええ、このヒト!?

目の前のこの慎ましやかな女性が、これまで散々ナナシの尻を蹴り上げてきた女性と同一人物なのだと思うと、ゴーレムに成り変わられているのは、キサラギではなくてこっちなのではないかという疑いさえ湧いてくる。

硬直したままのナナシの顔を、アージュが不安げに覗き込む。

「ダメ……かな」

「いや、あの、その、よ、よろしくお願いします!」

慌ててナナシが手を取ろうとした瞬間、アージュの身体がピクリと跳ねる。つい先ほど、ゴーレムが放った火球で火傷を負っていた事に思い至って、ナナシは慌てた。

「あ、ごめんなさい。火傷、痛かったですか?」

「ううん、違うの。嬉しかった……の」

消え入りそうな語尾。アージュは赤い頬を更に真っ赤にして俯いた。

——ナンデスカ? コノ可愛ヰ生キ物。

ナナシもどう反応して良いか分からず、ただただ顔を赤くして下を向く。

流石にこれは誤解してしまいそうになる。もしかして好意を持たれているのではないか、そう錯覚してしまいそうになる。

ナナシは邪念を振り払う様に、ぶんぶんと頭を振った。

誤解してはいけない。自分は地虫(バグ)と蔑(さげす)まれる存在なのだ。アージュは身体を張って元気づけようとしてくれているだけ。それだけだ。そんな彼女の優しさを、下賤(げせん)な思い込みで汚すなど言語道断だ。

ナナシはあらためて、そう自分に戒(いまし)めた。

そして二人は再び言葉を失い、向き合ったまま黙り込む。

「…………」

「…………」

「まどろっこしいわッ！」もし近くにミオがいたならば、盛大にそうツッコミを入れた事だろう。

しかし、いつまでもこうしてはいられない。ナナシは意を決して話かける。

「ああ、それはそうと、機動城砦の最下層って、こんな地下迷宮(ダンジョン)みたいになってたんですね。ハハハ……」

「う、うん……そうだね。ふふふ……」

それだけを言って、二人はまた沈黙。

……どうしたら良いんだ、コレ。

気まずくも妙に熱に冒(おか)されたような生暖かい空気が、薄暗い地下通路に居座り続けた。

「ア、アージュさん！」

「は、はいッ！」

「い、行きましょう。で、出口はどっちかなぁ～」

自分自身でも白々しいとは思いながらも、ナナシはアージュの指先をつまむと、先に立って歩きはじめる。

しばらくすると繋いだ指先を引かれるままに、無言でついてきていたアージュが、再びナナシを呼び止めた。

「ねえ……」

「はい？」

ふりむいた瞬間、再びナナシは硬直する。

アージュの顔が想像以上に近くにあって、潤（うる）んだ瞳がじっとナナシを見つめていた。

「……やりなおさない？」

「な、何を……ですか？」

「キス」

ピキッという音をたてて硬直するナナシ。アージュの言葉が頭の中で上滑りして、きちんとした形をとってくれない。

「イヤ……かな？」

アージュの睫毛（まつげ）が不安げに揺れ、ナナシはブンブンと首を振った。

頭の中は大混乱。酸素を求める脳が、心臓を馬車馬（ばしゃうま）の様に激しく働かせる。

「だって……さっきのは血の味しかしなかったから。その……やっぱり、あの、初めてのああいうことが、それじゃイヤというか……なんというか。キミは目を瞑ってってくれるだけでいいから……、ねっ」

「わわわわ、わかりました。よ、よ、よ、よろしくお願いします」

ゴクリと唾を飲み込むと、ナナシはぐっと瞼に力を籠めて目を瞑る。

そのあまりにも必死な様子に、アージュはクスリと笑った。

「じゃ、いくよ」

アージュの唇がゆっくりとナナシの唇へと近づいていく、永遠とも思える様な長い時間の果て。唇の先、それがほんの少し触れたその瞬間。

「コラアアアァ！　どこから入り込んだジャリタレどもがああ！」

「「ひゃあ!?」」

ナナシの背後から大きな怒鳴り声が響き渡り、二人は身体を跳ねさせるようにして離れる。慌ててアージュを背中にかばって刀に手を掛けると、ナナシは声のした方へと向き直った。

「まったく、最近の若い者は逢引きするのに、こんなところまで入りこんでくるとは……」

暗闇の向こう側からブツブツと文句を言いながら出てきたのは、一人の老人。手に大きな熊手のような道具を持った、やけに肌の白い老人であった。

「もう朝方じゃぞ。とっとと家に帰れ、このジャリタレが！　仕事の邪魔じゃ」

「す、すみません！」

あの白い肌は年がら年中、日光の届かない所で作業している証左。どうやらこの老人は、この階層で働くゴミ処理の作業員らしかった。

想像するにこの老人は二人の事を、逢引きする為に入り込んだカップルだと思っているらしい。

（誤解とも言い切れないのだが）誤解を解きたいという衝動をぐっと飲み込んで、ナナシは老人へと尋ねた。

「すみません。僕たち道に迷ってしまって……。地上に出るにはどうしたら良いんでしょう？」

「あん？」

老人が不機嫌そうに眉を吊り上げる。

「何を言っとるか。目の前に梯子があるじゃろが」

老人が指さす方向に目を凝らすと薄闇の中、数ザールほど先の壁面に、上へと続く梯子が架かっているのが見えた。俯いたり、目を逸らしたりばかりしていた所為で、それに気が付かなかったのかと思うと、異常に気恥ずかしくなる。

「あ、ありがとうございます」

老人に礼を言うと、二人はそそくさと梯子の方へと歩いていく。その様子を見送りながら、老人は「フン」と不機嫌そうに鼻を鳴らした。

地上へと続く梯子は、流石に三階層分の高さだけあって相当に長かった。両手に火傷を負っているアージュを気遣いながらもどうにか登り切って、ナナシは四角い鉄の蓋を押し上げ、開いた僅かな隙間から外を見回す。

——大丈夫。周囲に人の気配は無い。

音を立てない様に、鉄の蓋を持ち上げて表へ出ると、ナナシは手を伸ばしてアージュを引っぱり上げた。

あらためて周りを見回すと、そこはどこかの公園の一角。生い茂った木々。そのすぐ脇に粗末な小屋が建っている。おそらくあの老人の棲家なのだろう。

顔にあたる早朝の涼やかな風。ゴミ捨て場と下水道の悪臭から解放され、二人して地面にペタリと座り込む。

「やっと出られましたね」

「ああ。だがここからが大変だぞ。今頃、街中は私達を捜す衛兵で一杯のはずだ」

ナナシは思わず目を丸くして、アージュの顔を見つめた。

「な、何だよ、こっち見んな！」

そう言って頬を赤らめながらアージュは、軽くナナシの頬を小突く。

こちらの方が良いとまでは言わないが、アージュの言葉づかいが、先刻までの女の子らしいものから、いつものぞんざいな男言葉に戻っている事に、ナナシはホッと胸を撫で下ろした。

「ここからどうする？」

「宿屋にニーノを迎えに行って、それから脱出します」

アージュはナナシを見据えたまま、こくりと頷く。

「アージュさんは隠してある砂を裂く者を回収して、城壁の所で待っていてください。僕がニーノを迎えに行ってきます」

ナナシのその言葉に、アージュは白地（あからさま）に表情を曇らせる。

「足でまとい……か？」

確かにアージュは今、武器である湾曲刀（シャムシール）を失い、両手に火傷（やけど）を負っている。戦力として捉（とら）える事は難しい。

「違います、そうじゃありません。僕達二人ならともかく、ニーノを連れた状態で衛兵に見つからずに移動するのは難しいと思います。だからニーノを連れ出したら、とにかく走って城壁に辿（たど）り着きますから、直ぐに飛び出せる様にしておいて欲しいんです」

「……分かった。でも約束だからな。ちゃんと私をサラトガまで連れて帰ってくれよ」

「分かってます。必ず、連れて帰りますから」

「……気を付けろよ」

寂しげにそう言ったかと思うと、突然、アージュはナナシの頬に自分の唇を押し当てて、振り向きもせず、城壁の方へと走り出した。

不意を突かれたナナシは立ち尽くして、呆けたようにアージュの背中を見送る。今、起こった出来事を思い返すだけで、腰砕けに座り込んでしまいそうになる。

だが、いつまでもこうしては居られない。

唇の感触を打ち消す様に、自分の頬をピシャリと叩くと、ナナシは市街地の方へと走り出した。

＊

角から通りを覗きこむと、案の定、武装した衛兵達がうろうろと巡回している。

ナナシはあらためてフードを目深に被りなおして、路地裏を縫う様に慎重に移動を繰り返す。そうして何とか宿屋へと辿り着くと、勘定台に人が居ないのを確認して、静かに階段に足を掛けた。

だが、

「おう、旦那さん、お帰り！　散歩かい」

と、背後から声を掛けられ、ナナシの心臓が跳ねあがる。

——大丈夫、宿屋のご主人だ。

ドキドキと治まらない鼓動を気にしながらも、ナナシは自分にそう言い聞かせる。今は瞳の色を隠す包帯は巻いていない。主人に背を向けたまま、平静を装って返答する。

「ええ、気持ちの良い朝ですし、目の調子も良くなって来たので」

「そうかい、そりゃ良かった。兵隊どもがやたらと彷徨いてんのが目障りだが、天気だけは良いからな」

「そうですね。じゃこれで」

ナナシが話を切り上げて、階段を登ろうとすると宿屋の主人が思い出した様に言った。

「そうそう、旦那さんにお客さんが来てるぜ、一応部屋に通しといたけどよ」

「お客さん？」

「魂消たぜ、お前さん、領主様の身内なんだってな」

その瞬間、ナナシの胸の内で、激しい焦燥が火の手を上げた。

宿屋の主人に返事をする事も忘れ、全力で階段を駆け上がると、乱暴に扉を蹴破り、部屋の中へと転がり込む。

「ニーノ！」

ナナシの目に飛び込んで来たのは、壁際にぺたりと背を付けて、警戒感も露わに獣の様な唸り声を上げるニーノと、嫣然と微笑みながら、ベッドに腰掛けるキサラギの姿。

突然飛び込んで来たナナシに驚いて飛び上がるニーノ。一方のキサラギは驚く様子も見せずに、ナナシの姿を見つけると満面の笑みを浮かべた。

「お帰りなさい。待ってたよ、アンちゃん」

「ゴミカス旦那様！　おかしい、この人。ネィ！　人の臭い無い！」

ナナシはニーノに歩み寄って背中に庇うと、腰の得物に指を掛け、キサラギを睨み付ける。

「あんちゃん、そんな怖い顔しないでよぉ。キサラギ寂しいなぁ」

甘える様な声音ではあったが、キサラギの顔にはそれに似つかわしくない、ぺったりと張り付いたような笑顔が浮かんでいた。

「化物、アナタはキサラギじゃありません！」

「酷いなぁ、あんちゃん。私の中のキサラギちゃんが悲しんでるよぉ」

そう言いながらキサラギは、白々しく眉を顰める。

だが、

『私の中のキサラギ』

その言葉にナナシは引っかかる物を覚えて、僅かに動揺する。そしてその瞬間、キサラギの瞳の中に蠢く、妖しい光に目を奪われた。

「アンちゃんは優しいから、キサラギに酷い事なんて出来ないよね。私が傷ついたら、私の中のキサラギちゃんも一緒に苦しんじゃうんだから」

キサラギは寝台を降りると、そのままナナシの方へと、ゆっくり歩みよってくる。慌てて距離を取ろうとしたその瞬間、ナナシは戦慄した。

キサラギから目を離す事も出来なければ、足も全く言う事を聞いてくれない。いくら力を籠めようとも、得物に掛けた指先が僅かに震える程度。どうやら先程、キサラギの瞳の奥で揺らめいた光は、何かの魔法だったらしい。

「んふ。呆気ないなぁ、あんちゃんは。ほんっとにお人好しなんだから」

鼻先が触れるほど顔を近づけられているというのに、顔を背ける事も出来ず、悔しげにナナシの顔が歪む。

「あんちゃん、キサラギと一つになろうよ」

「お……こ……とわり……です」

喉の奥から絞り出したその言葉を、キサラギはクスクスと笑う。

「ま、あんちゃんが嫌がっても、食べちゃうんだけどね」

内容とは裏腹の無邪気な口調。

「それじゃあ、いっただきまーす！」

ナナシの表情が盛大に引き攣(つ)り、恐怖の色がその顔色を染めていく。

鼻先が擦(こす)れあうほどの距離で、いきなりキサラギの顔の中心に、縦一本の黒い筋が走ったかと思うと、そこから頭がぱかりと真っ二つに割れたのだ。

思わず顔を背けたくなるような奇怪な姿。柘榴(ざくろ)を思わせる断面に、ノコギリの刃の様な鋭い牙が整然と並ぶ、食虫植物の様な義妹(いもうと)の有様(ありさま)に一斉に肌が粟立(あわだ)った。

そして、その咢(あぎと)が、目を見開いて硬直するナナシの頭へと覆(おお)い被(かぶ)さろうとしたその瞬間、

「ギャアアアアアアアアアアアア！」

化物じみた悲鳴が響き渡った。

ナナシの背後から飛び出した影が、キサラギの頬を深く切り裂いたのだ。

悲鳴を上げてよろめくキサラギ。真っ二つに裂けた頭部の真ん中で、だらりと伸びた長い舌が苦しげにうねる。

キサラギを切り裂いた黒い影は、ストンと寝台(ベッド)の上に着地すると、ナナシに向かって声を上げた。

「ネィ！　旦那様！　しっかりする」

それはニーノ。彼女の頭からは、ピョコンと三角の耳が飛び出し、手足は髪と同じ赤い毛で覆われていた。

「半獣人(ハーフゾアン)かッ!?」

二つに割れていた頭部を元の状態に戻しながら、老婆の様なしわがれた声でキサラギが叫ぶ。

「ネィ！　もっと半分。ニーノは四分の一(クオーター)ます」

想像もしていなかった出来事に、ナナシ自身も呆然とする。しかしハタと気づくと、足に、腕に、力が戻っている。動く！　身体が動く。どうやらニーノが攻撃してくれたお陰で、ナナシの身体を縛り付けていた魔法が解けたらしい。

「逃げよう、ニーノ！　おいで！」

「ヤー！　旦那様」

ナナシが叫ぶと、ニーノはベッドの上から跳躍し、ナナシの背中へとしがみつく。

次の瞬間、ナナシは背中にニーノを背負ったまま、振り返りもせずに階段を駆け下りて、文字通り、転げる様に通りへと飛び出した。

通行人達が、宿屋の扉を蹴破る大きな音に驚いて振り返る。

ナナシはニーノを背中に背負ったまま立ち上がると、商店が立ち並ぶ大通りを、城壁に向かって全力で駆けだした。

ナナシにしがみつくニーノの姿は、いままでどおり異国の人間ではあるものの、普通の少女に戻っている。

「ニーノ、君(きみ)、獣人(ゾアンスロープ)だったんですね」

ナナシが走りながらそう語りかけると、ニーノはふるふると首を振る。

「ネィ。さっきも言った。獣人(ゾアンスロープ)ない。ニーノは四分の一(クォーター)狼人間(ヴォルフゾアン)ます。旦那様イヤ?」

ニーノのその言葉には、微(かす)かに不安げな響きが纏(まと)わりついている。

しかし、

「いいえ」

と、ナナシは微笑みながら首を振る。

四分の一(クォーター)という事は、父親か母親が半獣人(ハーフゾアン)だったという事なのだろう。貴種(ノブル)ならば忌避(きひ)する者もいるかもしれないが、同じ様に忌避(きひ)される側のナナシが、そんな感情を持つはずも無かった。

「さっきはその力のお陰で助けてもらいましたしね、犬耳姿もかわいいと思いますよ」

ところが、褒めたつもりだったのに、ニーノは何故か、ちょっと引いたような素振(そぶ)りを見せた。

「……ゴミカス旦那様、もしかして幼児性愛者(ペドフィリア)?」

「ちょっとおおお!? 取り返しのつかないレッテル貼られた!? どこで覚えたんですかそんな言葉!

違います! 断じて違いますからね!」

今まで変質者とか色々言われてきたが、流石にそれはシャレにならない。

「それはそうと、その力を使えば奴隷商人のところからも、自力で脱出出来たんじゃないですか?」

「ネィ! ゴミカス旦那様、えーと……ばか? 獣人(ゾアンスロープ)思われる。その場で殺される」

「バカって……。まあ、良いですけど」

苦笑しながらも、ナナシは既に全く別の事を考え始めていた。

――私の中のキサラギ。

あの化物は、確かにそう言っていた。

何度も一つになったと繰り返し言っていた割には、あの化物がキサラギの事を、まるで別人の様に話をしていた事が引っかかる。

身体は作り物で、あの人格もその中に納まっている魂の一つに過ぎないのだとしたら、同じ様にキサラギの魂も、あのゴーレムの中にあるのだとしたら……。

キサラギの魂だけを残して、あの魂を追い出す、そんな都合の良い事ができるのであれば、例え身体はゴーレムだったとしても、もう一度キサラギに会えるのではないか。

ナナシはそんな事を考え始めていた。

いずれにしても、サラトガに戻ってシュメルヴィあたりに相談してみれば、何か方法が見つかるかもしれない。

一度は絶望したものの、ナナシはもう、キサラギの事を諦めるつもりは無かった。

「いたぞッ！」

商店街を走り抜け、十字路に差し掛かったところで、通りの向こうから兵士達の叫び声が聞こえてきた。

城壁に向かって真っすぐに伸びる前方の道には、既に槍を構えた兵士達が密集している。普通に考えれば、少々遠回りになったとしても、十字路を曲がって別の道に逃げ込むところだが、あの化物の事だ、時間を掛ければ掛けるほど、何を繰り出してくるか分かったものでは無い。

「ニーノ！　正面を突破します！」

走りながら姿勢を低くして、愛刀の鯉口を切る。

全く勢いを殺す事なく向かってくるナナシの姿に、一番前の兵士が慌てて槍を突きだした。しかしナナシは、突きだされる穂先を最小限のサイドステップで軽く躱すと、槍の柄に沿ってクルリと回転しながら抜刀、その兵士の槍を真っ二つに叩き斬る。

兵士が「ヒィ！」と喉の奥で声を上げたその瞬間、ニーノの頭にピョコンと三角の耳が生え、ナナシの肩を蹴って、兵士達の背後へと跳躍した。

慌てて他の兵士達が剣を振り下ろすと、ナナシはそれを躱す様に、槍を折られて慌てる兵士の股下を、足から滑り込んで潜り抜ける。そして立ち上がり様に進路を塞いでいる目の前の兵士を、下から逆袈裟に切り上げた。

しかしナナシはまだ止まらない。更に返す刀で、剣を振り上げていたもう一人の兵士を一刀の下に斬り伏せ、その兵士の胸元を正面から蹴り倒して駆け抜けると、その背中に空中から降ってきたニーノが再びしがみついた。

それは当に一瞬の出来事。斬られた兵士達が呻きを上げて倒れこみ、周りの兵士達は唖然としてナナシの姿を見送る。そんな中を、ナナシは速度を落とす事なく駆け抜けた。

しかし、これで終わりでは無かった。

「ゴミカス旦那様、ヒト無い臭い来る。大きい！」

ニーノがそう叫んだ瞬間、重厚な破砕音が響き渡り、呆然とナナシを見送っていた兵士達が一斉に悲鳴を上げる。飛び散る石礫、音を立てて倒壊する家屋。人の三倍はあろうかという、巨大な生物が家屋の壁面を突き破って飛び出し、逃げ惑う兵士達を踏みつけにしていく。黒光りする甲殻(こうかく)に、節のついた八本の足。尻尾を高く振り上げ、両手のハサミを威嚇(いかく)するように広げながら、それは恐ろしい速さでナナシ達を追跡し始めた。

「巨大蠍(ヒュージスコーピオン)!?」

砂漠のど真ん中ならいざ知らず、機動城砦のど真ん中に化物。しかも、どういう訳かそれは他の人間には目もくれず、真っ直ぐにナナシ達を追いかけてくる。

「実はニーノの友達だったりとか、しません?」

「ネィ！　ニーノにも友達選ぶ権利あるます」

「……ですよねぇ」

そんな軽口を叩いている間にも、巨大蠍(ヒュージスコーピオン)は、がさがさと音を立てながら、二人の方へと迫ってくる。

「ゴミカス旦那様、アレ速い！　追いつかれる！」

後ろを振り返れば、既にナナシ達と巨大蠍(ヒュージスコーピオン)の間に、ほとんど距離が無くなっている。

巨大蠍(ヒュージスコーピオン)が両腕の鋏(はさみ)を振り回す度に、ナナシの背中にしがみついているニーノの髪が、ばさばさと音を立ててはためき、ニーノは「ひっ！」と喉の奥でしゃくり上げた。

「ゴミ！　ニーノもう無理！　先行く！」

とうとう耐えかねて声を上げるニーノ。名前を最後まで口にする余裕も無く、とうとうゴミ呼ばわりである。

ニーノは再び獣人化すると、ナナシの肩を踏み台にして、前方に向かって一気に跳躍。走るナナシのずっと前へと着地すると、振り返る事も無く、当(まさ)に獣の様に四つん這いになって走り去っていく。

「速っ！」

四分の一とはいえ獣人。誰がどう見てもナナシより断然、足が速い。

「なんで僕にぶら下がってたの!?」

巨大蠍(ヒュージスコーピオン)がすぐ後ろまで迫っているというのに、しっかりツッコむあたり、未(いま)だにナナシには余裕が感じられる。

しかし、実情としてはかなりマズい。振り向けば今、当(まさ)に巨大蠍(ヒュージスコーピオン)がナナシの胴体を挟むべく、両側から鋏(はさみ)を振りおろすところであった。

「くッ……！」

咄嗟(とっさ)にナナシが地面へと倒れこむと、巨大蠍(ヒュージスコーピオン)は鋏(はさみ)を振り回しながら、ナナシの上を通り過ぎる。おそらく巨大蠍(ヒュージスコーピオン)の眼にはナナシは消えた様に映ったことだろう。八本の脚が舞い上げた土埃(つちぼこり)に顔を顰(しか)めながら、ナナシは意を決する。

巨大蠍(ヒュージスコーピオン)の後から、兵士達が追って来る様子は無い。ならばここで仕留めてしまう方が確実だ。

素早く立ち上がると、ナナシはすらりと刀を抜く。鞘(さや)に納めた状態からの抜刀だけが『ジゲン』の技ではない。ただ、どの技にも共通しているのは、その精神(ポリシー)。

——一撃一殺。

目標を見失った巨大蠍(ヒュージスコーピオン)は足を止めると、気色の悪い足を蠢(うごめ)かせて、その場で旋回(せんかい)する。そして三対六つの目が再びナナシを見つけると、間髪入れずに、土煙を上げながら恐ろしい勢いで走り寄ってきた。

上段の構え。前後に小さく足を開き、重心を心持ち前に倒す。

ナナシの目前まで迫ると、巨大蠍は威嚇する様に大きく左右に鋏を広げ、毒針のついた尻尾を高く跳ね上げる。

鋏で獲物を掴み、尻尾の針で毒を注ぎこむ。そして動けなくなった所を捕食する。それが蠍の狩りのやり方だ。どれほどガタイが大きくなった所で、それは変わらない。

だが、捕食者と獲物の関係。この蠍はそれを見誤っていた。

ナナシは砂漠の民なのだ。蠍と言えば食糧、それも食卓に並ぶ付け合せでしかない。

ゆらりと倒れこむ様な動き、神速の踏込。大きく左右に広げた鋏の間にナナシが突然姿を現す。そして次の瞬間、上段に構えた刀を凄まじい勢いで振り下ろした。

——兜割り。

胸部と境目のない蠍の頭が真っ二つに割れて、綺麗な断面を外気に晒す。そしてその断面から染み出した黄色の体液がボトボトと音を立てて滴り落ち、巨体を支える八本の足がズルズルと横へと大きく広がって、最後には重厚な音を立てて、地面に胴体が横たわった。

刀を一振りして鞘に納めると、ナナシはその断面をまじまじと眺める。

「大味そうな感じですね。食べるのは無理かな？」

巨大蠍が倒れたのを見て、建物の影からニーノがぱたぱたと走り寄ってきた。

「すごい！　ゴミカス旦那様、強い！　意外！」

「別に強くは無いですけど、料理は割と得意なんです」

「料理？」

ニーノが首を傾げた途端、再び遠くの方から、多くの人間の足音が聞こえて来た。

「いたぞ！　あそこだ！」

「のんびりしてる場合じゃないですね、いきましょう、ニーノ！」

「ヤー！」

そう答えるとニーノは、すかさずナナシの背中へとしがみつく。

「ちょ、ちょっとニーノ、自分で走ってくださいよ！　キミ、さっき凄い勢いで走ってたよね」

「ネィ、何言ってるかわからない」

この娘は意外と大物かもしれないと呆れながらも、ナナシは再び駆け始めた。

先ほど巨大蠍を屠る姿を見ていた野次馬達は、自分達のいる方へとナナシが向かってくると、悲鳴を上げて逃げ惑う。ちょっとした化物扱いに少し傷つきながらも、ナナシは走った。

暫くすると、前方に城壁へと続く階段が見えてきた。見上げてみれば城壁の上、階段を登り切った辺りで、アージュが手を振っているのが見えた。

「ニーノ！　もうすぐです」

「ヤー！」

ナナシは階段を駆け上がる。だが、流石に疲れている事は否めない。身体は汗にまみれ、呼吸は荒く、鼓動は激しい。城壁の中段に差し掛かった辺りで、足を止めて通りの方を見下ろすと、追っ手の兵士達は未(いま)だ階段の下までは辿(たど)り着いておらず、そのずいぶん手前辺り。だが先ほどまでとは比べものにならないほどの人数が、殺到して来ているのが見えた。そしてナナシは思わず目を見開く。兵士達の一群、その最後尾に紫のローブを纏(まと)った一団がいる事に気付いたのだ。

――魔術師！

ナナシがそれに気付くのとほぼ同時、その一団の辺りに、次々と赤い光が灯っていくのが見えた。

「ニーノ！　伏せて！」

ナナシと、その背から飛び降りたニーノが階段の段差に隠れる様に身を伏せたその刹那(せつな)、頭上を凄まじい熱の塊(かたまり)が通り過ぎ、石畳が弾け飛ぶ。それは火球(フィアンマ)の魔法。大量の火球がナナシ達目掛けて殺到し、着弾とともに次々と火の手が上がっていく。何とか直撃は避けられたとはいえ、階段の上で盛大に燃え盛る炎が行く手を阻んだ。

「もう少しなのに！」

ナナシは悔しそうに顔を歪め、燃え盛る炎を見上げる。ところがその瞬間、炎の壁を突き破って、何かが飛び出して来るのが見えた。

「止まんねえ！　ちくしょう！　止まんねえぞ、これ！」

それは鈍色(にびいろ)の流線型――砂を裂く者(サンドスプリッター)。

その上にはアージュが四つん這いの情けない恰好でしがみついて、大声で喚(わめ)き散らしていた。

「後ろ！　後ろに体重を掛けてください！」

アージュが慌てて、尻餅をつく様に後ろへと反(そ)り返ると、彼女はそのまま鉛板(なまりいた)から転げ落ち、「うわ、わ、わ、わ、わ」と階段一段毎に「わ」という声を上げながら滑り落ちてくる。一方、乗り手を失った砂を裂く者は、すっぽ抜ける様に宙に向かって高く跳ね上がると、重力に牽かれて落下、ナナシの鼻先を掠め、ビィン！　という音を立てて石畳に突き刺さった。

「あ、あわわ……」

あと数センチ、いや数ミリずれていたら、この鉛板が脳天に突き刺さっていたかと思うと、思わず全身から血の気が引いて行く。

「な、なんて無茶な事するんです、アージュさん！」

地面に座り込んでぶつけた腰を擦っている擦り傷だらけのアージュを、ナナシは思わず怒鳴りつける。

「だってよぉ……。助けなきゃって思ったらさ……」

アージュは消え入りそうな声で、しょんぼりと項垂れた。

怒鳴るナナシ、しょんぼりするアージュ。

それはこれまでの二人を知る者が見れば、目を疑う光景であったことだろう。

「……でも助けに来てくれて、嬉しかったです」

そう言って相好を崩すナナシに、目尻の涙もそのままにアージュは頬を膨らませる。

「遅いぞ」

アージュが立ち上がって、ナナシに駆け寄ろうとしたその瞬間、ニーノが二人の間に立ちふさがった。

「ネィ、奥様、そーいうのは後」

言われて見てみれば、確かにのんびりしていられるような状況ではない。

「むうう……後で覚えてろよ、ニーノ」

アージュは不満げに頬を膨らませると、石畳から砂を裂く者(サンドスプリッター)を引き抜いて、地面に横たえる。そしてナナシとアージュの身体でニーノを挟むように鉛板(なまりいた)に乗り込むと、即座に砂を裂く者(サンドスプリッター)下部の精霊石が光りを放ち、静かに宙に浮かびはじめた。

「二人とも後ろに体重を掛けて下さい！」

ニーノとアージュがゆっくりと後ろに身を反(そ)らせると、反対にナナシが前傾姿勢をとる。すると砂を裂く者(サンドスプリッター)は先端を跳ね上げたまま、階段を上へと滑走し始めてそのまま加速、一気に炎の壁を突き破った。

しかし敵も指を咥(くわ)えて見ていてくれる訳では無い。階段を駆け上がる砂を裂く者(サンドスプリッター)を狙って、再び無数の火球が殺到する。火柱が行く手を阻み、それを巧みに掻(か)い潜(くぐ)って、遂にナナシ達は城壁の上へと到達した。

「飛び降ります！　しっかり掴(つか)まっててください」

「また落ちんのかよ……」

アージュの嘆(なげ)きを聞き流して、ナナシはそのまま城壁の外へと飛び出すべく、更に加速する。

城壁を飛び出せば、そこにあるのは見渡す限りの砂の海……そのはずだった。

しかし加速するナナシ達の視界。そこに唐突に現れたのは巨大な腕。不格好な箱を積み重ねたような砂の巨人が、城壁に片腕を掛けて機動城砦に引き摺られながら、向かってくるナナシ達に拳を振り下ろそうとしていた。

「砂巨兵!?」

思い起こせば、ゲルギオスを追撃するサラトガの進路を塞いだのは、三体の砂巨兵。ここでゲルギオスが砂巨兵を繰り出してくる事に、何の不思議も無い。

「アージュさん！　ニーノ！　しゃがんで！」

ナナシは素早くしゃがみこんで、足元の板を右手で掴むと力任せにそれを傾ける。反転する様な急制動で左へ旋回。振り下ろされた砂巨兵の拳が石畳を穿ち、砕けた城壁が礫となって飛び散る。立ち昇る土煙、顔を打つ砂粒に眉を顰めながら、ナナシ達は体勢を立て直すと、砂を裂く者を駆って、あろうことか砂巨兵へと突進。砕けた城壁に未だ埋もれたままの拳の上を滑って、巨人の腕の上を駆け上がっていく。

「ヴォオオオオオォォォォォオオオオン！」

陽光が鉛板に反射して煌めき、それを追う様に顔を向けて咆哮する砂巨兵。その眼前を横切り、肩を乗り越えて、ナナシ達は一気にその巨体の背後へと飛び出した。

「あははッ！　すげぇぞ！　おもしれーぞ、これ！」

「ニーノ目が回るます〜」

声を上げて燥ぐアージュ。ぐったりするニーノ。

城壁に砂巨兵の上半身分を加えた、これまでに経験した事もない高さ。視界は当に鳥の如く、地平線は澄み渡った空の色（コバルトブルー）と、乾いた砂漠の色（イエローオーカー）が混じりあって、白く霞（かす）んでいた。

やがて大きく宙にアーチを描いて地面に落下、襲ってくる激しい衝撃を横滑りしながら巧みに殺して、砂を裂く者（サンドスプリッター）は盛大に砂煙を巻き上げながら徐々に速度を落とす。そして、三人は咳（せ）き込みながら、纏（まと）わりついてくる砂煙を腕で払った。

「二人とも、大丈夫ですか？」

「ああ、なんとかな」

「だいじょぶます」

今の曲芸じみた一連の動きは、ナナシにとっても賭けとしか言い様が無かった。もう一度やれと言われても出来る気がしない。よくうまく行ったものだと小さく嘆息（たんそく）すると、遅れて背中を冷たい汗が流れ落ちた。

砂巨兵（サンドゴーレム）を壁面にしがみつかせたまま、ゆっくりと遠ざかっていくゲルギオス。

陽炎（かげろう）の向こう側へと溶（と）けていく機動城砦を見送って、ナナシは静かに目を閉じる。

――キサラギ、僕は必ず戻ってきます。

そんなナナシを心配そうに見つめていたアージュは、背後から静かに手を伸ばて、ナナシの髪を優しく撫でる。

「……アージュさん、僕、子供じゃありませんよ」

「うるせぇ、みたいなもんだろうが」

口を尖らせるナナシをアージュが睨（にら）み付け、そして二人して苦笑する。

「帰るか！」

「帰りましょう！」

アージュが楽しそうに声を上げると、ナナシが笑顔で応(こた)える。

そして二人の間に挟まれたままのニーノが、

「奥様、くっつきすぎ、ニーノはさまる。暑い！　痛い！」

と、不満を口にすると、ナナシとアージュは思わず顔を見合わせて噴き出した。

中天へと駆け昇って行く午前の太陽。それを北西へと進路を変えた鉛色(なまりいろ)の流線型が反射する。そして、三人の燥(はしゃ)ぐ声が、乾いた風に乗って砂漠を渡っていった。

第九章
横っ面をブン殴ってやれ

「うぅ……あ、暑い」

「も、もう少しの辛抱ですから、我慢してください」

ゲルギオスから脱出して、僅(わず)か数刻。

ナナシとアージュは何故(なぜ)か、灼熱の砂漠の只中(ただなか)で、頭だけを出して砂に埋もれていた。

「これホントに効果あんのかよぉ……」

「大丈夫です。信じてください。砂漠の民の生活の知恵ですから」

「まあ、お前がそう言うんなら信じるけどよぉ……」

そう言ってナナシの方へと顔を向けたアージュは、思っていたよりも近くにナナシの横顔を見つけて、顔を赤らめながら目を逸(そ)らす。

そんな暑苦しい二人を他所(よそ)に、ニーノは砂に突き刺した砂を裂く者(サンドスプリッター)の影に入って、時折吹くそよ風に髪を撫でられながら、気持ちよさそうに眠っていた。

なんでこんな事になってしまったのか。

ゲルギオスからの決死の逃避行の末、砂を裂く者(サンドスプリッター)に乗った三人は、順調に北西へと向かって疾走していた。

しかし、二人の間に挟まれていたニーノが、突然こう訴え始めたのだ。

「もうダメ、二人ともくさい。生ゴミくちゃい」

それもそのはず、ナナシとアージュは生ゴミと下水の階層(フロア)に一晩近くいたのだ。それどころか実際に生ゴミの山に落ちて、それに塗(まみ)れてさえいる。

臭って当然。

少々水を被ったぐらいで、臭いが落ちるのなら、世の中に香水などという物が存在する余地は無い。

ナナシ一人の臭いならまだしも、『生ゴミの化身』とも言うべき二人に挟まれては、例え四分の一とはいえ、嗅覚に優れた獣人であるニーノに我慢できようはずもない。

それに、どれほど男勝りとは言っても、アージュも恋する乙女の端くれである。意識している相手の前で臭いとまで言い切られてしまっては、流石に心中穏やかでは無かった。

かくして「焼けた砂には、消臭効果があります」というナナシの、根拠の乏しい主張に従って、二人して砂に埋もれているという訳である。

つい数刻前までの緊張感はどこへやら。

だが、こんな緊張感の欠片も無い光景があるかと思えば、同時刻、同じ砂漠の上には、極限状態にまで緊張感が膨れ上がっている場所もある。

この三人の目指す先、機動城砦サラトガが、今、当にそれであった。

＊

「嵐が来る……か」

五十ザールにも渡って、城壁の崩れ落ちた一画。砂洪水の爪痕生々しいその一画だけを眺めてみれば、崩壊した古代遺跡の様にも見える。

今、剣姫はその場に立って、崩れた城壁に手を掛けながら、その向こう側に広がる砂漠を静かに眺めている。

晴天が常の砂漠には珍しく、遠く東の空には、黒く重苦しい雲が垂れ込めていた。

「敵はあの雲の方からやってくるのですね」

暗雲の中を時折、稲光が駆け巡る。

剣姫の眼に、それはあまりにも不吉に見えた。

剣姫の故国、永久凍土の国には、『嵐の使者(ストームブリンガー)』という伝承が残されている。

それは蒼ざめた馬に跨(またが)った騎士が、嵐と共に現れて、不幸を運んでくるという不吉な物語。

夜、いつまでも眠らない子供がいると、親達は決まってこう脅(おど)す。「良い子にしないと『嵐の使者(ストームブリンガー)』がやってくるぞ」と。

剣姫はそっと胸に手を当てた。

——胸騒ぎが治まらない。

「まさか、主様の身に何か……」

残念ながら、これは完全に気のせいであった。

この時、彼女の主は、呑気(のんき)に砂に埋もれていたのである。

胸騒ぎが気になるならば、不整脈(ふせいみゃく)を疑った方が良いだろう。

閑話休題(それはともかく)。

今、剣姫の傍に人影は無く、周囲からは物音一つ聞こえてこない。

ここだけに限った話では無い。サラトガ全体が、無人の廃墟のように静まり返っているのだ。

それは死者の静謐では無い。寧ろ、虎視眈々と息を潜めて獲物を狙う野獣の沈黙、それに似ている。

今、剣姫の足下の地面は、しとどに濡れている。つい先程まで多くの兵士達が、ここで大量の水を撒いていたのだ。この砂漠に住まう者にとって、宝石にも等しいはずの水を、だ。

この時間、サラトガの真上には、太陽が燦々と輝いている。

中天こそ過ぎてはいるが、午後の日差しは甚だ厳しい。水に濡れた地面からは、濛々と湯気が立ち昇り、この一画の湿度はうなぎ昇り。しかし、そんな最中にあっても剣姫の表情は涼しげで、汗一つ滲ませる様子は無い。

降り向けばサラトガ城の方からは、幾筋もの煙が立ち昇っている。

無論、サラトガ城は燃えてはいない。が、相手にはそう思い込ませる必要があるのだ。

剣姫は、再び砂漠へと視線を移す。

その視線の先、地平線の向こうから、黒い影が這い出てくるのが見えた。

夜の色に染め上げられた機動城砦が、砂塵を巻き上げてサラトガへと向かってくる。

——嗚呼、『嵐の使者』がやって来る。

ならば、その不幸とやらを、主が戻るその前に、全て刈り取ってみせましょう。

剣姫はその黒い機動城砦を眺めながら、静かに口元を引き結んだ。

＊

剣姫が地平線の向こうに、黒い機動城砦の姿を見止めた頃、サラトガの艦橋でも精霊石板上に、それが映し出されていた。

「あれが機動城砦アスモダイモス……ずいぶんと禍々しい姿をしておるのう」

艦橋の最後方、一段高い位置にある自席に腰を埋めて、ミオが呟いた。

しかし、その呟きは誰にも伝わらず、壁にぶつかって、虚しく床の上へと転がり落ちる。

いつも傍に控えているはずの、キリエの姿はここには無い。

昨日の戦いで負った傷は想像以上に深く、キリエは現在、病室の病床の上。そしてその妹ミリアも、全ての策をミオに預けて、今は病室に付き添っている。

「接触までどれぐらいじゃ」

「半刻……もっと早いかもしれません」

艦橋乗員の一人が立ち上がり、自信無さげにそう答えた。

「半刻か……」

口の中でその言葉を転がしながら立ち上がると、ミオは窓へと歩み寄って、城の周囲を見下ろした。

そこには異常な光景が広がっている。城から放射状に伸びた鎖。それに無数の人間が、鈴なりにしがみついているのだ。

ここにいる艦橋乗員達と、城の周囲で焚火を煽いで、しきりに煙を立てている工兵達を除けば、その数はサラトガ軍のほぼ全員といっても良い。

逆に敵が接舷しようという城壁の周囲には、破損区域にいる剣姫を除けば、誰一人配置されていない。

迎え撃つ兵の一人も配置しないという事は、無抵抗に降伏しようとしている。敵はそう捉えることだろう。だが、ミオを始めサラトガの兵士達に、降伏するなどという考えは微塵も無かった。

「やれるか？」

ミオは艦橋乗員の中でも、特に古参の一人に問い掛ける。

「ミオ様がやれとおっしゃるならば」

その乗員が冗談めかしてそう答えると、ミオはそれに笑顔で応えた。

✻

精霊石板越しに敵の姿を捉えているのは、なにもサラトガ側だけでは無い。

同じ頃、機動城砦アスモダイモスの艦橋には、映し出された機動城砦サラトガの無残な姿に、早くも戦勝ムードが漂っていた。

精霊石板に映るサラトガは、廃墟のような様相を呈している。

城壁の上に兵の姿は無く、その城壁そのものも一角が五十ザールにも渡って崩れ落ち、そこにもやはり人影は見当たらない。更には中央の城の辺りからは、黒い煙が幾筋も立ち昇っているのだ。

どう見ても陥落寸前。そうとしか捉えようが無かった。

「ふむ、先遣部隊は、どうやら上手くやった様だな」

艦橋後方の一段高い位置にある席、そこで厚手の白いローブに埋もれる初老の男――アスモダイモス伯サネトーネは、長く伸びた髭を摘まんで、こよる様に弄びながら言った。

彼は瞼こそ弛んで老いさらばえた牧羊犬の様であったが、その下の眼は、未だにギラギラと妖しい光を放ち、長身痩躯、蒼白くこけた頬が、病的な神経質さを伺わせる男であった。

先に送り込んだズボニミルとキスクが、サラトガ城の占拠に成功しているのならば、多少残党の抵抗があったとしても、サラトガ全てが手中に落ちたも同然である。

「存外、呆気無いものだな」

サネトーネはすぐ脇に立っている、暗緑色のローブの男へと囁く。

しかし、男は身じろぎ一つせず、返事を返そうという気配も無い。領主に対するその不遜な態度に艦橋乗員達は、反感を覚えるよりも先に、サネトーネが怒りだす事を想像して、首を竦める。

しかしサネトーネは、怒るわけでも無く、ただ静かに目を閉じた。

これで本当に終わるのならばそれで良い。そうであれば、まどろっこしい策謀など使わずに済む。

――貴様の復讐を成し遂げた暁には、私の計画に全てを捧げて貰う。

サネトーネは、直ぐ隣りで佇んでいる暗緑色のローブの男と交わした契約に、思いを馳せる。

この男は、既に次の段階に向けて動き始めている。

数日前には一番弟子である『無貌（フェイスレス）』に新たな使命を与えたと聞いている。そしてサラトガを葬った後、サネトーネが為すべき事も既に提示されている。

何ともせせこましい話ではあるが、それはそれで構わない。

サラトガを、サラトガさえ、一片も残らぬ様に燃やし尽くしてしまえるのであれば、後はどうなろうと構いはしないのだ。

状況を見る限り、サラトガの命運は尽きたも同然。

しかし、サネトーネは毛の一筋ほどの油断も見せるつもりは無かった。

本来、戦争とは数の論理で測るべき物だ。敵の戦力を上回る戦力を用意する事こそ、軍略の基本であり王道。だからこそ、あの銀嶺の剣姫（バランスブレイカー）に対抗する為に、遠くネーデルまで紅蓮の剣姫を求め、獣人（ゾアンスロープ）を買い集めた。

本来ならば、敗れる要素は何もないはずだ。

だが、唐突に盤上を荒らす者がいる。

有利に進めていた戦局をテーブルごと、くるりとひっくり返す理不尽な存在がある。

それがあの家政婦（メイド）だ。

今、アスモダイモス伯サネトーネを名乗っているこの男を、生前散々に打ち破り、命を奪ったのは、銀嶺の剣姫でも悪魔憑（つ）きの男でもない。

結局、あの小賢（こざか）しい家政婦（メイド）の策謀なのだ。

——罠ではないか？

この機動城砦サラトガを包む静けさも、サネトーネにはそう思えて仕方がない。恐らくあの家政婦（メイド）が敵軍にいる限り、何をしようとも、そのトラウマにも似た思いは消えはしないのだろう。

だからこそ、サネトーネは慎重に策を実行に移す。接舷が完了した時点で、サラトガが手も足も出ない状態まで持って行かねばならない。

通常、機動城砦同士が接舷する際には、側舷（そくげん）を並べて橋を渡す。しかし今、アスモダイモスはサラトガの左舷、その中央に向かって正面から接近している。

これを上空から俯瞰（ふかん）してみれば、両者の位置関係は最終的にT字の形となるはずだ。

もちろん、これには深い理由がある。

一部を除けば、通常、機動城砦の正面には魔術砲（マギドライバー）が設置されている。もちろんアスモダイモスもその例に洩れない。

ただ、この魔力砲（マギドライバー）を実際に放つ事の出来る機動城砦は、実はそれほど多くは無い。というのも、それを撃つ魔術師が、一人でその膨大な魔力を賄（まかな）わなくてはならないからだ。

例え発射出来るだけの魔力を持った魔術師を抱えていたとしても、一発撃ってしまえば、その魔術師は数日は使い物にならない。戦略的に考えるならば、ほとんど意味の無いものだ。

しかし今回に限って言えば話は別。動けないサラトガにこの形で接舷すれば、サラトガはどてっ腹に巨大な剣を突きつけられたも同然。

この場合、実際に撃てるかどうかが問題なのではない。撃たれるかもしれない、そう思わせる事が重要なのだ。抵抗（ホールドアップ）すれば撃つ。そして詰み（チェックメイト）。そうなってしまえば、如何（いか）にあの家政婦（メイド）が悪魔の様な策謀を巡らせようとも、もう遅い。サラトガの生殺与奪権は、全てサネトーネが握る事になるのだ。

サネトーネは、再び精霊石板（モニター）に目を向ける。

それは今当（まさ）に、サラトガの側舷へと、アスモダイモスの正面が押し付けられる瞬間であった。

「ハハハッ！　やった！　やったぞ！」

サネトーネは子供のような燥（はしゃ）ぎ声を上げた後、やにわに椅子から立ち上がり、周囲の驚いた顔に気づいて咳（せき）払いをする。そして別人の様に顔を引き締めると、艦橋乗員達（ブリッジクルー）にこう宣言した。

「架橋（かきょう）次第、速やかに進撃せよ。抵抗しようがしまいが構わん、一人残らず殺せ。我々の目的はサラトガの占領ではない。殲滅（せんめつ）である。この地上からサラトガという機動城砦が存在したという痕跡（こんせき）を、何一つ残さず消し去るのだ！」

＊

機動城砦サラトガの左舷中央に、鼻先をくっ付けるようにして、アスモダイモスは停止した。

艦橋（ブリッジ）の精霊石板（モニター）に映るのは、アスモダイモスから次々と屋根付き梯子（サンビューカ）が架橋されて行く光景。

屋根付き梯子（サンビューカ）を伝って、装備を黒一色に統一されたアスモダイモス兵が、続々と城壁に降り立つその様子は、群がる蟻の大群を思わせた。

「我慢……我慢じゃ。我慢……我慢……我慢……」

大量の蟻に群がられる想像に怖気（おぞけ）を感じて、ミオの腕にはぷつぷつと鳥肌が立っている。不快、あまりにも不快。その不快さに顔を歪めながら、ミオは唇を噛みしめる。

もう少し……もう少しじゃ。

城壁に降り立つ敵兵は凡そ三千を数え、その一部は市街地へ向かって、整然と階段を駆け降り始めている。そして、その数が遂に四千に届こうかという時、屋根付き梯子を渡ってくる敵兵が途切れた。

――ここが限界だ。

ミオは腕を振り上げ、あらん限りの声を上げて命令を下す。

「警報音を鳴らせ！」

途端に乗員達が慌ただしく動きだし、静寂を切り裂いて、警報音が唸りを上げる。

サラトガの城壁に一定間隔で埋め込まれた精霊石が、明滅しながら次々に叫び声を上げた。

火のついた様に泣き喚く、赤子の声にも似た長吹鳴の警報音。それはサラトガ全域に木霊して、城壁の内側で反響。輪唱のように三重にも四重にも響き渡った。

「な、なんだ！」

突然の大音響に、サラトガの城壁へと降り立ったアスモダイモス兵達の間に動揺が走る。

或る者は及び腰でキョロキョロと周囲を見回し、或る者は仲間の背に隠れる様にそっと移動、また或る者は虚勢を張ってビクついた者を笑う。

「怯むな、馬鹿者どもが！　こんなものは虚仮脅しに決まっておるだろうが！」

浮き足立つ兵士達の只中で、巨大な戦斧を携えた赤毛の大男が味方の兵達に向けて、大音声で叫ぶ。

『鉄髭』ズボニミルと並び称される、アスモダイモスの将軍『酒樽』モルゲンであった。

尚も不安げな兵士達を蹴散らす様に追い立てながら、モルゲンは再び叫ぶ。

「征け！　征け！　駆け下りろ！　隠れて怯えているサラトガの弱兵どもを蹴散らしてやれ！」

その声に触発されたのか、はたまた得体の知れない警告音よりも、モルゲンの剣幕の方を恐れたのか、アスモダイモスの兵達は、雄叫びを上げながら次々に階段を駆け下り始める。

しかしその直後、一人の兵士が上げた声に、多くの者が再び足を止めた。

「あそこに誰かいるぞ！」

兵士が指さしたのは、城とは真逆の方角。

城壁の上からでは、直線距離にしても数百ザール先の破損した城壁の辺り、更地になった一画だ。

「おう、女じゃねえか！」

「ありゃあ、たぶん相当佳い女だぞ！」

訓練された兵士とは言っても、男である事には変わりは無い。

佳い女という言葉に反応して、足を止める者が俄かに増え、ざわめきが漣のように伝播していく。

数百ザールという距離ながら、その女は遠目からでも分かるほどの美貌。

無論、細かい表情までは分かるはずも無いが、青のドレスに包まれた、すらりとした痩躯に風に靡く銀の髪。纏う雰囲気の気高さまでもが、風に乗って伝わってくる様だった。

これから攻め入ろうというサラトガ城とは真逆の方角ではあるが、何とか将軍達に気付かれぬように隊列を抜けて、そちらへ向かう方法は無いものかと思案し始める兵士達。

接舷され、屋根付き梯子を架橋される段になっても、兵士の一人すら姿を見せない不気味さに、例え女の一人であろうと、姿を見せたことに内心ホッとしたという事もある。だが、それ以上に戦勝ムードに酔っているからこその為体だと言えよう。

一方、剣姫の方でも、城壁の上からの不躾な視線には、もちろん気付いている。しかし、態々それを咎める事はしない。

殊更鼻に掛けるつもりは無いが、自分の美貌に気付かぬ振りをするほど、腹黒くも無いのだ。無遠慮な男達の視線が不愉快で無いと言えば嘘になるが、寧ろ、これから彼らを襲うであろう不幸を思えば、憐みの念が上回る。

鳴り響く警報音。それこそが蹂躪の狼煙。

無作法にも他家の庭へと、土足で踏み込んだ愚か者達へと告げる、終末の笛。彼等が天に召される為の階段、その一段目を積み上げる事こそが、今日この時、彼女に与えられた役割なのだ。

剣姫はゆっくりと崩れ落ちた城壁、その空隙へと歩み寄りながら囁く様な声で、ぽつりと聖句を唱える。

「氷結」

声の大きさと、魔法によって引き起こされる事象の規模に、相関関係は無い。

刹那、囁く様な声とは裏腹に、パキパキという派手な音を立てながら、地面から立ち昇る湯気が凍り付いていく。それは剣姫の足元から伸びて、まるで無数の茨が蔦を伸ばす様に、幾重にも絡まり、纏わりつきながら、ぽっかりと空いた城壁の裂け目を埋めていく。そして最後にはピシッ！　という一際高い音を立てて膨れ上がり、完全に城壁の裂け目を埋め尽くした。

「ふぅ……」

剣姫は小さく吐息を洩らす。

――まあ、こんなものだろう。

城壁に氷山が減り込んでいるかの様な不格好な有様ではあるが、空隙を埋めろというミオの要請には、とりあえず応えられたはずだ。

額を拭いながら、剣姫は精霊石板でこちらを見ているであろうミオに向けて、一つ頷いてみせた。

＊

「相変わらず出鱈目じゃのう」

手元の精霊石板に映る巨大な氷山を眺めながら、ミオは小さく肩を竦める。

たかが氷結で、あの規模の氷山を精製しようとは……。

そもそも氷結は、氷雪系統の初級魔法。通常であれば、握り拳大の氷を生み出す程度の魔法でしかないのだ。

ミオも例年、夏の盛りには、この魔法でシュメルヴィに氷を作らせて、かき氷を楽しんでいたりする。そういう日常的な魔法のはずなのだか……。

ともあれ、信じられないほど強引な応急処置ではあるが、崩れた城壁は埋まった。

剣姫によれば、氷が溶けきるまで――つまりは稼働限界まで、おそらく五刻ほど。

ならば、早々に次の行動に移らなければならない。

「城壁の上を映せ！」

ミオは艦橋乗員達(ブリッジクルー)に指示を与える。

城壁の上は、アスモダイモスから乗り込んできた敵兵達で溢(あふ)れ返り、城砦内部へと続く階段に、群がる様に長い列を作っている。まだ地上にまで到達している兵士はいない様だが、それも時間の問題、いつまでも手を拱(こまね)いている訳にはいかない。

すぅと息を吸い込み、ミオは響き続けているサイレンの音に負けじと、声を張り上げた。

「総員、対衝撃体勢を取れ！　サラトガ！　緊急制動(キックスタート)！」

「ハッ！」という乗員(クルー)の小気味良い返事。直後に暴れ馬が嘶(いなな)くかの如(ごと)き、突き上げる様な衝撃がサラトガ全体を震わせる。ショック症状で反射的に身体を跳ねさせる瀕死の生物。それを思わせる乱暴な制動。しかし魔力供給の少ない状態で、長くアイドリングしていたサラトガの反応は著(いちじる)しく鈍い。

ミオは椅子の肘掛けを殴りつける様にして、絶叫した。

「いつまで眠っておる！　サラトガアアアアッ！」

機動城砦に意志はない。しかしその途端、まるで主(ミオ)の叫びに応(こた)えるかの様にサラトガは、ギシギシと軋(きし)みを立てて、その巨体を激しく震わせた。

ミオは満足そうに手近な壁面を撫でると、正面を向き直り、瞬時に表情を一変させる。

その顔に浮かぶ表情は、紛(まぎ)れも無い悪意。

ミオは声を限りに命令を下す。

「サラトガ！　横っ面をブン殴ってやれ！　全速超信地旋回！」

ぐらり。

次の瞬間、眩暈の様な違和感がミオを襲い、思わず身体を支える様に、肘掛けを強く握り締める。

一層激しい振動と共に、金切声のような異音を立てて、全長三千ザール、全幅千五百ザールにも及ぶサラトガの巨体が、城の位置を軸として、その場で一気に回転し始める。

超信地旋回——左舷と右舷の動力を同じ速度で、互い違いに逆回転させたのだ。

巨大な城砦都市が、丸ごと風車のごとく回転するという壮絶な光景。

通常、機動城砦は振動すらほとんど感じさせない設計になってはいるが、流石にその場で高速旋回するとなれば話の次元からして違う。

響き渡る轟音。巨大な生物の嘶きかと聞き紛うような異音。激しく頭を揺さぶられながら、窓の外、遠くの方へと目を向ければ、城壁近くの外縁部では、遠心力で一瞬にして家屋が倒壊。飛び散った破片が宙を舞い、根元から引き抜かれた木々が家屋の壁面を突き破る。建造物は風に揺れる芒の如くしなった末に崩れ落ち、隣接する家屋を次から次へと巻き込んで、盛大に土煙を捲き上げていく。

ならば回転の中心、サラトガ城の周辺はどうかというと、外縁部ほどでは無いにしろ、人が立っていられる様な状態では無かった。艦橋から真下を見下ろせば、地面に固定された鎖に鈴也になっているサラトガの兵士達の姿。誰もが身体を宙にはためかせ、宛ら万国旗のような有様であった。

しかし最も悲惨なのは最外周部、すなわち城壁の上であろう。その光景に対する最も適切な表現を探って行けば、最後はこういう言葉に辿り着く。

『撒き散らす』

城壁の上にいた者達は城壁の外へ、階段の途上にいた者達は城壁の内側へと、アスモダイモスの将兵達は、次々に放り出されて宙を舞う。放り出されまいと隣に立っている者を掴んだならば、掴んだ人間ごと高く放り上げられ、どうにか石畳の淵に掴まっていた者達も、次々に力尽きて、すっぽ抜ける様に空へと吸い込まれていく。アスモダイモスからサラトガへと架橋された屋根付き梯子は、捩じり上げられる様に、次々と地面に叩きつけられ、その上にいた兵士達を巻き込んで、生存の可能性を欠片も残さず刈り取っていく。

しかし、惨劇はこれで終わりではない。

サラトガが九十度回頭すれば、そこにあるのは機動城砦アスモダイモスの側面。

振りかざした棍棒を全力で振り切る様に、サラトガの右舷前方がしなりながら、アスモダイモスの側面に激突する。耳を劈くような大音響。爆発かと錯覚するような破砕音が、砂漠の空に響き渡り、激突したアスモダイモスの右舷が一瞬、宙に浮いてその巨体が傾くと、平たい木皿を落とした時の様に、激しく砂を巻き上げながら、砂漠の大地を跳ね回る。

その瞬間、アスモダイモスの魔力砲が暴発した。

装填されていたのは雷撃の魔法。凄まじい音を立てて、光の塊が砲身を焼き、高速で射出される。

しかし九十度の回頭の結果としてその射線上に、サラトガは既に存在しない。遮る物も無く、巨大なエネルギーの塊は凄まじい破壊力で、数千ザールに渡って虚しく砂を抉り、砂塵を高く巻き上げた。

動けないと見せかけての超信地旋回。三千ザール級の機動城砦による、遠心力を乗せた体当たりであった。

その被害の規模は砂洪水と同等、もしくはそれ以上。有史以来、人の手によって引き起こされた破壊の中でも、未曾有の大惨事だと言えよう。

舞い上がった砂塵が粉雪の様に降り注ぐ中、今、二つの機動城砦は廃墟のように静まり返っている。

明滅する精霊石板の光。

艦橋では、乗員達が呻き声を上げながら、デスクに突っ伏している。そんな中、腰を椅子に縛り付けたままのミオが、静かに顔を上げた。

アスモダイモスに激突した時に、椅子の肘掛けにでもぶつけたのだろう。その額からは血が、赤い糸の様に滴っていた。

「ははは、無茶苦茶じゃ……ミリアめ、何がコツンと当てるだけじゃ。もう二度とやらんぞこんな事……」

投げやりにそう呟くと、ミオはそのまま意識を手放した。

＊

「何だ！　何なんだこれは！」

サラトガの城壁の上、『酒樽』モルゲンは、石畳を拳で打ちながら吼えた。

石畳へと叩きつけた戦斧にしがみついて、紙一重で耐えきったモルゲンは、状況を把握するにつれ、堪え様の無い激しい怒りに、身を焦がす。

なんだこれは！　真剣に戦争をしようという者を嘲弄する、空前絶後の悪ふざけではないか！　卑怯にも策を弄し、戦士の矜持に唾を吐きかけ、我が数千の兵達に剣を交える事さえ許さず、その存在そのものに『無価値』のレッテルを貼り付ける、悪魔の所業ではないか！

——許す訳にはいかない！

見回せば屋根付き梯子は全て地に墜ち、アスモダイモスも飛び移れるような距離には無い。もう戻る事は出来ない。

城壁の上に残っている兵士達は数えるほど。城壁の下へと目を向ければ、同胞の血で石畳は紅い絨毯を敷き詰めたかの様な有様。

血が滲むほどに強く唇を噛みしめた後、城壁に残る数少ない兵士達を呼び集めて、モルゲンは宣言する。

「間もなくここに敵兵が殺到してくるだろう。死にたくなければ俺についてこい。このままサラトガに潜伏し、彼奴等に必ず、目にもの見せてくれる」

＊

「ううっ……なんやこれ、シャレにならんで」

機動城砦アスモダイモスの一室。部屋の片側に滅茶苦茶に積み上がった調度品の隙間から、赤毛の少女が這（は）い出てきた。

蝶番（ちょうつがい）の外れた扉の向こうからは、幾重にも呻（うめ）き声や怒号が聞こえてくる。窓の外へと目をやれば、つい先ほどまで燦々（さんさん）と照りつけていた太陽も、立ち込める砂塵と黒煙に覆われて、朧（おぼろ）の様な輪郭が見えるだけ。

「痛ったいわぁ……なんやねんな、ホンマ」

幾（いく）ら周りを見回しても何が起こったのか、さっぱり分からない。

実際、敵の機動城砦が、その場で回転して体当たりしてきたなどと、誰が想像出来ようか。

赤毛の少女は、起こった出来事をあらためて思い出してみる。

それは、彼女が家政婦長（メイド）トスカナに最後の総仕上げとして、挙動の荒っぽさを指摘されている最中の出来事であった。

「いくら見た目を変えても、そんな蟹股（ガニマタ）で歩かれては台無しです！」

そう言ってトスカナがいつもの様にくいっ！　と眼鏡を押し上げた瞬間の事である。

まるで、それが起爆スイッチであったかの様に、突然、轟音と衝撃が彼女達を襲ったのだ。

それは一瞬の出来事であった。

音が物理的な衝撃となって、部屋中の物を壁へと叩きつけ、重力が消えてしまったかのように身体が宙に浮かび上がった。寝台（ベッド）や戸棚（チェスト）といった大型の調度品が、突然、生命を持ったかのように壁に向かって滑り出し、まるで投身自殺でもするかのように次々と壁に激突。赤毛の少女も強かに壁に打ち付けられたかと思うと、呻きを上げる暇も無く、逆方向の力に牽かれて、壁から壁へと何度も叩きつけられた。そして遂には、積み上がった調度品の山の中へと突っ込んだのである。

しばらく呆然と座り込んでいると、積み上がった調度品の山、その奥の方からトスカナがよろよろと這い出てきた。

「剣姫様……ご、ご無事ですか」

「うん、大丈夫や、色々ぶつけたけど、大した怪我はあらへんで」

その言葉にトスカナが、思わず安堵の息を洩らし、赤毛の少女は目を丸くする。

「なんですか、その顔は！　べ、べ、別に剣姫様が心配だった訳ではありませんからね。誤解しないでください。せっかく我々、美容家政婦が技術の粋を凝らして、どうしようもないゴミを、ここまで見られる状態にまでしたというのに、顔に傷でもつけられたら台無しですから。それを心配しただけですから、勘違いの無い様に！」

トスカナはレンズの割れた眼鏡を、落ち着かなげにクイクイと押し上げた。

「たはは……まあ、そりゃそうやな。でもウチは感謝しとるんやで。これはホンマや。これでなんの気後れもせんと、アイツの前に出れるよってな」

「……行かれるのですね」

「ああ、アイツがもうすぐ傍まで来とる。さっきから魔力を感じるねん。こんなんでも、ウチも一応、剣姫やからな」

赤毛の少女は窓の外、黒く煙(けぶ)る宙空を睨(にら)み付ける。間違いない。あの砂塵の向こうに銀嶺の剣姫がいる。

「なあ、トスカナ。たぶんウチがここへ戻ってくる事は無いと思うから、今言うとくわ」

赤毛の少女は、はにかむ様な表情で言った。

「世話になった……ありがとな」

そう言うと彼女は、剣を肩に担いで背を向ける。

「……剣姫様、ご武運を」

背後から聞こえたその言葉に、赤毛の少女はくっと笑い、トスカナの方へと振り返る。

「剣姫様か……。よう考えたらウチ、名乗って無かったもんな」

赤毛の少女はニカッと白い歯を見せて笑った。

「ウチはヘルトルード、紅蓮の剣姫ヘルトルードや。これがアンタらの最高傑作の名前やで」

✻

銀嶺の剣姫は、沈黙する二つの機動城砦を、空中から見下ろしていた。

城壁を氷山で塞(ふさ)いだ直後、彼女は『上昇(ラウメント)』の精霊石を使って空へと昇り、そのまま宙に留まっていたのだ。

立ち昇る黒煙と舞い上がる砂塵。それを避ける為に、更に高度を上げながら、剣姫はこの光景を呆然と眺めている。言葉を失うというのは、当にこういう事を言うのだろう。

眼下に広がっている大惨事は、事前に聞いていたものとは、ずいぶんと印象が異なっている。コツンとぶつけるだけだとは、ミリアも随分と大人しい表現をしたものだ。と、剣姫は思わず苦笑する。

静かに佇む二つの機動城砦と、魔力砲の暴発で数千ザールに渡って、抉られた砂の大地。舞い散る黄埃、立ち昇る煤煙、そして未だに虚しく響くサイレンの音。

生きている者は、自分しかいないのではないかと、益体も無い事を考えながら、剣姫は次に自分がすべきことは、一体何だったかと思いを巡らせる。

——ぶつけた後はたぶん、地上部隊を展開してくると思う。人間じゃない奴、例えば砂巨兵とかね。

戦闘直前に、ミリアに告げられた言葉を思い起こす。

そうだ、それに対処する為に、ここに待機していたのだ。

ところが、ミリアの予想は外れた。

機動城砦アスモダイモスが動き始めたのだ。

無論、移動し始めたからには、ミリアが予想した様な地上部隊を展開する様子も無い。サラトガに激突された衝撃で、歪に拉げた城壁上部の鉄の覆いの下から、砕けた石礫をボロボロと撒き散らしながら、アスモダイモスはゆっくりとした速度で後退し始めた。

ミリアの予想が外れた事を意外に思いながら、剣姫はサラトガの方へと目を向ける。

だが、サラトガの方には、未だに動く気配は見られない。

剣姫は少しの逡巡の末に意を決する。

予定とは違うが、やはりこのままアスモダイモスを逃がす訳にはいかない。

主の不在時に押し入ってきた無法者を逃し、将来に禍根（かこん）を残すなど優秀な下僕、いや、佳（よ）き妻のする事ではない。

——勇躍。

アスモダイモスを眼下に見下ろして、剣姫は一気にその身体を宙に躍らせる。

その高さ約五百ザール。砂巨兵（サンドゴーレム）と戦った時の一万ザールからの降下に比べれば、階段を一段降りる様なものだ。敵の城へ直上からの大雪崩落（カデーレ・ヴァランガ・グロッソ）しの一撃。それで勝負を決める。

「大雪崩（カデーレ・バラ）……」

砂交じりの逆巻く風、頬に当たる砂粒（すなつぶ）に眉を顰（ひそ）めながら、剣姫が聖句（ジノン）を口にしようとした当（まさ）にその瞬間、目の前がオレンジ色に染まり、凄まじい熱の塊（かたまり）が彼女の頬を掠（かす）めた。

「なっ⁉」

これには流石の剣姫も慌てた。思わずバランスを崩し、身体の上下が入れ替わる。

まさか自分が直上にいる事を悟られていようとは、想像もしていなかったのだ。

体勢を整えるだけの時間も与えられず、次々に飛来する火球。しかし大人しくそれを喰らう訳にはいかない。

「凍土の洗礼（フライニクル）！」

剣姫は咄嗟（とっさ）に両手両足に氷混じりの竜巻を纏（まと）い、その風圧で姿勢を立て直すと、飛来する火球を紙一重で躱（かわ）し、それが飛んできた方向へと目を向ける。

アスモダイモスの城壁の上。そこに一人の少女が、身の丈に合わぬ長剣を構えているのが目に入った。

特徴的な姿の少女である。

短い髪は、音を立てて燃え盛るような赤毛。黒のフリルを過剰なほどにあしらった紅いドレスを身に纏い、胸には黒鉄色の胸甲が鈍く陽光を反射している。とりわけ目を引くのは、刀身から柄まで紅一色の長剣。左右に長く伸びた鍔が、剣身と柄を水平に分かち、優美な十字を描いている。ひと目でそれと分かる魔力を宿した逸品であった。

しかし、

「……派手な人」

それが剣姫の感想であった。

もし剣姫のその呟きを聞いている者があったならば、十人が十人ともこう言った事だろう。そう、「お前もな」と。

剣姫のその呟きが聞こえた訳でもあるまいが、赤毛の少女は剣姫を鋭い目付きで睨み付ける。そして、未だ百ザールほども上空にいる剣姫にも聞こえるほどの大音声で、「墜ちろ!」と叫ぶと、手にした真紅の長剣を振りかざした。

一振りごとに拳大の火球が飛び出し、次々と弧を描いて剣姫へと殺到する。遠目には地上にいくつもの太陽が出現した、そう錯覚しそうな光景。しかし射出されるその瞬間さえ見ていれば、これだけの距離があるのだ。剣姫にとって対処する事はさほど難しい事では無い。

剣姫は両手両足に纏わりつかせた竜巻を巧みに操って、苦も無くそれを躱していく。だが、次第に剣姫の表情からは余裕が消え去り、焦りの色が濃くなっていく。

第二射、第三射と躱し続けていく内に、剣姫の身体はアスモダイモスへと到達する軌道から、どんどん遠くへと逸れていく。命中こそしないものの、剣姫は確実に遠くへと追いやられて、遂にはアスモダイモスから数十ザールほども離れた砂の上へと着地した。

アスモダイモスは速度を上げながら後退し、巻き上げられた黄埃が濛々と立ち込める中、剣姫は悔しげにその美しい顔を歪める。

「……逃げられましたか」

「寝惚けんなや。誰が逃げるか、ボケ！」

背後から不躾な言葉が投げつけられて、瞬時に剣姫は愛剣『銀嶺』を構えながら、声のした方へと向き直る。

魔術砲に抉られた砂が、丘の様に盛り上がった場所。そこに先程の少女が、紅い長剣を肩に担いで立っていた。

「全く何やねん。しょうもない。あの銀嶺の剣姫がこの程度かいな、全然大した事あらへんがな」

いきなりの訛りのきつい罵詈雑言に、剣姫は思わず顔を歪めた。

「あなたは？」

「なんやウチの顔、忘れてしもうたんかいな？」

剣姫は思わず眉根を寄せ、赤毛の少女の顔をマジマジと眺める。

「もしかして、三軒隣の……」

「ちゃう！」

「あ、ウソウソ、分かってます。分かってますとも。えーっと、確かネーデルで泊まった宿の娘さんの髪が赤かった様な……」

「ネーデル人はみんな赤毛や！　……おい！　お前、適当に言うとるやろ」

剣姫はすかさず目を逸らし、少女はじとっとした眼を剣姫に向けて、深い溜息を吐く。

「ウチがこんなにお前の事想うてるのに……。ウチは、ウチはなぁ……」

勿体ぶるように言葉に間を置きながら、彼女は肩から剣を降ろして正眼に構える。

「紅蓮の剣姫様や！」

「全然知らない人だ!?」

この時、脊髄反射的にツッコみを入れながらも、剣姫は心に決めた。

この紅い少女には、出来るだけ近づかない様にしようと。

だって自分で『紅蓮の剣姫様』とか名乗っちゃう人なのだ。

ヘタに近づくと、絶対大火傷する。いろんな意味で。

＊

「……オ様、ミオ様」

「うにゅ……もう食べられないのじゃ……」

「そんなベタな寝言を言っている場合ではありません、ミオ様」

「ん……なんじゃ、セファルか」

ゆさゆさと揺り起こされて、ミオは意識を取り戻した。

霞みのかかった様な頭の中、ぼうっとした様な目付きのまま、ミオは目の前にいるふくよかな丸顔が、魔術師隊の副官セファルである事をどうにか認識する。

――妾は、一体何をしておったのだろう。

ぼんやりとそう考えて、やがて機動城砦アスモダイモスとの戦闘に思い至った途端、ミオは思わず、椅子の上で腰を跳ねさせた。

「セファル！　妾はどれぐらいの間、気を失っておった？」

「ミオ様が負傷されたと伺って、私が参るまでが数分、私が参ってから治療するのに五分ほど、あわせて十分少々というところかと……」

戦闘中に意識を失うとは不覚。ミオは歯噛みしたくなる様な気分で、精霊石板へと視線を移す。そこには未だ回頭も出来ずに、海老の様に後ろ向きに遠ざかっていくアスモダイモスの姿が捉えられていた。

「サラトガの被害状況は？」

逸る気持ちを必死に抑えながら、ミオは状況把握を優先させる。

乗員の一人が素早く立ち上がって答える。

「衝突した右舷城壁に罅、家屋の倒壊等の被害は甚大でございます。しかしながら駆動系は無傷、走行には何ら支障はございません！」

「追いつけるか？」

「可能だと愚考いたします！」

ミオは重々しく頷くと、次にセファルへと問いかける。

「サラトガに侵入した敵兵はどうなっておる」

「先程の超信地旋回で、ほぼ壊滅状態ですけど、メシュメンディ卿とペネル殿が、それぞれ兵を率いて生き残りを追っています」

その回答に満足気に頷くと、ミオは腕を振り上げ、全乗員へと告げる。

「皆の者、待たせたのじゃ。これよりアスモダイモスを追撃する」

艦橋乗員達が、俄かに慌ただしく動きはじめ、サラトガは微かな振動を立てて、ゆっくりと前進を開始する。

前方の窓、その向こう側には、既に豆粒の様な大きさではあるものの、アスモダイモスは未だ目視できる位置にいる。充分に追いつける。

「さあ、狩猟の時間の始まりじゃ！」

そう言って、ミオはいかにも楽しそうに嗤った。

＊

紅いドレスの裾が翻り、踏み込んだ足元から乾いた砂が捲き上がる。

紅蓮の剣姫が上段から長剣を叩きつけると、銀嶺の剣姫は大剣を倒して、頭上でそれを受け止めた。

二人の剣姫のその秀麗な容姿にそぐわぬ、あまりにも野蛮な撃ち合い。

互いに一歩も譲ること無く、既に十合以上も切り結んでいるが、未だに勝負の天秤がいずれかに傾く気配はない。

「とっとと死にくされ、ボケェ！」

「あなたの方こそ！」

互いに力を込めた鍔迫り合いの最中、ギリギリと剣身を震わせながら、二人は剣を挟んで罵り合う。

「所詮、温室育ちのお嬢はこんなモンか！」

「アナタに私の何が分かるというんです！」

「うるさいわ！　悔しかったら、もっと圧倒的な力で捻じ伏せてみいや、ウチがビビって立てんようになるぐらいの力、見せてみいや」

「何を意味の分からない事をッ！」

二人は互いに剣を振り払い、間合いを取って睨み合う。

その瞬間、いきなり大地が震えた。

アスモダイモスとの衝突以降、死んだ獣の様に横たわっていた機動城砦サラトガが突然、その巨体を大きく震わせながら動き始めたのだ。

悍馬の嘶きの如き耳障りな異音を立てながら、見るからに満身創痍の巨体を引き摺って、サラトガはアスモダイモスの後を追い始める。

視界を遮るほどに立ち昇った黄埃に、二人は口元を押さえながらも互いの姿を見失うまいと目を細めて睨み合った。

「ハハッ、なんや薄情な連中やないか！　置き去りやぞ」

「あなたも人の事言えないでしょうに！　アスモダイモスだって、もう行ってしまったじゃありませんか」

銀嶺の剣姫が不愉快そうに言い返すと、紅蓮の剣姫はそれを嘲笑う。

「ハハハッ！　ウチはええんや。アレにはここまで連れてきて貰ただけやからな。ウチの標的は最初から最後まで、徹頭徹尾、銀嶺の剣姫、アンタただ一人やで！」

「付き纏わないでください！　気持ち悪い！」

「つれん事言うなや！　ウチはアンタを！　アンタだけを追ってここまで来たんやからな！」

次の瞬間、紅蓮の剣姫は剣を高く掲げると、短い聖句と共に、一気にそれを振り降ろした。

「火球！」

しかし、銀嶺の剣姫に慌てる様子はない。それは既に散々見せられた魔法なのだ。愛剣『銀嶺』を上段に構え直すと、迫り来る火球をあっさり地面へと叩きつける。

だが紅蓮の剣姫の攻撃は、それで終わりではなかった。

「火球（フィアンマ）、火球（フィアンマ）、火球（フィアンマ）！」

手数で勝負を掛けようという釣瓶（つるべ）打ち。剣の一振りごとに次々と火球が生み出されては、銀嶺の剣姫へと迫る。

「馬鹿の一つ覚えとは、こういう事を言うのですね！」

銀嶺の剣姫は辛辣（しんらつ）にも、そう言い捨てながら剣を八双（はっそう）に構えると、飛来する火球を一気に横薙（よこな）ぎにすべく待ち受ける。その時、紅蓮の剣姫がニヤリと嗤（わら）った。更にもう一度剣を振るって火球（フィアンマ）を放つと、その余勢（よせい）を駆って短くも紅い髪を振り乱し、くるりと一回転。遠心力で唸（うな）りを上げる真紅の刀身に、膨大な魔力を宿らせた。

「喰らえッ！　煉獄の炎ッ（インフェルナーレッ）！」

刀身全体から赤黒い炎が噴き上がり、それが巨大な死神の鎌を形造りながら、先に射出された火球の後を追って、銀嶺の剣姫へと迫る。

その瞬間、紅蓮の剣姫は勝利を確信し――そして落胆した。

上手く剣を振るって火球（フィアンマ）を全て叩き落としたところで、態勢を立て直す暇もなく襲い掛かる、必殺の煉獄の炎（インフェルナーレ）は躱（かわ）せない。

――余生は終わらない。

しかし、

「大氷柱祭（セリオン・フィエスタ）！」

銀嶺の剣姫は、迫りくる炎の群れを冷静に見据えながら、舞い踊る様に足を踏み鳴らす。

途端に砂の大地が凍り付き、そこから馬鹿げた数の蒼い氷柱（つらら）が天を衝いた。

「なんやて!?」

思わず声を上げる紅蓮の剣姫。

それは火球を次々と刺し貫き、その場で轟音とともに、氷の欠片を撒き散らして爆（は）ぜる。陽光を反射して、キラキラと舞い散る氷の破片。

その時、紅蓮の剣姫は見た。

煌（きら）めきながら降り注ぐ氷片（ひょうへん）の向こう側で、大剣を大きく振りかぶった銀嶺の剣姫が、艶（あで）やかに微笑むのを。


一瞬の内に膨大な魔力が膨れ上がり。ビリビリと空気が震える。

「蹂躙の吹雪（ブフェラ・ディ・ネーヴェエエエエ）ぃいいいい！」

裂帛（れっぱく）の気合とともに剣身から飛び出した衝撃波が、地を這（は）うように氷の破片を吹き飛ばし、地面を大きく抉（えぐ）る。飛び散る砂塵諸共（さじんもろとも）、必殺の炎の鎌を飲み込んで、それでも尚、勢いが弱まる気配は無い。

更にはそのまま紅蓮の剣姫までをも飲み込み、凄まじい衝突音とともに砂塵を高く巻き上げた。

普通の人間が喰らえば、形も残らないほどの斬撃。唐突に訪れる静寂、砂粒が地面に降り注ぐ微かな音だけが、やけに大きく響き渡る。

だが、次の瞬間、銀嶺の剣姫の頬がぴくりと動いた。徐々に砂煙が晴れていくと砂煙の向こう側に、長剣を正眼に翳（かざ）した、紅蓮の剣姫のシルエットが浮かび上がったのだ。

衝撃波は、彼女の手にしたその剣で岩に分かたれた流水の如くに分断され、彼女のいるその一画を残して、左右の地面をごっそりと削り飛ばしていた。

「大したものですね。今までも躱された事は有りましたけど、耐え切られたのは初めてです」

「ハハッ……今のはホンマに肝が冷えたで。ただ、ウチを殺るにはもうチッと足りへんかったみたいやな」

よく見れば、紅連の剣姫の体表をなぞる様に、薄い炎の膜が渦巻いている。

「気付いたか？　炎の障壁。これがウチの奥の手や。氷雪系、火炎系魔法の大部分を軽減してくれる炎の障壁やで。流石に衝撃波そのものは『紅連』で相殺させてもろたけどな」

「氷柱！」

地面から突き出した氷柱は紅連の剣姫に届く手前で、ジュッ！　と言う音を立てて消滅した。

「なるほど、この程度では傷一つ与えられないという事ですか」

「せや、その程度じゃ話にならん。全力でかかってきたらどうや！」

「全力全力って、あなた。さっきからずっと私を煽ってますけど、何を企んでるんです」

銀嶺の剣姫は、ずっと違和感を覚えていた。

この赤毛の少女の言動は、どうもおかしい。まるで自分を殺してくれと言わんばかり、まるで駄々を捏ねる子供を前にしている様な、奇妙な感覚を覚える。

「そうやな、ウチの余生を終わらせて貰えたらええなとは思うとる。せやけど、ウチに負ける様な、パチもん剣姫には殺られてやりとうないねんな、これが」

「訳の分からない事を……」

「ははっ、そりゃそうや、だけどこのままやったらウチが勝ってまうわ。なあ、パチもん」

その時、紅蓮の剣姫は目の前の少女のこめかみ辺りで何か、カチンという甲高（かんだか）い金属音がした様な錯覚（さっかく）を覚えた。

「良いでしょう。そこまで言うなら、今、この私の中で滾（たぎ）る愛の力を見せてあげましょう」

——愛？

紅蓮の剣姫が思わず、首を傾（かし）げた途端、

「蹂躙の吹雪（ブフェラ・ディ・ネーヴェ）！」

問答無用で、銀嶺の剣姫が衝撃波を放つ。

しかし、紅蓮の剣姫は、砂塵を巻き上げながら迫ってくる衝撃波を眺め、呆れ顔で肩を竦（すく）めた。

「効かへん言うとるやろ！　どっちが馬鹿の一つ覚……えええッ⁉」

その瞬間、紅蓮の剣姫は驚愕に目を剥（む）いた。

突然、目の前で衝撃波が掻（か）き消えたかと思うと、すぐ目の前に銀嶺の剣姫の顔があった。衝撃波は囮（フェイク）。彼女は『蹂躙の吹雪（ブフェラ・ディ・ネーヴェ）』で凍らせた地面を滑って、一気に距離を詰めて来たのだ。

そして、

「ウゲぇえ！」

紅蓮の剣姫の口から、うら若き乙女が口にするには、あまりにも品の無い呻（うめ）き声が零（こぼ）れ落ちた。

つま先を残して腰から宙に浮くほどの衝撃。下から刳（えぐ）りこむようなボディブロー。銀嶺の剣姫の拳（こぶし）

が、彼女の身を覆う炎の障壁(ヴァリエラ・フィアンマ)を突き破って、腹部に減(め)り込んだのだ。

紅蓮の剣姫は苦しげに呻(うめ)きながら、自分の腹部に減り込んでいる銀嶺の剣姫の右腕を見て、更に大きく目を見開いた。

「自分の腕を石化させたやと!?」

鉄をも溶かす炎の障壁(ヴァリエラ・フィアンマ)を素手で突き破る事など出来るはずが無い。銀嶺の剣姫は自らの右腕を石化させて、下から突き上げる様ににブン殴ったのだ。

「名付けて新妻パンチ」

それはもう、酷いネーミングセンスだった。

腹を押さえて膝(ひざ)から崩れ落ちる紅蓮の剣姫。

銀嶺の剣姫はその姿を、つまらない物でも見る様な目で見下ろした。

「余生余生って、何を思い上がっているのか知りませんけど、命を余らせる様な贅沢が許される訳ないでしょうに」

紅蓮の剣姫は苦しげに喘(あえ)ぎながら、思わず目を見開いて銀嶺の剣姫を見上げた。

✻

剣姫二人が、激しくもコントじみた戦闘を続けている間にも、機動城砦アスモダイモスの逃走は続いていた。

ひたすら後ろ向きに進み続けているアスモダイモスに対してミオは、どこかで方向転換するはずだと踏んで、そのタイミングをじっと待ち続けている。だがアスモダイモスは、一向にそんな動きを見せる気配が無い。

当然の様に、通常走行のサラトガの方が速度では上回っている。時を追うごとにじりじりと距離を縮める事は出来ているものの、未(いま)だ魔法による遠距離攻撃の射程にすら入ってはいない。

追い始めてから既に二刻ほどが経過しようとしている。最初は睨(にら)むようにアスモダイモスの姿を目で追っていたミオも、変化の無い状況に次第に倦(う)みはじめ、緊張感なく欠伸(あくび)を堪(こら)える様な仕草が増えてきた。

「あと半刻も走れば、砂嵐に突入します」

「分かっておる」

セファルの言葉をミオは肘(ひじ)をついた腕に顎(あご)を乗せ、面倒臭げに遮(さえぎ)る。

先程からアスモダイモスの向こう側には、黒い巨大な雲が垂れ込めているのが見えている。言われずとも、アスモダイモスがそこを目指しているのは、誰の目にも明らかだった。

「どうやら、あれに紛(まぎ)れて逃げきるつもりらしいのう」

そうはさせない。寧(むし)ろ、隠れる為にあの砂嵐の中で、アスモダイモスが魔晶炉の出力を落した時が、最大の好機(チャンス)だ。

「『所在を告げよ(イル・ルオーゴ)』を立ち上げておけ、セファル」

セファルにそう指示を出すと、艦橋(ブリッジ)の壁から伸びた金色のパイプ——伝声管の一つに口をつけて、ミオは囁くように言った。

「シュメルヴィ、もうすぐ出番じゃ。いつでも撃てる様に準備しておけ」

「了解ですぅ」

伝声管を通して、いつもの甘えた声が返ってくると、ミオは手を振り上げて指示を出す。

「魔力砲、準備！」

艦橋乗員がそれを復唱すると、次の瞬間、再び大音響で警報音が響き渡り、サラトガ全体が小刻みに震える。

精霊石板に映っているのは、サラトガの中央を貫く大通り。その石畳が両開きの扉の様に跳ねあがり、地面から巨大な何かがせり上がってくる。それは鋼の橋脚に支えられた巨大な砲門。まるで人間が肘を伸ばす様な動きで橋脚が伸びると、重厚な金属音が響いて、サラトガの正門の上に巨大な砲塔が設置された。

＊

サラトガ城の下層、そこに幹部専用の医療施設がある。

キリエは昨晩、キスクとの戦闘で負傷し、この施設へと担ぎ込まれた。

一刻も早く戦列に復帰するために、痛みに身悶えながらも、早々に眠ろうとしたのだが……出来なかった。

「へへへへぇ、そうぼうきん、さんかくきん、ひらめきん、ほうけいかいないきん……」

　この隣りはグスターボの病室。そこから筋肉の名称を唱える声が、延々と響き続けてきたのだ。耳を塞ぎながら、キリエは少し……ほんの少しだけ反省した。


　――やりすぎ良くない。ダメ、絶対。


　一夜明けて、病室内には今、キリエと付き添いのミリアがいた。

「さっきは、凄い振動だったね、お姉ちゃん」

「ああ、そうだなッ！」

「死ぬかと思ったよ」

「全くだなッ！」

「何で、そんな怒ってんの？」

「怒るだろう、普通！」

　キリエはロープでぐるぐる巻きにされて、寝台の上に転がされていた。所謂、簀巻き状態である。

「だってお姉ちゃん、重症なのに大人しくしてくれないんだもん」

「傷は塞がってるんだ、ミオ様の傍に控えておる事ぐらい、何の問題も無いだろうが！」

　キスクとの戦いで刺された腿は、大腿骨破砕という重傷であった。

　たしかに治癒魔法によって傷口は塞がってはいるが、骨の修復というレベルになると、そう簡単にはいかない。魔法による治療を繰り返しながら、少なくとも三日程度は安静にしている必要がある。ましてや戦闘に参加するなど、以っての外だ。

「それに何だ、これは！」

いかにも不機嫌そうに、キリエは声を荒げる。

「何？」

「女を縄で縛るのだぞ！　もっと色っぽい縛り方というものがあるだろう！」

「そこっ⁉」

「何を言ってる！　重要！　超重要だぞ。例えばだ、我が弟が見舞いに来た時の事を考えてみろ」

「……はぁ」

「今の状態であれば、ツッコんで良いのかどうか迷う、微妙なレベルだぞ」

「うん、まぁ、そうかな」

確かに冗談だとしても、それほど面白いという様な物ではない。ミオのタチの悪い悪戯に慣れつつあるナナシならば、簀巻き程度であれば、完全にスルーしたとしても、決して意外な事ではない。

「それが、例えば亀甲縛りとかだったら、何となく淫靡な雰囲気になって『……お姉ちゃん、綺麗だよ』とか「キャー！」な展開があるかもしれないだろうが！」

「無いよ⁉　お見舞いに来た相手が亀甲縛りになってたら、寧ろトラウマになっちゃうよ！」

ミリアは自分の姉が、全然別の場所を負傷しているのではないかと疑い始めていた。

具体的には頭とか。

その時、扉をノックして治癒魔法を担当する魔術師が一人、部屋へと入ってきた。

「お加減はいかがですか？」

「こんにちは、外の様子はどうなってます？」

「はい、ミオ様のご采配(さいはい)によって敵を撃退。現在、敵は後退を続けているみたいです」

「後退？　逃げているという事ですか？」

「ええ、そう伺いましたが……？」

ミリアの表情が曇(くも)る。

逃げている？　そんなことは絶対にありえない。何か見落としがあったのだろうか……。

「すみません、今『所在を告げよ(イル・ルオーゴ)』の魔法って使えますか？」

その魔術師は、訝(いぶか)しげな顔をしながらも頷(うなず)いて、やはり胸の谷間から地図を取り出す。何か魔術師には、地図は胸の谷間に収納するとでも言った決まり事でもあるのだろうか？

ちらりとキリエの様子を伺うと、今にもブッ殺しそうな顔をしていた。

間違いない、あれは殺人鬼の顔だ。

縛っておいて良かった。あらためて、そう思うミリアであった。

「所在を告げよ(イル・ルオーゴ)！」

一歩間違えていれば、ブッ殺されていたかもしれない魔術師が、病床(ベッド)脇のテーブルに地図を置いて聖句(ジソン)を唱えると、地図の上に光点がせり上がってくる。

それを見た瞬間、

「やられた……」

ミリアの顔が一気に青ざめた。

唇を震わせながらそう呟くミリア。彼女と地図を交互に見やって、キリエは首を傾げる。次の瞬間、ミリアは転がる様に病室を飛び出し、スカートを振り乱して艦橋に向かって走りだした。

「お、おい！　ミリア！」

背後からは慌てるキリエの声、しかし、今はそれどころではない。

地下道を走り、地上へと続く螺旋階段を、息を切らせて駆け上がりながら、ミリアは思いを巡らせる。

――執念。

それは前へと進む力だ。

善きにつけ、悪しきにつけ、執念に取り付かれたものは、前へ進む以外の選択肢を、何もかも見失ってしまう。

どんなことがあっても目的を達成しようとする強固な思い、それが執念なのだ。

理由はわからない。だが、アスモダイモスは凄まじいまでの執念を、サラトガへと向けている。

魔晶炉を積み替えるほどの無茶をしてまで襲いかかって来たものが、一撃を食らったぐらいで、尻尾を巻いて逃げ出す訳が無い。

もし今、アスモダイモスが後退していたとしても、それは形而下の問題でしかない。逃げている様に見えようとも、彼らの中では目的に向かって、真っ直ぐに突き進んでいるはずなのだ。

地図上の光点を目にしたその瞬間、ミリアはアスモダイモスの陰謀の全容を把握した。

把握してしまったのだ。

どれほどの執念が、どれほどの恨みがあれば、こんな恐ろしいことを考え付くというのか。

「……ナナちゃん助けて、サラトガが……サラトガが無くなっちゃう」

今にもその場で泣き崩れそうになりながら、ミリアはそこにいない人物へと訴えかける。

無駄だという事は分かっている。そして仮に、彼がこの訴えを聞いていたとしても、この期に及んでは、どうしようも無い事も。

＊

砂嵐の向こうへと消えていく機動城砦アスモダイモス。

しかしサラトガはそれを追う事無く、砂嵐に突入する直前で停止した。

城門の上に設置された魔術砲の砲身だけが、アスモダイモスの行く末を追跡しながら、砲塔の角度を調整し続けている。

「アスモダイモス回頭、右舷六十度、そのまま南東へと転進」

地図上の光点を見つめながら、セファルがアスモダイモスの動きを、逐一伝声管の向こうのシュメルヴィへと報告する。

今、アスモダイモスは、砂嵐の中で大きく右へと舵を切り、弧を描くように移動しているらしい。

ミオの読み通りであるならば、アスモダイモスはこの砂嵐の中で、極端に魔力放出を小さくして停止、砂嵐の中に隠れるはずだ。

勝負を掛けるのは、地図の上からアスモダイモスの光点が消えるその一瞬。

「シュメルヴィ、決してアスモダイモスから射線を外すで無いぞ」

伝声管を通して、魔力砲(マギドライバー)の銃座(ガナー)で待機するシュメルヴィに指示を与える。

「アスモダイモスの速度が落ちはじめました」

セファルのその報告に、ミオは息を飲んでその瞬間を待つ。

「……三、二、一」

地図上で弱々しく明滅していた光点が消えた。

「アスモダイモス停止しました！」

「今じゃ！　魔力砲(マギドライバー)、撃てぇえええええ！」

ミオが絶叫したその瞬間、乱暴に扉が開いて、ミリアが艦橋(ブリッジ)へと飛び込んでくる。

「ダメぇえええええ！」

しかし時すでに遅し、ミリアの制止の声も虚しく、サラトガの正面で眩(まばゆ)い光が膨れあがると、砂嵐を引き裂いて、真っ直ぐに光の槍が射出される。

艦橋(ブリッジ)正面の窓に光が溢れ、時が止まったかの様な静寂が満ちる。そして次の瞬間、耳を劈(つんざ)く様な爆音がサラトガを揺らす。

暗雲のど真ん中、魔力砲(マギドライバー)の光線が通過した箇所は、ぽっかりと大きな穴が開いた。

舞い散る砂の向こう、その空隙の向こう側に、ミオは見た。

遥か彼方、射線上で打ち抜かれた機動城砦。その中央の城がぐらりと傾いて、轟音を立てながら崩れ落ちていくのを。

「あ、あ……あ、ああ……」

目を見開いて、ただ呻きながら、ミオは力無くそれを指差し続けている。

ミリアには、見ている事しか出来なかった。

ミオの瞳に映る、業火に巻かれて崩れ落ちていく――

機動城砦ストラスブル、の姿を。

＊

轟々と逆巻く砂の嵐。

その向こう側で黒煙を上げて、燃え盛る機動城砦ストラスブル。

猛烈な嵐の中、激しく揺らめく炎の背後で、巨大な影が震えた。

それは黒い機動城砦。

「アスモダイモオオォスッ！」

爪が食い込んで血が滲むほどに、ミオは強く拳を握る。

「来い！　かかってくるのじゃ！　貴様が憎んでおるサラトガはここに……ここにおるぞ！」

喉も裂けよとばかりに絶叫するミオを、艦橋乗員達が痛ましげに見つめている。

「……来ないよ。来る理由が無い」

そう呟いて、ミリアは艦橋に飛び込んで来た姿勢そのままに、その場で項垂れた。

アスモダイモスにとって、サラトガは既に終わった存在なのだ。

ミリアは思い起こす。

昨晩の戦闘終了後にシュメルヴィに尋ねた時、彼女はこう言ったのだ。

「地図上に、アスモダイモスは見えませんでした」と。

それはつまり、シュメルヴィが地図上に見た光点は、九つだったということだ。

言い出せば限の無い話ではあるが、そこでミリアは詰めを誤った。

そこがターニングポイント、あの時、自分の目で地図上の光点を確認しておくべきだったのだ。

自分なら確実に気付いたはずだ。

その時消えていた光点が、アスモダイモスではなく、ストラスブルであったという事に。

結果、アスモダイモスはまんまとサラトガを誘い出し、動きの取れないストラスブルを盾として、サラトガに魔力砲を撃たせることに成功した。

恐らくこの後、善意の第三者を装って、首都にこう報告するのだろう。

「機動城砦サラトガが、皇姫ファティマが滞在中の機動城砦ストラスブルを攻撃しました」

程なく、全機動城砦に追討令が出るだろう。

「逆賊、サラトガを討て」と。

次第に遠ざかっていく機動城砦アスモダイモス。

そして、それが視界から完全に消えると、ミオは倒れこむように自分の席へと座りこんだ。

そして重苦しい沈黙が艦橋を包みこむ中、俯いたまま、ミオは力なく呟いた。

「……生存者の救助を。ストラスブルに向かうのじゃ」

第十章
世界中のどこよりも

きゅー。

口からそんな音を出しながら、自称『紅蓮の剣姫様』は目を回して地面に転がっていた。

あの後、更に後頭部への踵落し(新妻キック)を喰らい、そのまま意識を失ったのだ。

器用な子……。剣姫はそう思った。

はっきり言って、この少女とはあまり係わりを持ちたくは無いが、このまま放置しておく訳にもいかない。


——くすくす。

考え込む剣姫の背後から、出抜け(だしぬけ)に小さな笑い声が聞こえた。

振り向けば、そこには赤味がかった髪の幼女が一人、楽しそうに笑っている。

「迎えにきたにょ」

それは、いつもメシュメンディに纏り(まとわり)ついている幼女の一人。

確か、イーネ＝ベアトリス。そんな名前だったはずだ。

「メシュメンディ卿のご指示ですか?」

「もちろんだにょ」

得体のしれない子——剣姫はそう思う。

二年前のサラトガ奪還の折りにも、強力な魔法を使っているところを目にしている。高位の魔術師である事に間違いはない。見た目にはあどけない幼女ではあるが、もしかしたら、見た目通りの年齢では無いのかもしれない。

「その紅(あか)いのは、どうするんだにょ?」

「このまま放置する訳にも行きませんし、とりあえず連れて行こうかと……」

剣姫のその言葉に、イーネはにんまりと笑う。

「うん、その方が断然、面白くなるにょ」

面白くなる?

「じゃ、その子背負って、イーネを抱っこするにょ。一回跳躍するごとに『飛翔(シエロ・アンダーテ)』をかけるんだにょ」

剣姫は言われるがままに、自称『紅蓮の剣姫様』を背負いかけたところで、ハタと気がついた。

『飛翔(シエロ・アンダーテ)』は自分自身には掛けられない魔法のはず。

ならばこの幼女は、どうやってここまで来たのだろうと。

＊

「皇姫ファティマは、間違いなく死んでいる」

「そうか……ならば、サラトガにはまだ希望が残されているという訳じゃな」

サラトガがストラスブルに接舷し、セファル率いる魔術師隊が氷結魔法を駆使して、消火活動にあたっている頃、ミリアはミオの執務室をノックしようとして、漏れ聞こえてきた声に、その手を止めた。

話の内容から察するに、ミオと話をしているのはおそらくサーネ＝ベアトリス。

嘘しか話せない幼女だ。

どうやらミリアが伝えるまでも無く、ミオも掛けておいた保険に思い至ったらしい。ならば、そちらはミオに任せるべきだろう。

ミリアは踵を返してその場を離れ、幹部階層へと歩き出す。これから、そこに居るはずの二人の人間に、それぞれ依頼しなければならない事があるのだ。

ミリアはサラトガを陥れる事が、機動城砦アスモダイモスの、そしてその背後で糸を引く黒幕の、最終目的だとは考えていなかった。

おそらく、これは巨大な陰謀のいくつかの段階の一つでしかない。

——巨大な陰謀。

推測交じりではあるが、その輪郭をミリアは既に掴んでいる。

ならば、それを逆手に取ってサラトガを救う、そういう起死回生の一手を打ってみせる。ミリアはそう決意していた。

そしてどう考えても、その一手を成就させる最後の鍵となるのは、やはりあの少年なのだ。

——神様がボク達に与えてくれた御守。

嘗て、自らそう評した愛しい少年の姿を思い浮かべたその瞬間、ミリアは見た。

見覚えのある白いフードマントを羽織った人物が、渡り廊下の向こう側を人目を忍ぶように駆け抜けていくところを。

「ナナちゃん!?」

思わず声を上げると、ミリアは慌ててその人物を追いかける。

しかし、息を切らせて白いフードマントの人物がいた辺りに辿り着いた時には、そこには既に、誰の姿も見当たらなかった。

✻

ミリアが白いフードマントの人物を見失ったその頃、城壁の外では、吹きすさぶ砂嵐の中を一人の少女が歩いていた。

彼女は激しい風に翻弄(ほんろう)されて、酒に溺れた酔っ払いのような千鳥足(ちどりあし)、立ち上がったばかりの雛(ひな)を彷彿(ほうふつ)とさせる危なげな足取りで、ふらふらと砂の上を歩いている。

時折、遠くで揺らめく陽炎(かげろう)を近くに手繰(たぐ)り寄せようとする様に、腕で宙を掻(か)きながら、虚ろな目で宙空を見つめて「えへぇ」と笑う。

良く見れば美しい少女。

化粧こそしてはいないが、上品な顔立ちをしている。

その上品な顔を砂交じりの風に叩かれても全く動じる様子も無く、ただ口元をにへらと歪めて、下品に笑い続けている。

身に着けているものも一々(いちいち)仕立てが良い。しかしそれも、そこかしこが破れて薄(うっす)らと血が滲(にじ)んでいる。

しかし少女を最も特徴づけているのは、先に挙げた何れでもない。

とりわけ目を引くのは髪型。

頭にキャベツでも載せているかのような、奇抜な髪型であった。

少女は虚ろな目で、並びあう二つの機動城砦を眺めている。

そのうちの一つは燃え落ちて煤に紛れ、廃墟のような様相を呈している。

「ああ」「うう」という短い呻きの狭間に、「みおにげて」そう呟いて、少女はだらしなく、べろりと舌を伸ばした。

＊

「今夜は、屋根のあるところで眠れるな！」

やけに嬉しそうに燥ぐアージュを眺めて、ナナシも釣られる様に微笑んだ。

いくら男勝りとはいっても、機動城砦で育ってきた貴種の女の子なのだ。やはり寒暖差の激しい砂漠での野宿は、厳しいものがあったのだろう。

往路、ゲルギオスに辿りつくまでは、毎晩の様に八つ当たり気味にぶん殴られたものだったが、ここ数日のアージュは、ナナシを気遣う様な素振りさえ見せてくれている。

女の子はコロコロ変わる。面倒臭いとも思うが、そこが素敵だとも思う。

ゲルギオス脱出から既に四日が経過し、ナナシ達は往路（おうろ）にも立ち寄ったオアシスの村まで戻ってきていた。

ここまでくれば、サラトガが停泊しているはずの場所までは、あと一日半程で辿（たど）り着けるはずだ。

村の入口に辿（たど）り着くや否や、ニーノが目を輝かせて「わーい」と声を上げながら、村の中へと駆けていく。

「ニーノ！　こらぁ！　一人で遠くに行っちゃダメだぞ。迷子になっちゃうからな」

ニーノに接するときのアージュの言動は、完全にお母さんのそれである。密かにナナシは、アージュの本質は、実はこっちなんじゃないかとさえ思っている。

ゲルギオス脱出後、アージュとナナシは、実は夫婦では無いという事をニーノに告げた。ゲルギオスを脱出した以上、二人が夫婦を偽装する必要は無くなったからだ。

しかしニーノにとっては、それは正直どうでも良い事だったのだろう。

関心無さげに「じゃあ、なんて呼ぶ、良い？」とだけ聞いてきたので、名前で呼んでくれれば良いと言ったのだが、それは完全に無視されて、アージュのことは「ママ」、ナナシのことは「ゴミ」と呼び始めた。

アージュが半笑いで「ゴミ」はさすがに可哀想だといったら、ニーノは素直に変更して「カス」になった。どうやらこれまで呼んでいた「ゴミカス旦那」から離れてはくれないらしい。

先へ先へと行ってしまったニーノに続いて、ナナシ達も村の中へと歩みを進める。

「まずは宿をさがしましょうか」

「ああ、そうだな」

何気ないやりとり。しかしナナシの次の一言が良く無かった。

「もう夫婦のフリをしなくて良くなりましたし、それぞれに部屋をとりましょうか」

途端にアージュがピタリと動きを止め、ナナシはビクリと身体を跳ねさせる。

大体、アージュがこういう反応をする時は、ナナシが酷い目に合う前兆みたいなものだ。そういうものなのだ。

「あの……？　アージュさん？」

ナナシがおずおずと呼びかけると、案の定、アージュが突っかかってきた。

「ば、ば、ば、馬鹿じゃね。二部屋とる？　そんなの金が勿体無いだろうが！　何なのお前、ブルジョアなの？　大富豪なの？」

「い、いえ、そういう訳ではありませんけど、理由もなく女の人と一緒の部屋で寝泊りするのは、そろそろ流石にマズいと思うんですけど……」

「さんざん一緒の部屋で寝といて、今さら何を気にしてんだよ、バカ。色気づいてんじゃねーよ。それになぁ、理由はあるだろうが！　お前、私のことをサラトガにつくまで守ってくれるんだろう？　夜中に賊にでも入ってきたらどうするんだ。このウソツキ！　バカ、アホ、甲斐性無し」

言いたい放題である。

「で、でもアージュさんに勝てる賊は、そんなにいないんじゃないかと……」

「あん？」

あった。

「……なんでもありません」

顎を突き出し、下から抉る様に睨みつけてくるアージュ。その鋭い眼光に一瞬で敗北するナナシで
ナナシとアージュが他愛も無く言い争っている頃、勢いよく走っていたニーノは、通りすがりの女性にぶつかって尻餅をついていた。

「あらあら」

顔を隠す様に薄いピンクのショールを巻いた優しそうなその女性は、ニーノを助け起こして、パンパンと砂を払う。

「大丈夫？」

そう問いかける女性に「うん」と元気よく頷いて、ニーノは再び走り出した。

走り去るニーノの背を微笑ましく見守るその女性を良く見ると、スカートの腰のあたりをちょびっと摘まむ様にしてくっついている、黄色味がかった髪の幼女の姿があった。

「おねいちゃん、イーネがね。早く移動しろって言ってる」

「もう追いかけて来てるの？」

「うん、今日は、次のオアシスまで行っちゃおうよ」

そう話しながら、喧嘩の真っ最中らしきカップルの脇をすり抜けて、二人は村の外へと出て行った。

なんとかアージュを宥めすかして、ナナシ達が村の中へと入っていくと、立て看板の様な物に人だかりが出来ているのが見えた。

「なんでしょうね？」

「ああ、そろそろ収穫祭の時期だからな。なんか催しでもやるんじゃねえか？」

「うーん、美人コンテストとかだったら、アージュさんが出れば、優勝間違い無しなんですけどね」

「ば、ばかじゃねぇの」

そう言って顔を背けながらも、にへらと嬉しそうに笑っているアージュを見て、よし、機嫌が直った。とナナシはグッと拳を握る。

最近、色々と女性の扱い方を覚えつつあるナナシであった。

その時、立て看板に群がる人波の中から、不意に「サラトガ」という単語が、ナナシ達の耳へと飛び込んで来る。二人は思わず顔を見合わせると、人垣を掻き分けて立て看板の前に立ち、そして目を疑った。


『告示』

機動城砦サラトガ領主、ミオ＝レフォー＝ジャハン。

右の者は、皇姫ファティマ＝ウルク＝エスカリス滞在中の機動城砦ストラスブルを攻撃し、これを弑す。

その咎により、ミオ＝レフォー＝ジャハンからサラトガ伯の地位を剥奪。機動城砦サラトガは皇家直轄領として接収するものとする。

全機動城砦領主、及び、エスカリス＝ミーミル全臣民に命ず。

彼の者が抵抗の意思を示した場合には、その身柄を拘束し、裁きの庭に跪かせよ。

後日改めて、首都にてその罪科を決するものとする。

エスカリス＝ミーミル皇王　パルミドル＝ウマル＝エスカリス

「痛てッ！　おい！　何すんだよ」

非難する声を気に掛ける余裕も無く、アージュは俯いたまま、力任せに人垣を押しのけて、立て看板の前から走り去る。

慌てて追いかけたナナシが、アージュに追いついたのは、砂を裂く者を隠した村の外れの叢辺り。

アージュが振り向いた時、その両目からは滂沱と涙が溢れていた。

「どうしよう……サラトガが！　ミオ様が！　殺されちゃう。私の大切なものがみんな、みんな取り上げられちゃう」

どうして良いのか分からず立ち尽くすナナシの方へと歩み寄ると、アージュは八つ当たりする様にその胸を叩き、子供のように声を上げて泣き崩れた。

ナナシは何も言わない。いや、何も言えない。

ただアージュの頭を掻き抱いて、泣き止むのを待つ事しか出来ない自分自身を恥じた。

ずいぶん時間が立って陽も傾き、いつの間にかしゃくり上げる声が聞こえなくなった頃、腫れぼったい瞼を擦りながら、アージュはナナシを上目使いに見上げた。

「……なあ、このまま私を遠くへ連れて行ってくれないか」

「……アージュさん」

「ニーノと三人でこの国を……、砂漠を出て、世界中を旅してまわるんだ……で、二人一緒になって、気に入った場所に家を建てて、子供を育てて、歳をとって、どっちかが先に死んだらその墓を守りながら生きていくんだ」

「アージュさん、聞いてください」

ナナシの言葉を手を翳して遮ると、アージュは弱々しく微笑んだ。

「冗談だ。そんな顔すんな……」

「僕は！」

アージュは目を閉じ、小さく頭を振る。

「良いんだ、ここで別れよう。お前はサラトガの人間じゃない」

「アージュさん、聞いてくださいってば！」

「サラトガは私の大事な故郷なんだ。私はサラトガの為に戦わなきゃならない。でもお前は違う。義妹はサラトガにはいなかったし、お前のケツを蹴り回す様な乱暴な女もいる。それに……」

『話を聞けよッ！　馬鹿女！』

出会って以来聞いたことも無いような大声を上げて、ナナシが目を見開いた。いつもの丁寧な口調をどこかへ放りだして、目を丸くするアージュの胸倉を掴んで詰め寄ると、鼻先にまで顔を突き付けて、ぐっと睨み付ける。

想像もしていなかったナナシの態度に、アージュは戸惑いの表情を貼り付けたまま硬直した。

はああと熱い息を吐き出し、呼吸を整えて、ナナシはアージュの胸倉からゆっくりと手を離す。そして言葉を選ぶように、ゆっくりと話し始めた。

「正直、僕には何が起こっているのか良く分かりません。でも砂漠の民である僕に、ミオ様は善くしてくれました。剣姫様もサラトガで僕を待ってます。ミリアさんとキリエさんも、僕の事をとても大切にしてくれます。サラトガは僕にとっても……世界中のどこよりも大切な場所になっているんです。そして何より、今、目の前で女の子が泣いています。僕はその女の子に笑っていて欲しい。そう思っています。だから……。だから、それだけで僕が命を懸ける理由になるんです」

アージュは呆気にとられた様な表情を見せた後、顔を赤らめて俯くと、声を震わせながらこう言った。

「……女の子の事ばっかりじゃねえか」

「仕方無いじゃないですか。モテた事の無い人間ですから、ちょっと優しくされると勘違いするんですよ。今ならサラトガ以外の機動城砦を、全部沈められそう気がします」

おどける様な調子で、ナナシはそう嘯き、アージュがくすりと笑う。

「お前、バカだな」

「よく言われます」

二人は見つめ合い、どちらからともなく笑いかけた。

そしてナナシは、アージュの手を取ってこう言った。

「アージュさん、サラトガは良いところですよ」

「知ってるよ……ばか」

《了》

✲

特別収録

誰も知らない。

✲

「うふふふふふふふふふふふふ………」

目覚めた途端、抑え切れずに、口から笑いが溢(あふ)れ出た。

傍(はた)から見れば、相当に気持ち悪い事は百も承知。

だが、ニヤけるなという方が間違っている。

なにせ、主様から求婚(プロポーズ)されてしまったのだから。


サラトガ城の地下階層(フロア)。幹部専用の医療施設の寝台(ベッド)で目覚めた剣姫は、あらためて周囲を見回し、誰もいない事を確認すると、再びその端正な顔をニターっと、だらしなく蕩(とろ)けさせた。

隣の病室からは、どことなく聞き覚えのある声が筋肉の名称を唱え続けているが、そんな些細(ささい)な事は、今の剣姫には全く気にならない。今しばらくは、この幸せな気分に浸(ひた)っていたい。

求婚(プロポーズ)、婚約(エンゲージ)、そして結婚(ゴールイン)。

欲しい物が何もかも、砂の様に指の間から零落(こぼれ)ちていく。そんな苦渋に満ちた十七年間の人生の末に、遂に！　そう、遂に掴(つか)み取ったのだ！

そりゃあ舞い上がりますとも。

剣姫は寝台(ベッド)に横たわったまま、医療施設の天井を見つめ、何から思い描けば良いのかと思案する。

そして「子供の名前は何が良いかしら」と、登山で言えばいきなり五合目あたりから妄想を開始。

そこから主が先に亡くなって、葬儀の席で未亡人として参列者に告げる挨拶の言葉をシミュレーションするに至るまで、ほんの数分。

夏の盛りに青魚が傷むよりも短い時間で、その一生を駆け抜けた。流石は当代最強を謳われる剣姫。想像力さえもワールドクラスであった。

「うん、今の人生も悪くなかった。次の人生は、子供をもう一人増やしてみようかしら」と、二周目の妄想に入りかけて、剣姫はふと気が付いた。

――どこか現実感に欠けている。

何がいけなかったのだろう？　剣姫は顎に人差し指を置いて思案する。

そして気付いた。いや、気付いてしまったのだ。

「私、主様の事、何も知らないんだ……」

確かに、ナナシと剣姫が共に過ごした時間は、ほんの僅か。長い人生の中で言えば、すれ違う程度の時間と言って良い。

しかも今の所、その時間の多くは、剣姫が下僕になる事を認めてもらう為のアピールに費やされ、ナナシの本質――徹底的な自己評価の低さについても、ミオに諭されるまで剣姫は気付きもしなかった。

そう、剣姫は運命の出会いに胡坐を掻いて、ナナシを理解するという事を怠っていたのだ。

剣姫は思わず、わなわなと身体を震わせる。

こんな事では花嫁失格ではないか。一体自分は何を浮かれていたのだろう、と。

まずは情報を集めなくてはならない。手始めとしては、主の好物を把握するべきだろう。男性の心を握りつぶ……掴むには、まず胃袋からと言うではないか。

「はい、主様お口を開けてくださいませ。あ～ん………」

と、剣姫は思考の途中から、再び妄想に没入していく。

結局、剣姫が医療施設を出るのは、更にずっと後の事であった。

＊

医療施設を出ると、剣姫はぶらぶらと城内を徘徊し始めた。

情報収集といっても、何か当てが有る訳では無い。とりあえず、出会った人間に手当たり次第聞いて回ろう。そう考えたのだ。

最初に出会ったのはキリエ。

昨日、引き籠っていた剣姫の所へ、皇姫が面談を所望しているのだと、扉をぶち破って突入してきた時には危うく、ブッ殺……げふんげふん。ほんのちょっぴり揉めた所為か、少し剣姫を警戒している様に見える。

●情報提供者その一　キリエ

セ、セルディス卿ではございませんか。
え？　我が弟の好きなもの？　もちろん存じておりますが……。

教えてほしい？　んーまあ、良いでしょう。

ズバリ、お姉ちゃんです！

お姉ちゃんを嫌いな弟など、この世の中に存在する訳がありません！

え？　そうじゃない？　食べ物？

大丈夫です。お姉ちゃんはある意味食べ――

※アブない事を言いかけたので、とりあえず昏倒させました。

キリエの話からは、何一つ有益な情報を得られなかった。

しかし、彼女のブレない姿勢はある意味、称賛に値すると思う剣姫であった。


昏倒させたキリエを、掃除道具入れに放りこんで隠し、剣姫が再び廊下を歩き始めると、すぐに前方から三人の幼女を連れた、第一軍の将メシュメンディが歩いて来るのが見えた。

両手にぶらさがる様に幼女にしがみつかれ、三人目を肩車するその姿は、三人娘に公園に連れ出される、休日のお父さんにしか見えなかった。

主様との間に三人の娘が産まれたら、こんな感じだろうかと、危うく妄想が翼を広げかけたが、それをなんとか踏み留まり、メシュメンディを呼び止める。

主様の好きな物を知っていれば教えて欲しい。剣姫がそう話かけるとメシュメンディはこくりと頷いて、少しも悩む事無く、右手にぶら下がっている赤味がかった髪の幼女にボソボソと耳打ちした。

●情報提供者その二　メシュメンディ（代弁者イーネ）

熟女なんだにょ。

「あなたの好みは聞いてません！」
思わず声を荒げる剣姫を、無表情にじっと見つめた後、メシュメンディは再び赤味がかった髪の幼女に耳打ちする。

●情報提供者その二（再）　メシュメンディ（代弁者イーネ）

幼女に熟女って言わせた事に、ちょっと興奮したって言ってるにょ。

「いりません！　そんな告白はいりませんから！」
またしても何一つ有益な情報は無かった。去っていくメシュメンディ達の背中を呆然と見送りながら、剣姫は主様がロリコンでも、熟女フェチでも無い様にと、神に祈った。

＊

流石にそろそろちゃんとした情報が欲しいと、剣姫はシュメルヴィの研究室へと足を向ける。

以前、『邪眼の瞬き』の魔法について、術式の改良に協力してもらって以来、彼女とはかなり親しくなっている。おっとりしている風を装ってはいるが、何と言っても機動城砦サラトガの筆頭魔術師だ。怜悧な思考の持ち主である事は良く知っている。

剣姫が研究室の扉をノックすると、「はぁ～い」と間延びした声が響いて、扉が開いた。

●情報提供者その三　シュメルヴィ

なぁ～に？　セルディス卿、また術式の改良ぅ？　違うのぉ？

え？　ナナシ君のぉ好きなものぉ？　えぇ、知ってるわよぉ。

うふふ、教えて欲しい？　仕方ないわねぇ。

それはね、バスト、おバストよぉ。大きければ、大きいほど良いんじゃないかしら。

だってぇ、ナナシ君たらぁ、いつも私のぉ、おバストをチラって見るのよぉ。

必死に見てないフリをするのがぁ、かわいいのよねぇ。

え？　な～に？　大体の男性はそうなんじゃないかって？

でも、好きなモノでしょ。

え？　食べ物？

大丈夫よぉ、おバストはある意味食べ――。

※アブない事を言いかけたので、とりあえず昏倒させました。

後ろ手に研究室の扉を閉じて、何も聞かなかったと自分に言い聞かせる。

剣姫のバストサイズはいわゆる貧乳でもなければ巨乳でもない。普通だ。

確かに主様も男性であるからには、胸のサイズが豊かな事は重要な要素なのかもしれないが、そこで競うのはあまりにも愚かというものだ。

優秀な将兵は、自分の不利になるような条件下での戦闘は、避けるものなのだ。

＊

気を取り直して、剣姫はミオの執務室を訪ねる事にした。事の経緯を全て知っているミオならば、主様の情報を握っていれば、教えてくれるはず、そう考えたのだ。

●情報提供者その四　ミオ

なに？　ナナシの好きなものじゃと？

ふむ、それほど深く考えることもなかろうて。

若い内は女の方が、精神的な成長は早いというじゃろが。

どうせ十五歳とは言っても、あの年頃の男子は、中身は子供みたいなもんじゃろ。

虫取り網でも買い与えて、飛蝗（バッタ）でも追っかけさせとけば、満足するんじゃないかのう？

なに？　食べ物？

小銭でも握らせて、駄菓子屋にでも連れて行ってやれば良かろう。


剣姫は静かに執務室の扉を閉じた。

比較的真面（まとも）そうな意見ではあるが、この意見は受け入れがたい。

この内容を受け入れてしまったら、剣姫は子供の求婚（プロポーズ）を本気にして舞い上がる、痛いお姉さんという事になってしまうからだ。

＊

「おかしい……」

剣姫は思わず首を捻（ひね）る。

結構な人数に話を聞いたはずなのに、ここまで何故かノーヒントの不思議。

この機動城砦の住人は、やはりどこかおかしいのかもしれない。今さらながらそこに気付いた剣姫は、他の機動城砦の人間ならば、主様の事は知らなくとも、一般論として何か良いアイデアが貰えるかもしれない。と、今、この機動城砦サラトガに滞在している、別の機動城砦の住人の元へと向かった。

●情報提供者その五　ファティマ&ファナサード

あら、剣姫様、ご機嫌麗しゅう。

え？　王子様に喜んでいただく方法でございますか？

流石は剣姫様、行き届いていらっしゃるのですね。

左様でございますわね……。

私達は王子様にはお会いした事はございませんが、愛する方が傍にいれば、それで充分なのではないかしら。

流石、ファティマ様。その通りですわ。愛こそ全てですもの。

そうね。ファナ。愛する者同士は見つめ合うだけで想いが通ずると申しますし、そう思えば、愛は気高く薫る薔薇の様なものかもしれませんわね。

くはっ！　薔薇！　流石！　流石ですわ、ファティマ様。今のは文学史に残る金言ですわよ。

まあ！　ファナ。褒めすぎではなくて。うふふ。では、こういう表現ではいかがかしら。

愛――それは立ち込める霧の向こうに輝く一つの星。

星ッ！　ロマンティックですわ。私も早く星を見つけたいですわ。

そうですわね。ファナ、それでは次は――。

剣姫は無言で扉を閉めた。

恐るべし、上流階級。

どうやらベクトルは違えど、どこかおかしいのは、この機動城砦の住人に限った事では無かった様だ。

＊

大きな溜息と共に中庭のベンチに腰をおろし、剣姫は空を見上げて、一人呟く。

「誰も知らない……」

たかが好みの食べ物一つ。それさえ誰も知らなかった。

人は自分の事を知って欲しい。認めて欲しい。大なり小なりそういう欲求を持って生きているものだ。しかし自己評価の極端に低い主様ならば、誰も自分には興味を持っていない。自分について話す事が人の迷惑になる、それぐらいの思い込みを持っていてもおかしくはない。

剣姫自身も大概(たいがい)ではあるが、寂しい人だなと思う。

だからこそ、自分だけは主様の事を見つめ続けよう。そう思った。

——部屋に戻ろう。

剣姫がベンチから、腰を浮かせたその瞬間、背後に敵意のある視線を感じて、思わず振り返る。

そこには、髪の短い家政婦(メイド)が一人、洗濯籠(せんたくかご)を抱えて立っていた。

ああ、そうだった。自分以外にも、彼に想いを寄せている人間が、もう一人いたのだ。

つい先日、「ナナちゃんから呪いを解いてよ！」と、部屋まで押しかけて来たのは、この少女だった。そう簡単に解呪(ディスペル)出来る様では誓いの印にはならない。絶対に無理だ。いくらそう諭(さと)しても、なかなか信じてはくれなかった。

剣姫は罵(のの)られても仕方が無いと覚悟しながら、自分と同じ様に想いを寄せる少女が、どれだけ主様の事を理解しているのかが気になって、彼女に話しかけた。

●情報提供者その六　ミリア

何ですか？　特にお話するような事なんて無いと思うんですけど！

ナナちゃんの好きなもの？

ふっ……。そんなことも知らなくて、下僕だとか名乗ってるんですか？

……いや、あの、そこでしょんぼりされると、ボクが意地悪みたいじゃないですか。

わかりました……。わかりましたから。

敵に塩を送るのは、もうこれっきりですからね。

一緒に幹部フロアのカフェにご飯を食べに行った時には、肉団子(カフタ)が気に入ったみたいで、おいしい、おいしいって食べてました。

これでいいですか？

……いや、その、分かりましたから、涙目でこっち見るのやめてくれませんか。

他に知っている事なんて、あんまり無いですよ。

しかたないですね。他には――

ナナちゃんは、幹部フロアの食堂は敷居が高いからって、ご飯はだいたい市街地に出て、中央大通りの二ブロック目を左舷の方向に曲がったところにある肉屋の角を、更に右に曲がったところに出ている、小さなパンの屋台でひよこ豆のパン(フムスロティ)を食べていますね。あれは好きだからというよりは、安いからだと思うんですけど、食べる時には大体、最初に三つに千切ってから、それを左手に持って右手で食べるんです。でも二つ目を食べるあたりから、食べる早さがどんどん遅くなって、三つ目を食べ終わる直前になると、すごく寂しそうな顔をするんです。で、一瞬屋台をもう一回見て、財布の中を覗きこんで、ぶんぶんって首を振るんです。あの時の寂しそうに背中を丸める姿といったら、もう庇護(ひご)欲求というか母性本能というか、そういうものがくすぐりまくられて、キュンキュン来ちゃうんですよね。あ、一回だけ、いつものパンの屋台が閉まってた事があったんですけど、その時は近くの食堂の前で、入るべきかどうか迷いながらぐるぐる回ってたんです。あれも可愛かったなあ。結局、思い切って入ったのは良かったんですけど、お金が足りなかったみたいで、しょんぼりと出てきた時の顔がね。もう可愛らしいの。お金ぐらい出してあげるよ！　って思わず駆け寄りたくなっちゃうんですけど、そんな事をしても遠慮して逃げられちゃうのは分かってますから、遠くからぐっと我慢して見つめるんです。その状況の切ないこと。分かりますか？　その切なさが味なんですよね。あとは、前にナナちゃんに焼き菓子（ブレッツェル）を焼いて持って行ってあげた事があるんですけど、ありがとうございますっていうばっかりで、遠慮して一向に手をつけてくれないんですよ。まだおかしなものは何も入れてないのに。シュメルヴィさんにお願いしてる薬もまだ出来てないですからね。え？　何の薬？　ふふん、それは内緒です。だからそういう時はお姉ちゃんに言って、私の妹の菓子が食べられないのかー！　って強引に食べさせて貰ってますね。他にナナちゃんの事と言えば、えーと靴を履くときは右足から履いて、脱ぐときには左足から脱ぎます。文字を書く時とかは普通に右利きで、あ、そうそう言葉づかいが丁寧なのは、公用語（コモン）があんまり得意じゃないから、スラングとかが良く分からないからだって言ってました。誕生日とかは自分でも知らないというか、砂漠の民の人って誕生日を祝う習慣が無いみたいですよ。あと服を脱ぐと結構身体は傷だらけなんですよね。で目測ですけど、身長は一、六八ザール、体重は〇、〇五四シェケルぐらい。胸囲は〇、九ザール。胴囲は〇、八二ザール。以外と胸囲があってたくましいんですよね。よく分かんなかったのは、ナナちゃん、時々自分の刀に話しかけてるんですけど、あ、あの刀、オサフネっていう名前らしいんですけど、その時はなんか勘違いしてたみたいで、サラトガって呼びかけてたんですよね。ブツブツ自分の刀に話しかけている姿がまたキモかわいいというか。あ、それから——

剣姫はもう、なんか昏倒させた。

剣姫は今日、最も警戒すべき最大の敵(こいがたき)を発見したのだ。

《特別収録/誰も知らない。・了》

あとがき

二巻から先にお読みいただいたという方は、初めまして。一巻から引き続きお付き合いいただいておりますは皆様には、ご無沙汰しております。

円城寺正市です。

さて唐突ですが、『回転ベッド』のお話を一つ。いやいや、身構えなくても結構です。何もいかがわしい話をしようという訳ではありません。

第一巻発売からしばらく経ったある昼下がりの事です。僕はPCを立ち上げ、検索窓に『回転ベッド　価格』と入力しておりました。

別にトチ狂った訳でも無く、何らか、物語のネタを探していたという訳でもありません。本人としては至って本気で、回転ベッドの購入を検討しておりました。

なんでそんな事になったかと言うと、第一巻の発売にあたって、本当に沢山の方々にご支援、ご声援をいただきました。

ありがたい。本当にありがたい。だから『足を向けて眠れない』、そういう話になるのは、ごくごく当たり前の流れです。

あっちを向いて寝れば、あの書店様に足を向ける事になり、こっちを向けば、あの作家先生がお住いになられている。南に足を向ければ北枕。そう言えばウエブで応援のメッセージを下さったあの方は、〇〇県にお住まいだったな……などと考え始めると、もう回転ベッドしか選択肢が残されて無い。

そんな、ある種の強迫観念にも似た想いを抱いたのを憶えています。

ところが、恐るべし回転ベッド！　なんとそのお値段、三百万円オーバー！

ベッドですよ？　回るだけですよ？　別に、飛んだり跳ねたりしてくれと言ってる訳では無いのにですよ？　なのに、このお値段……。無理！　無理だよ、ママン。

というわけで結局、購入を断念したわけですが、もしこの時に表示された価格が、ギリギリ買えるぐらいのお値段だったなら、今頃ウチの六畳の和室で、丸いベッドが回ってたのかと思うと、胸が熱くなる様な気がします。

さて感謝の気持ちが、回転ベッドという形になるのは、我ながらどうかとは思いますが、実際、「ありがとう」という言葉では足りないと思った時、僕らはどんな言葉を口にするべきなんでしょう。

日本語は語彙の豊富な言葉と申しますが、「ありがとう」よりもっと感謝の気持ちを伝えられる言葉は無いものか、そう考えてみても、全く思い当たらないのです。

結局、「言葉に出来ないほど感謝している」そういう風に逃げてしまいたくなるのですが、一瞬の感情を捕まえて、文節の間にパッキングし、紙の上でそれを鑑賞可能な状態にする事。それが作家の醍醐味の一端であることを思えば、これは作家の言葉としては、いかにも情け無いではありませんか。

だからと言って言葉を尽くし、「心の底から」「地面に頭を擦り付けるほど」、そんな修飾語を重ねれば重ねるほどに、感謝の言葉は過剰なラッピングの所為で、原型が見えなくなっていくという悪循環を始めます。

だから、まるで回転ベッドのように同じところをぐるぐるぐるぐる回った末に、結局、僕らは、伝わらない事を覚悟しながら。伝わることを祈りながら。

同じ感謝の言葉を繰り返すしかないのです。

だから、
担当の遠藤様はじめ一二三書房の皆様、イラストをご担当頂いたＥＲＩＭＯ先生、敬愛する師匠わかつきひかる先生、最愛の家族、親族、友人達、応援してくださる書店様、ＷＥＢ版や第一巻を読んで応援してくださった読者の皆様。

そして、この本をご購入頂いたあなたに。

ちゃんと伝わる事を祈りながら、僕はこの本の結びとして、この言葉を著します。


――本当にありがとうございます。

円城寺正市

｜サイズ：四六版｜348頁｜ISBN：978-4-89199-408-2｜価格：本体1,200円＋税｜

ネット小説大賞受賞作 好評発売中！

©Polka

明かせぬ正体
乞食に堕とされた最強の糸使い 1

著者 ポルカ
イラスト Pcha

最強不遇職の
最高の復讐劇

｜サイズ：四六版｜368頁｜ISBN：978-4-89199-409-9｜価格：本体1,200円＋税｜

©Haru Yayari

1〜3 巻好評発売中！

著者／夜々里 春　イラスト／村上ゆいち

SF サーガフォレストは毎月15日発売

▶▶▶ http://www.hifumi.co.jp/saga_forest/

機動城砦
サラトガ
1巻好評発売中！
著者／円城寺正市　イラスト／ERIMO
©Masaichi Enjouji

機動城砦サラトガ 2
～かくて我らは逆徒となった～

発 行
2017年4月15日 初版第一刷発行

著 者
円城寺正市

発行人
長谷川 洋

発行・発売
株式会社一二三書房
〒102-0072 東京都千代田区飯田橋2-14-2 雄邦ビル
03-3265-1881

デザイン
Okubo

印 刷
中央精版印刷株式会社

作品の感想、ファンレターをお待ちしております。

〒102-0072 東京都千代田区飯田橋2-14-2 雄邦ビル
株式会社一二三書房
円城寺正市 先生／ERIMO 先生

Printed in japan, ISBN 978-4-89199-431-0

※本書は小説投稿サイト「小説家になろう」（http://syosetu.com/）に
掲載された作品を加筆修正し書籍化したものです。